BIRGIT KÖHLER



# Swinging Bremen

## Jazzgrooves bei Luftalarm

Kellner
VERLAG

Dieses Buch ist bei der Deutschen Nationalbibliothek registriert. Die bibliografischen Daten können online angesehen werden:
http://dnb.d-nb.de

**IMPRESSUM**


Inhaber: Manuel Dotzauer e.K.

St.-Pauli-Deich 3 • 28199 Bremen
Tel. 0421 77866
info@kellnerverlag.de
www.kellnerverlag.de

Lektorat: Annalena Kienitz
Layout: Meike Kramer
Umschlag: Jennifer Chowanietz
Fotos Umschlag: von oben nach unten
Günther Ahrndts, Hanno Walter,
Rudolf Engeln (2)
Nicht in jedem Fall konnten die Bildurheber ausfindig gemacht werden. Ihre Rechte werden anerkannt.

ISBN 978-3-95651-445-6

Hier findet man die passende Playlist zu meinem Buch:

DISCLAIMER: Der folgende Roman handelt in der Zeit des Dritten Reiches und verwendet zeitgenössische Sprache. Da antisemitische, rassistische und homophobe Haltungen ein Teil des menschenverachtenden Nationalsozialismus sind, spiegeln sich diese in der Ausdrucksweise wider. Ich bitte daher alle Menschen, die davon getriggert werden könnten, diese Warnung ernst zu nehmen und selbstfürsorglich zu entscheiden, ob und wann sie lesen möchten. Es wird im Text keine weitere Triggerwarnung geben, um den Lesefluss und den Spannungsbogen nicht zu unterbrechen. Selbstverständlich ist eine solche Sprache außerhalb des historischen Kontextes nicht zulässig.

# INHALTSVERZEICHNIS

# SWING IM BUNKER

Ein klopfendes und pulsierendes Geräusch drang aus dem Nebenraum. Als ob jemand nervös mit einem Knöchel auf einem Blecheimer trommelte, schnell und rhythmisch. Johnny saß auf der Holzpritsche im Bunker, wippte mit dem Fuß und starrte in die Richtung, aus der die Laute kamen. Was war das? Ein Trommelsolo? Es klang fast wie das Intro von ›Sing sing sing‹, einem seiner Lieblingssongs des amerikanischen Jazzmusikers Benny Goodman. Aber wer wäre so verwegen, in einem deutschen Luftschutzbunker bei Fliegeralarm Swing zu spielen?

Johnny, der mit richtigem Namen Johann Donandt hieß, rieb sich die Augen. Draußen waren die Sirenen verebbt, und ein tiefes Grummeln kündigte die Flugzeugmotoren der englischen Bomber über Bremen an. Sie waren mal wieder mitten in der Nacht aus dem Schlaf gerissen worden und in den Hochbunker am Bürgerpark geflohen. Das geschah in diesen ersten Tagen des Jahres 1941 häufig. Die nächtlichen Fliegeralarme nervten Johnny. Aus dem warmen Bett springen, in dem er schon angekleidet lag, um keine Zeit zu verlieren, den Trenchcoat überwerfen und seine widerspenstigen dunklen Locken unter den breitkrempigen Hut stopfen, das gelang dem Sechzehnjährigen im Halbschlaf. In der Zwischenzeit hatte die Mutter Martha seine schlaftrunkene kleine Schwester Ida angezogen.

Und jetzt saßen sie eng aneinandergedrängt im Luftschutzbunker, atmeten staubige Luft und horchten auf die gedämpften Geräusche draußen. Die achtjährige Ida mit ihren dunklen langen Zöpfen strich immer wieder die karierte Wolldecke glatt, die sie über ihre und Johnnys Knie gebreitet hatte, klammerte sich an den Arm ihres Bruders und presste die Augen zu. Ihre Mutter saß aufrecht in ihrem eleganten Pelzmantel. Nur an ihren Händen sah man die Anspannung: Mit der einen umklammerte sie den Griff eines Koffers, mit der anderen quetschte sie die Finger von Ida, bis die Kleine leise protestierte. Johnny hatte seinen Pappkoffer unter die Pritsche geschoben und lehnte sich vorsichtig an die Wand hinter sich. Aber die Kälte kroch durch den dicken schmutzigen Beton, und sein Mantel war zu dünn.

Dennoch liebte er seinen hellen Staubmantel, der mittlerweile unbezahlbar war. »Vorkriegsqualität, so was kriegste heute gar nicht mehr«, hatte sein bester Freund Werner grinsend gesagt und ihm das ungewöhnliche Stück vor ein paar Wochen für fünf Mark verkauft. Zum Freundschaftspreis, wie das Schlitzohr versicherte. Dabei hatte er ihn ja selbst vom Vater geschenkt bekommen. Der, ein Bremer Kaufmann, hatte den Mantel nach amerikanischer Mode vor einigen Jahren in Berlin gekauft. Aber Werner hatte ihn zu seinem Leidwesen nur kurze Zeit getragen, denn er war in den letzten Monaten so schnell gewachsen wie Gras im Sommerregen. Jetzt war der lange Lulatsch zu groß und hatte den Mantel an Johnny weitergereicht. Der trug ihn jeden Tag, sogar im tiefsten Winter, obwohl seine Mutter stets den Kopf schüttelte, wenn sie ihren Sohn darin sah.

Ein ohrenbetäubendes Krachen erschütterte die dicken Wände, Staub rieselte von der Decke und die Lampe flackerte ein paar Mal. Einige Frauen schrien auf, Martha Donandt stöhnte. Ida hüpfte vor Schreck hoch und vergrub ihr Gesicht in Johnnys Schoß. Er strich ihr beruhigend über den Rücken und ließ sich seine eigene Angst nicht anmerken. Über die brummenden englischen Flieger und das Zischen der nahen Flakgeschosse hinweg rief er ihr zu:

»Keine Bange, Ida, die Engländer werfen ihre Bomben nicht hier ab, die wollen doch nur den Hafen treffen. Hier in Schwachhausen gibt's ja nichts, was die kaputt machen wollen.«

Seine Mutter schaute ihn nur stumm an. Aber ein alter Mann auf der Holzbank gegenüber schnalzte abfällig mit der Zunge. »Na, hoffentlich weiß der Tommy das auch!«

Seine Frau neben ihm zupfte ihn am Ärmel und schüttelte mahnend den Kopf. Was sie murmelte, ging in dem Donner, der folgte, unter. Alles vibrierte, und Ida wimmerte.

»Jo, das war aber tüchtig nah!«, meinte der Bunkerwart fast anerkennend. »Das wird 'n paar Bäume im Bürgerpark umgehauen haben.«

Alle in dem Bunker lauschten auf die folgende Stille. Ein Baby jammerte leise. Heute waren die Bomberverbände nicht nur über die Hansestadt hinweggeflogen, wie in anderen Nächten, sondern hatten ihre Fracht einmal mehr auf die Bremer Häfen und Fabriken abgeworfen. Da war schon ziemlich viel kaputt, hatte Johnny gehört. Wie hatten sie sich vor ein paar Monaten erschreckt, als die ersten Sirenen zu hören waren. Die alte Diehl im Nachbarhaus, die immer den Blockwart spielte, schien da ernsthaft überrascht zu sein. Immerhin hatte der dicke Reichsmarschall Göring doch versprochen, dass kein feindlicher Flieger jemals deutschen Luftraum erreichen würde. Das hatten sie jetzt von ihrer Überheblichkeit, fand Johnny.

Seine Finger umschlossen etwas Kühles in seiner Hosentasche: Seinen Glückspfennig hatte er zum sechsten Geburtstag von seinem alten Herrn bekommen, eine Münze mit dem Bild des Kaisers. Er hielt sie in Ehren und trug sie immer bei sich. Sein Vater war gleich bei Kriegsausbruch zur Wehrmacht eingezogen worden und hatte von der Westfront Briefe geschickt, in denen er nur über das Wetter in Belgien oder Frankreich berichtete. Als wenn er zum Sommerurlaub verreist wäre, hatte sich sein Sohn gewundert. Jetzt baute der Jurist in Paris die deutsche Militärverwaltung auf.

Aber allzu schwer schien das Leben dort nicht zu sein: Als sein Vater vor ein paar Wochen über Weihnachten auf Heimaturlaub war, hatte er französischen Cognac mitgebracht. Nach der Bescherung schwärmte er vor seinem Schwager begeistert von den Pariser Nachtlokalen. Gregor Müller, SS-Sturmbannführer und aufgrund einer Beinverletzung nicht eingezogen, hatte die Augenbrauen nur hochgezogen und kopfschüttelnd gemeint:

»Übertreib es mal nicht, lieber Wilhelm. Denk dran, deutsche Tugend ist wichtiger als französischer Schlendrian.«

*Wann kommt endlich Entwarnung*, fragte sich Johnny und schob seine Haarlocke unter den Hut. *Ich brauche dringend eine Mütze Schlaf. Morgen schreib ich Mathe, und Meier bringt mich um, wenn ich schon wieder verhaue. Dem ist es egal, dass ich im Bunker übernachte.* In die Stille hinein vernahm er erneut das leise rhythmische Klopfen, diesmal präzise von einem Rascheln unterbrochen wie von einem Zweig oder einem Jazzbesen. Johnny beugte sich vor, erkannte jedoch im Dämmerlicht nichts.

Endlich rumorte im Vorraum der Bunkerwart, steckte seinen Kopf durch die Tür und rief: »Entwarnung! Aber passen Sie auf, meine Damen, es könnten ein paar Äste runtergekommen sein.«

Er kurbelte die schwere Eisenschleuse nach außen auf, sofort drangen eiskalte Luft, der Duft von gesplittertem Holz und leichter Brandgeruch in die Dunkelheit des Bunkers. In die Menschen kam Bewegung, sie standen von ihren Bänken auf, schnappten sich ihre Habseligkeiten und drängten zum Ausgang.

Johnny schob Ida sanft zur Mutter und nickte ihr zu. Fragend schaute sie ihn an, wurde aber sofort mit dem Strom der anderen hinausgetrieben. Er tat so, als schnüre er sich die Schuhe zu, blieb auf der Bank sitzen und bückte sich vornüber. Der Hut rutschte vom Kopf, und durch die langen Haare, die ihm in die Stirn fielen, beobachtete er den Durchgang zum hinteren Nebenraum. Von dort strömten müde und schlurfend viele Leute, aber keiner sah so aus, als wüsste er, wer Benny Goodman war.

Dann endlich trat ein schmächtiger Junge mit rötlichen unordentlichen Haaren und runder Brille aus dem Dunkel in den helleren Lichtkegel der Lampe am Ausgang. Johnny hatte ihn noch nie gesehen. Neben ihm bahnte sich eine ältere Frau den Weg nach draußen, im Gefolge ein dünnes Mädchen mit einem dunklen Bubikopf, das dem Rothaarigen ähnlich sah. Der Junge schleppte einen knallroten Koffer mit sich, der eine merkwürdige Kastenform hatte. Johnny staunte: *War das etwa ein Koffergrammophon? Na, der hatte ja Mumm, ausgerechnet sein Hottophon in den Bunker mitzuschleppen.*

Der Koffer schien schwer zu sein, und zu gerne hätte er gewusst, welche Platten in der Deckeltasche verstaut waren. Aber schon war der Junge mit seiner Familie an ihm vorbei, und Johnny beeilte sich, sie einzuholen.

Draußen vor der Tür des Bunkers herrschte eine unheimliche Mischung aus Dunkelheit, im Mondschein leuchtendem Schnee und in der Ferne flackernden Flammen. Nach dem schummerigen Licht im Schutzraum brauchten Johnnys Augen eine Zeit, um sich an die unbeleuchtete Nacht zu gewöhnen.

Fast wäre er in den Jungen gelaufen, der direkt vor ihm auf der Treppe zum Bunkereingang stehen geblieben war. »Hey!«, entfuhr es Johnny.

Da drehte sich der andere lässig um und zwinkerte ihm durch seine runde Brille zu. »Hi-de-ho! Du hast auch Rhythmus im Blut, oder? Ich hab dich eben wippen sehen!«

»Dann warst du das?«, fragte Johnny vorsichtig nach.

»Wer denn sonst? Meinst du etwa, der olle Opa da?« Der fremde Junge deutete grinsend auf einen zahnlosen Alten, der vor ihnen die Treppe blockierte. Die beiden zuckelten hinter ihm her.

»Bist du neu hier? Ich hab dich noch nie gesehen«, wollte Johnny wissen.

»Ja, wir sind aus Hamburg, aber nachdem wir da ausgebombt wurden, hat unsere Mutter mich und meine Schwester bei unserer Tante Magda in Bremen untergebracht. Hier soll es angeblich ruhiger sein als in Hamburg.« Der Junge verzog skeptisch das Gesicht.

»Im Vergleich zu Hamburg bestimmt. Vor allem hier im Stadtteil haben wir noch keine aufs Dach bekommen. Übrigens, ich bin Johnny, und du?«

»Ich heiße Theo. Wir wohnen in der Hartwigstraße gleich um die Ecke.«

»Und das da ist deine Schwester?« Sein Finger zeigte auf das dürre Mädchen, das ein paar Schritte vor ihnen bei der älteren Frau stand.

»Ja, Lulu, meine Zwillingsschwester.«

»Lulu?«

»Eigentlich Luise, aber wir nennen sie nur Lulu. Sie ist ziemlich in Ordnung für ein Mädchen.«

»Joooohaaann?!«, hörten sie einen Ruf aus der Dunkelheit. »Wo bleibst du denn? Wir müssen nach Hause!«

»Ich komme, Mutter!«, rief Johnny zurück.

»Johann? Ich dachte Johnny!«, fragte Theo grinsend.

Dieser trat einen Schritt vor, drehte sich noch einmal um. »Ja, für Freunde Johnny! Wir sehen uns!«

»Na hoffentlich! Goodbye, Johnny!« Dann fiel Theo etwas ein: »Ach übrigens, auf welche Schule gehst du?«

»Aufs Alte Gymnasium natürlich!«

»Ja, natürlich ...«, murmelte Theo.

Johnny hörte ihn nicht mehr. Seine kleine Schwester hatte ihn an beiden Händen vom Bunker weg auf die dunkle Parkallee gezogen, wo ihre Mutter wartete. Im Taschenlampenlicht tapsten sie durch die Wachmannstraße heim. Kurz vor ihrer Wohnung kam ihnen ein kleiner Hitlerjunge entgegen, der aufgeregt winkte.

»In Findorff ist was runtergekommen!«, rief er. »Da brennt es tüchtig.«

Martha Donandt war nach der Entwarnung entspannter. »Wie gut, dass wir nicht in Findorff leben.«

»Mutter!«, riefen ihre Kinder gleichermaßen erschrocken. »Oma Kakao wohnt in Findorff!« Oma Kakao war die ehemalige Zugehfrau der Familie. Sie hatte früher im Haushalt geholfen, hatte auf Johnny aufgepasst und war sogar bei der Geburt von Ida zugegen. Eigentlich hieß sie Bärbel Tee, aber weil sie die Kinder immer mit heißer Schokolade verwöhnte, nannten sie sie Oma Kakao.

»Na, die wird es schon nicht erwischt haben!« Achselzuckend stapfte die Mutter weiter durch den Schnee. »Unkraut vergeht nicht, sagt sie doch selbst immer.«

Insgeheim beschloss Johnny trotzdem, morgen nach der Schule bei Oma Kakao vorbeizufahren. Jetzt musste er aber schleunigst ins Bett. Der Himmel wurde bereits etwas heller, und Johnny fragte sich, ob das die Feuer in der Ferne waren oder die bald aufgehende Sonne in dieser eiskalten Januarnacht im Jahr 1941.

# MÄDCHENTRÄUME AN DER KLEINEN HELLE

»Hast du schon gehört? In Findorff soll einiges runtergekommen sein!«

»Ja, und die Flak hat einen Bomber abgeschossen, hab ich gehört, der ist mitten auf den Gleisen gelandet!«

»Was? Ein echter Tommy?«

Aufgeregte Stimmen flogen Hetty entgegen, als die schmale Fünfzehnjährige die schwere Holztür ihrer Schule an der Kleinen Helle aufschob. In der großen Eingangshalle stand eine Traube von Mädchen um Barbara herum. Die war stets am besten informiert, denn ihr Vater war bei der Gestapo und meldete jeden Bombenangriff auf Bremen telegrafisch weiter nach Berlin. Hetty schüttelte ihre schneebedeckte Mütze aus und stellte sich zu ihnen, um die neuesten Nachrichten zu erfahren, wurde aber sofort von hinten an den langen blonden Zöpfen gezogen.

»Komm, wir müssen zum Fahnenappell, die Königin kommt gleich!« Ihre Freundin Marianne griff ihre Hände und zog sie zum Hof.

Mit der ›Königin‹ Mathilde Plate, der Direktorin der Studienanstalt an der Kleinen Helle, wollte es sich niemand verscherzen, erst recht nicht Hetty. Sie verdankte dieser Frau, dass sie bald an dieser Schule ihren Gymnasialabschluss machen konnte. Ihre Eltern waren zunächst entschieden dagegen: »Wozu braucht eine Deern denn so was, Hedwig, lern lieber was Ordentliches und heirate 'nen netten Mann, wenn du Kinder kriegst, nützt kein Abi was.« Hetty verstand ihre Eltern, die kannten ja selbst nichts anderes als schuften. Um sie und ihre zwei Schwestern durchzubringen, arbeitete ihre Mutter als Änderungsschneiderin oft bis in die Nacht. Ihr Vater hatte seinen Lohn von der Werft meist versoffen, und jetzt war er im Krieg. Hetty half im Haushalt mit, aber immer nur dieses Leben wäre ihr zu wenig. Ihr Traum war, als Ärztin den Menschen zu helfen. Dafür hatte sie sich erst einmal gegen ihre Eltern durchsetzen müssen, was sie ohne die Hilfe der patenten Schulleiterin nicht geschafft hätte.

Bislang hatte sie Frau Plate nie enttäuscht und bemühte sich, nächstes Jahr gute Noten bei der Abschlussprüfung zu schaffen – wenn der blöde Krieg sie denn ließ. Sehr viel gelernt hatte sie seit Kriegsausbruch nicht. Erst war die gesamte Schule mehrfach umgezogen, weil das große Backsteingebäude an der Kleinen Helle von der Marine beschlagnahmt wurde. Dann waren die Schülerinnen in Schichten unterrichtet worden, und mittlerweile fiel Unterricht aus, weil die Lehrer fehlten. Dazu kam ständige Müdigkeit durch die nächtlichen Bombenangriffe. Aber der glorreiche Sieg der deutschen Wehrmacht stand ja kurz bevor, hieß es in den Nachrichten. Die Fünfzehnjährige war sich nicht sicher, ob sie darauf vertrauen konnte.

Nach dem Fahnenappell, den die meisten Schülerinnen als lästige Pflicht hinter sich brachten, stiegen Hetty und ihre Freundin Marianne Händchen haltend die Treppen hinauf in den Klassenraum. Kaum hatten sie sich auf ihre Bank in der ersten Reihe gesetzt, da öffnete sich die Tür, und Frau Plate rauschte ins Klassenzimmer. Sie war eine Erscheinung: großgewachsen, aufrecht und stets elegant gekleidet. Nicht ohne Grund nannten ihre Schülerinnen sie heimlich ›Königin‹ oder ›Fürstin‹. In ihrem Fahrwasser hatte sie eine dünne Brünette mit einem Bubikopf mitgebracht, die abwartend neben der Tür stehen geblieben war. Die Direktorin zog sie nach vorne.

»Mädchen, das ist Luise. Sie ist neu in Bremen, die Arme wurde in Hamburg ausgebombt und wird ab heute hier zur Schule gehen. Seid nett zu ihr.« Die Neue lächelte mit einem koketten Augenaufschlag in die Runde. Frau Plate drückte sie sanft in die erste Reihe neben Hetty. »Hier, Hedwig wird sich um dich kümmern!« Die musterte den Bubikopf von der Seite und rückte näher zu Marianne. Für die Direktorin war damit das Thema erledigt. »Dann wollen wir uns mal wieder unserem Goethe zuwenden.«

Hetty schlug ihr Buch auf. Als Luise zu ihr hinüber schielte, seufzte sie und schob es in die Mitte des Tisches. »Hier, wir lesen gerade Faust.«

»Och, den hatten wir auch gerade in Hamburg«, meinte die Neue kurz, »ist ganz in Ordnung.«

Schweigend blätterten alle bis zu der Stelle, an der sie stehen geblieben waren. Frau Plate schaute sich fragend um. »Barbara, lies du doch mal die nächste Seite vor.«

Die Angesprochene stand auf, quetschte sich aus ihrer Bank und trat vor die Klasse. Es war ein Genuss, ihrer angenehmen Stimme zuzuhören. Hetty schloss sogar kurz die Augen, um die Worte besser wirken zu lassen. Aber Frau Plate bemerkte es sofort und fuhr sie an: »Hedwig, geschlafen wird nachts, nicht in der Schule!«

Hetty lief knallrot an. Da murmelte Luise leise in die Stille: »Versuchen Sie das mal im Bunker.« Alle grinsten: Die Neue hatte den Nagel auf den Kopf getroffen. Ungerührt überhörte Frau Plate die Bemerkung und forderte Barbara auf, weiterzulesen.

In der großen Pause schlenderten Hetty und Marianne Arm in Arm und dick vermummt gegen die Kälte über den Hof. Im Sommer brachten die vielen alten Bäume Schatten, doch jetzt ragten nur die nackten Äste in den grauen Winterhimmel. Luise lehnte sich an die Mauer des Nebengebäudes.

Hetty winkte ihr zu. »Hey, hast du Lust, zu uns zu kommen? Ist besser, als alleine rumzustehen!«

»Ja, komm nur – Hedwig wird sich um dich kümmern!«, neckte Marianne sie und imitierte den Tonfall von Frau Plate, dann brach sie in gehässiges Gelächter aus.

»Nee, is' schon gut, ich kann mich um mich selbst kümmern!«

Hetty errötete und trat auf die Neue zu. Marianne hatte sich inzwischen zu einer anderen Gruppe von Mädchen gestellt. »Tut mir leid, die ist manchmal albern. Musst du nicht so ernst nehmen.«

Luise zuckte nur mit den Schultern.

»Du bist aus Hamburg, hat Frau Plate gesagt?«

»Aus Altona.«

»Ist das nicht Hamburg?«

»Ja, jetzt ja. Ist erst vor ein paar Jahren ein Stadtteil von Hamburg geworden, vorher gehörte es zu Preußen.«

»So ähnlich wie Bremerhaven. Das war früher der Hafen von Bremen, und jetzt ist es ein Teil von Wesermünde, was zu Hannover gehört.«

Luise zuckte mit den Schultern. »Diese ganzen Länderneuordnungen kann ich mir nie merken.«

»Ist ja auch egal. Außer bei Herrn Nuntius, unserem Erdkundelehrer. Da musst du aufpassen. Der ist ein ganz Scharfer und verfolgt mit uns den Frontverlauf auf der großen Karte. Und wehe, wir kommen durcheinander, was jetzt zum Deutschen Reich gehört und was noch nicht.«

»So einen scharfen Hund hatte mein Bruder auch in Hamburg. Der hat fast dafür gesorgt, dass er von seiner Penne flog.«

»Du hast einen Bruder? Wie alt ist der?«

»Fünf Minuten jünger als ich«, grinste Luise.

»Was?« Hetty stutzte. »Ach, ein Zwillingsbruder, drollig. Und warum ist er fast von der Schule geflogen?«

»Na, weil er unbedingt vor dem Musikunterricht die Nationalhymne von England auf dem Klavier spielen musste, aber eben etwas schneller, als sie eigentlich ist …«

»Ja und?«

»Der Lehrer meinte, das sei Jazz und kulturell unerwünscht. Das gab dann erst mal tüchtig Ärger für Theo.«

Hetty schaute sie ungläubig an. »So was hat der sich getraut? Ist Jazz nicht verboten?«

Luise grinste. »Ach nee, in Hamburg tanzen sogar die Nazis Jitterbug. Nur eben nicht dieser eine Lehrer an Theos alter Schule.«

»Tanzt du etwa auch Jitterbug?«, staunte Hetty. Sie betrachtete ihre neue Mitschülerin fasziniert. Im Radio hatte sie zwar gehört, wie über diese amerikanische ›Urwaldmusik‹ geschimpft wurde, dieses ›entartete Gestampfe‹, das die jungen Leute angeblich so verrückt machte. Aber persönlich hatte sie niemanden getroffen, der so verwegen war, diese Musik zu mögen.

»Na klar!«, lachte Luise, wippte auf den Fersen, tänzelte ein paar kleine Schritte und raffte ihren Rock kokett etwas hoch. »Du etwa nicht?«

Hetty kicherte verschämt und schüttelte leise den Kopf.

»Ach, weißte, mein Bruder, der Theo, der ist ein echter Swingboy. Hat 'ne Plattensammlung, da würdeste staunen. Sein Heiligtum, seinen Hotkoffer, nimmt er sogar mit in den Bunker! Wenn wir uns gerade nicht zanken, dann hören wir zusammen die Platten an. Und manchmal tanzen wir auch dazu Swing.«

»Wie geht das denn?«

»Ein bisschen wie ein schneller Foxtrott, nur verrückter, wilder. Warst du schon in der Tanzschule?«

»Ich wollte mich bald anmelden. Bei Schipfer-Hausa.«

»Schlüpfer-was?«, prustete Luise laut raus.

»Nein, Schipfer-Hausa«, wehrte Hetty ab. »Eine gute Tanzschule hier, da geht die halbe Klasse hin.«

»Weißte was, da komm ich mit, dann zeig ich dir, wie man Swing tanzt.«

»Ich weiß nicht …«, Hetty zögerte, »also ich weiß nicht, ob man da Swing tanzen kann.«

»Wir werden sehen!«, Luise zwinkerte ihr aufmunternd zu. »Übrigens, du kannst mich Lulu nennen, Luise hat nur mein Vater gesagt, wenn ich was ausgefressen hatte.«

»Ach, gut, ich bin eigentlich auch Hetty, zumindest außerhalb der Schule.«

Ein Klingeln rief die Mädchen wieder in den Klassenraum.

# SWING HEIL AM ALTEN GYMNASIUM

»Hey, Johnny, wo warste gestern?«

»Meine Mutter ist mit mir in den Bürgerpark-Bunker gegangen«, rief Johnny seinem Freund Werner zu, während sie nach dem Morgenappell auf dem Hof des Alten Gymnasiums ins Gebäude an der Dechanatstraße schlenderten.

»Aber ich hatte doch gesagt, ihr könnt auch zu uns kommen. Da ist genug Platz, und unser Haus hat so dicke Mauern, da ist ein Bunker nix gegen.«

»Ja, ich weiß, Werner, aber du kennst ja meine Mutter, die will es am liebsten bombensicher haben und traut den Hauskellern nicht. Unserem ja auch nicht.«

»Ach schade, bei uns hätten wir mehr Spaß. Wir beide könnten unter der Treppe leise Platten hören und die Alten würden nix mitkriegen. Meine Mutter will nichts hören, und die anderen aus dem Haus sind sowieso halbtaub.« Werner zog aus der Tasche seines Sakkos einen Kamm, spuckte kurz drauf und kämmte sich sein langes dunkelblondes Haar sorgfältig in den Nacken. »Das wäre doch großartig!«

»Ich werd noch mal mit meiner Mutter reden.« Johnny fuhr mit den Fingern durch seine Haare, aber seine Stirnlocke sprang wie immer wieder unzähmbar vor. »Übrigens, gestern war ein Typ im Bunker, der hat doch glatt das Intro von ›Sing sing sing‹ getrommelt. Mitten im Luftalarm!«

»Mensch, dascha 'n Ding! Wer war das denn?«

»So'n Stenz aus Hamburg, wohnt jetzt in der Nähe vom Bunker. Hab seinen Namen wieder vergessen. Der hatte auch ein ganz schniekes Hottophon dabei, so ein rotes.«

»Na, den sollten wir uns ma' genauer ankieken«, meinte Werner, klopfte Johnny auf den Rücken und überholte ihn.

»Komm, der alte Meier ist bestimmt schon auf dem Weg. Haste gelernt? Ich hab's glatt vergessen.«

Johnny schüttelte lächelnd seinen Kopf und lief hinter ihm her. Der große Schlacks war sein bester Freund, seitdem sie zusammen auf dem Alten Gymnasium waren. Dabei konnten sie nicht unterschiedlicher sein: Werner Knigge war Kaufmannssohn, dessen reiche Eltern ihm alles durchgehen ließen. Den elterlichen Betrieb würde sein älterer Bruder Stefan übernehmen, daher hatte der jüngere viele Freiheiten. Johnnys Vater dagegen meinte abfällig, Werner sei ein Heiopei und Großmaul, und seine Mutter war sich sicher, dass ›aus dem nie was Ordentliches‹ wird. Sie waren nicht glücklich über die Freundschaft der beiden und fürchteten einen negativen Einfluss auf Johann, den Anwaltssohn. Der sollte, das war für seine Eltern klar, nach einem erfolgreichen Jurastudium in die Kanzlei des Vaters einsteigen.

Aber Johnny gefiel die flapsige Art seines Freundes. Der hatte immer einen lockeren Spruch auf den Lippen und schien nichts ernst zu nehmen. Außerdem besaß Werner eine exzellente Sammlung heißer Swingplatten, die sein Bruder ihm vor dem Krieg aus London mitgebracht hatte. Stefan hatte die beiden Jungen auch zum ersten Mal mit ins Kino genommen, in ›Broadway Melody of 1938‹. Damals hatte Johnny seine Liebe für die amerikanische Musik entdeckt und genoss seitdem das heimliche Plattenhören bei seinem Freund. Der war für Johnny der größte Swing-Fan überhaupt: Werner kannte scheinbar jedes Detail über Jazz. Er sah auch wie ein Engländer aus: Stefans Vorkriegsanzüge statt der üblichen kurzen Hosen, Sakkos in Überlänge und Schuhe mit gelben Kreppsohlen, alles feinste Swingmode. Johnny dagegen besaß nur den geliebten Trenchcoat, den Filzhut seines Vaters und ab und zu ein altes Sakko von Werner, das Johnny oft zu groß war.

Inzwischen war Herr Meier, der Mathelehrer, leise und von den lärmenden Jungen unbemerkt in den Klassenraum getreten und knallte das Klassenbuch auf das Pult. Alle fuhren erschrocken zusammen. »Heil Hitler! Wie schön, dass ich jetzt Ihre Aufmerksamkeit habe, meine Herren. Wenn Sie die Güte hätten, sich zu setzen und Ihre Stifte zu zücken, ich verteile die Klausurblätter.«

Die Klasse stöhnte kurz auf und holte die Stifttaschen heraus. Johnny rieb schnell seinen Glückspfennig in der Hosentasche, dann war eine Zeit lang nur das Kratzen der Füllfederhalter auf Papier zu hören. Ein kräftiges Klopfen an der Tür ließ Meier von seinem Stuhl hochfahren.

Werner stupste Johnny grinsend an: »Haste gesehen, der war glatt eingepennt!«

Meier fing sich schnell wieder. Auf sein gebrülltes »Herein« wurde die Tür schwungvoll geöffnet, und Herr Schaal trat ein, der Direktor des Alten Gymnasiums. Der Mathelehrer stand erschrocken stramm.

»Heil Hitler, Herr Direktor! Ich lasse gerade eine Klausur schreiben«, stotterte er etwas verlegen. »Wenn Sie vielleicht später für die Unterrichtsprobe wiederkommen wollen?«

Der hochgewachsene Schulleiter hatte nur lasch die Hand gehoben, halb zum Gruß, halb zur Abwehr. »Nein, Herr Meier, keine Bange, ich will gar nicht lange bleiben. Ich wollte nur eben diesen jungen Mann abliefern, der ab sofort hier in die Unterprima geht. Theodor Stratmann war in Hamburg am Johanneum, hat nun aber in Bremen Zuflucht gefunden, weil seine Familie ausgebombt wurde.«

Jetzt erst erkannte Johnny den Jungen mit den rötlichen Haaren und der Brille, der hinter Schaals imposanter Gestalt verdeckt stand. »Das isser!«, zischte er Werner zu. »Der von gestern mit Benny Goodman!«

Sein Freund lehnte sich entspannt zurück, grinste breit und verschränkte die Arme vor der Brust. Leise flüsterte er: »Na denn, Swing Heil!«

# OMA KAKAO

Nach Unterrichtsende fuhr Johnny mit dem Rad einen kleinen Umweg nach Findorff, um Oma Kakao zu besuchen. Die Bemerkung seiner Mutter spukte in seinem Kopf herum. »Unkraut vergeht nicht!« Besorgt lenkte er am alten Torfhafen vorbei in das Weidedammviertel. Die Straßen verengten sich zu Wegen und waren unter Schnee und Eis kaum zu erkennen. Hier sah alles ländlich aus. Die eleganten Stadthäuser im vorderen Teil wurden von Häuschen abgelöst, dahinter Wiesen, auf denen im Sommer die Kühe grasten. Kurz vor dem Bahndamm sah man einen alten Bauernhof. Inmitten kleiner Parzellen daneben lebte Johnnys geliebte Oma Kakao. Manchmal hatte sie ihn hierher mitgenommen, dann durfte er als ›lütter Pöks rumstromern‹, wie Oma Kakao das nannte. Einmal war er dabei in den Torfkanal gefallen und fast ertrunken. Daraufhin hatte die Oma ihm das Schwimmen beigebracht. Erst gab es Trockenübungen auf dem Land, dann hatte sie ihn an einer Leine um den Bauch an der Anlegestelle im Kanal paddeln lassen und später an der Weser. ›Damit du mir nich' mehr unnergehst!‹, hatte sie nur gesagt.

Johnny schlitterte um die letzte Kurve des Weges, und da lag das kleine, etwas windschiefe Häuschen von Oma Kakao. Im Garten hinter dem Haus pflanzte sie Gemüse an, und vorne unter einer Linde saß sie im Sommer auf einer hölzernen Bank, schnackte mit den Nachbarn und strickte oder stopfte Socken. Sie musste immer etwas in den Händen haben. Wenn sie mal nichts zu tun hatte, knetete sie ihr Taschentuch zwischen ihren schwieligen Fingern.

Heute saß sie nicht vor dem Haus, dafür war es zu kalt. Johnny sprang vom Rad, lehnte es gegen den Zaun und hüpfte über die niedrige Gartenpforte. Mit zwei Schritten war er an der Haustür und klopfte laut. Nach einer kleinen Weile hörte er das Schlurfen von Pantoffeln, die Tür öffnete sich langsam, und ein faltiges Gesicht mit erstaunlich blauen Augen, von grauen Haaren umrahmt, schaute ihn an.

»Och, du bist dat, min Jung, ich dacht' erst, der Blockwart kommt schon wieder an und wüll wat von mir!«

»Hallo, Oma! Was will der Blockwart denn von dir?«

»Och, jümmers wat, mal soll ich besser verdunkeln, mal soll ich wat fürs Winterhilfswerk spenden. Aber der kann mi mol ..., der Töffel! Jetzt komm doch erst mal rin in die gute Stube! Kakao?«

»Klar!«

Seine ehemalige Kinderfrau legte Holz im Ofen nach, damit die Milch in dem Topf warm wurde. Die ›gute Stube‹, wie es die alte Bremerin norddeutsch aussprach, war eine lustige Übertreibung, denn das Haus von Oma Kakao bestand nur aus zwei Zimmern: der Küche und einem kleinen Schlafzimmer. Ein Plumpsklo war hinten im Garten, Strom gab es nicht, und gewaschen wurde sich am Spülstein. Aber die Küche mit ihrem niedrigen Tisch und den wackeligen Hockern war sowieso der gemütlichste Ort.

»Na, wie geit di dat in der Schule?«, fragte Oma Kakao. »Jümmers schön fleißig?«

»Natürlich, sonst würde ich ja Ärger von meiner Mutter kassieren!«, lachte Johnny.

»Und meene lütte Ida? Ich hab die Deern so lange nicht gesehen! Muss bald mal wieder vorbeikommen. Und wie geht's der Frau Mama?«

»Wie soll es ihr schon gehen? Wie immer, würde ich sagen. Sie schreibt Vater lange Briefe und schickt ihm Salami, aber er konnte nur ganz kurz zu Weihnachten von der Front heimkommen. Ich glaube, sie vermisst ihn, und Ida fragt auch dauernd nach ihm.«

»Und du?«

»Ach ja, klar, aber …«, sagte Johnny gedehnt. »Immerhin bleibt der Rohrstock im Schrank, wenn er nicht da ist.«

Sie schob ihm einen großen Becher mit dampfendem Kakao hin und setzte sich auf einen kleinen Hocker. Die heiße Schokolade erinnerte ihn an die Zeit, da er kaum auf diesen Stuhl klettern konnte. Woher sie jetzt im Krieg das Luxusgut bekam, war ihm ein Rätsel, aber sie schien ihre eigenen Quellen zu haben.

»Lass man gut sein, dein Vadder meint es nur recht mit dir!«

»Ach, darauf könnte ich verzichten«, knurrte Johnny. »Aber sag mal, Oma Kakao, hast du gestern Nacht mitgekriegt, was da am Himmel los war?«

»Na, wie soll ich dat nicht gewahr worn, war ja direkt vor miene Nees. Dat war ein groter Feuerball, sech ich dir!«

»Wie, Feuerball? Ich dachte, da ist 'ne Bombe in Findorff runtergekommen?«

»Nu ja, nich' nur eene, und denn noch so'n Flieger, ist wohl abgeschossen worden und nahe der Bahnstrecke runtergekommen. Hat den Himmel beleuchtet wie'n Komet.«

»Echt? Haste das gesehen?«

»Na, weißt doch, ich geh doch nicht innen Bunker. Is mir zu eng da. Und in meinem Bett kann ich allens aus'em Fenster sehn.«

»Oma Kakao«, protestierte Johnny in liebevollem Ton, »du solltest wirklich besser in den Bunker gehen, das ist zu gefährlich hier neben der Bahn!«

»Ach, min Jung, was soll mir denn passieren? Mehr als sterben kann ich auch nicht!«

»Aber das sollst du noch nicht!« Johnny drückte die raue Hand der alten Frau.

»Irgendwann isses soweit, kannste nicht vor wechlaufen. Wat mutt, dat mutt! Un' denn doch besser mit 'em Sternenhimmel über mir.«

»Ach, sag doch so was nicht!«

»Weißte, wenn ich eins verstaan hab in mein'm langen Leben, dann dat: Do wat du wullt, de Lüe snackt doch!«

*Mach was du willst, die Leute reden sowieso,* dachte Johnny, während die alte Frau Holz nachlegte. *Oma hat gut reden …*

»Un' so mach' ich mein' Kram. Die Nazis sind ja ganz malle, wollen allens anders un' sind doch die größten Dösbaddel. Un' die wollen mir vertelln, wat ich don soll? Machen diesen Krieg un' denn sollen wir uns verkriechen? Nee, nich' mit mich. Un' du wirst dat auch noch lernen, min Jung. Nich' mit die Wölfe heulen. Na, weißt schon, wat ich mein' … un' keine Bange, wenn du mutig bleibst, kann dir keiner wat.«

»Oma, nicht so laut, wenn das einer hört!« Vorsichtig schielte er aus dem Fenster auf den Weg.

»Wer soll denn hier wat lustern?« Mit einem leichten Kopfschütteln wechselte sie das Thema. »Sech mol, könnt ihr noch ein paar Wurzeln brauchen? Meine letzte Ernte wird hier nicht schöner in der Erdmine, un' lütten Ida braucht doch jümmer wat Gesundes, die wächst ja noch.«

Kurz darauf verabschiedete sich Johnny von Oma Kakao, beladen mit einem großen Beutel schrumpeliger Möhren, beruhigt, dass sie wohlauf war, aber zugleich beunruhigt, dass es sie eines Tages doch erwischen könnte.

Zurück radelte er am Bürgerpark entlang mit dem prächtigen Parkhaus und dem kleinen Bahnhof der Jan-Reiners-Bahn am Hollersee, am SA-Hauptquartier vorbei. In der Lürmanstraße brachte Johnny sein Rad in den Vorgarten und sprang die fünf Stufen zum Windfang hoch: »Ich bin zu Hause!«

# SWINGBOYS UNTER SICH

»Johnny, du schaust gut aus!« Zufrieden betrachtete er am Nachmittag sein Spiegelbild: Werner hatte ihm neulich ein kariertes Sakko und enge Hosen geliehen, dazu der helle Staubmantel. ›So sieht die wahre Uniform eines Swingboys aus‹, hatte Werner gemeint, und der musste es ja wissen. Johnnys Mutter hatte entsetzt den Kopf über ›diese Clownsjacke‹ geschüttelt, sie war der Meinung, so sehe ›doch kein deutscher Junge aus‹. Aber das konnte ihm egal sein: Er brachte gute Noten nach Hause, übte brav Klavier und war ein wahrer Musterknabe, da sollte sie sich nicht beklagen. Zuletzt kämmte Johnny seine widerspenstigen dunklen Locken, die immer wieder in die Stirn fielen, sorgfältig mit Zuckerwasser zu einem ›Entenschwanz‹ in den Nacken. Jetzt noch den Filzhut seines Vaters auf und dann los. Mit einem Griff vergewisserte er sich, dass sein Glückspfennig in der Manteltasche steckte.

In diesem Aufzug huschte er schnell über die Straße zu Werner und blickte sich aufmerksam um. Wenn nur die olle Diehl im Nachbarhaus nicht ausgerechnet jetzt aus dem Fenster schaute. Dann müsste er sich morgen wieder was anhören, von wegen verlotterte Jugend und wohin das alles führen sollte. Aber die Nachbarin hatte schon die Verdunkelungsrollos heruntergelassen. Umso besser für Johnny.

Werners Familie bewohnte die Beletage im Hochparterre des weißen Eckhauses, die anderen vier riesigen Wohnungen wurden vermietet. In dem Haus gab es einen ausgebauten Dachboden mit einer Kammer, in der früher die Dienstmädchen gewohnt hatten. Heute stand das Zimmer neben dem Trockenboden leer und diente Werner und seinen Freunden als geheime Swinghöhle. Da die alte Witwe in der Etage darunter schwerhörig war, konnten sie die Lautstärke gefahrlos aufdrehen.

Frau Knigge öffnete Johnny die Tür. »Ach Johann, du weißt ja, wo du Werner findest.«

Am Ende des langen dunklen Flures klopfte er kurz an die letzte Tür und drückte sie auf. Im ersten Moment schien das Zimmer leer. Dann entdeckte Johnny den Freund mit dem Kopf unter einer Wolldecke und einem Draht am langen Arm. Er schlich sich leise heran und tippte ihm auf den Rücken. Werner zuckte heftig zusammen, zog hastig die Decke herunter und schaute sich schuldbewusst um. Dann hellte sich sein Blick auf: »Mensch, du bist das, Johnny! Hast du mich erschreckt!«

»Was machst du denn da?«

»Pscht, nicht so laut, Feind hört mit! Hier, wir haben von Stefan ein Telefunken-Radio bekommen. Eigentlich sollte es ein Weihnachtsgeschenk für die Familie sein, aber er hat es erst jetzt mitbringen können, als er auf Heimaturlaub war. Mit dem kann man richtig was hören, hat er mir gezeigt! Nicht nur den Reichssender Hamburg! Nur die Störsender nerven. Der Klang ist jedenfalls fantastisch.«

»Hast du das gut, so einen großen Bruder zu haben!«

Werner schlug vor, das Gerät in die Dachkammer zu tragen. »Vielleicht hat man da oben einen besseren Empfang. Auf alle Fälle sind wir da ungestörter. Aber pass bloß auf, lass es nicht fallen!«

Dieses Röhrengerät war so groß wie ein Nachtschrank und aus schwerem schwarzem Holz, stellte Johnny unterwegs fest. Das war ein anderes Kaliber als der billige Volksempfänger, die ›Göbbelsschnauze‹, die in seinem Elternhaus stand. Auf der dunklen Glasscheibe vorne las er so ferne Städtenamen wie London, Kalundborg, Breslau, Paris, Rom oder Moskau, und die verheißungsvollen Worte Kurz-, Mittel- und Langwelle.

Oben angekommen, kontrollierte Werner, ob jemand nebenan Wäsche aufhängte, und verschloss sorgfältig die Tür zum Treppenhaus. Sobald er einen dicken, weißen Schalter drückte, ertönte ein Knacken und Brummen, dann drangen aus dem Lautsprecher sphärische Geräusche und einzelne Tonfetzen. Werner drehte am Knopf, bis ein klares, lautes Signal kam.

»Das müsste jetzt Radio Oranje sein«, erklärte er fachmännisch.

»Mach mal leiser!«, ermahnte Johnny ihn mit einem besorgten Blick aus dem Giebelfenster auf die Straße, die weit unten lag. »Sonst hört uns doch noch jemand.«

»Was schaust du denn so ängstlich?«

»Na, du weißt schon, auf Rundfunkverbrechen steht die Todesstrafe.«

»Da spricht der Anwaltssohn.« Werner klopfte ihm leicht belustigt auf die Schulter. »Wir hören doch gar nicht ausländische Nachrichten, wir sind doch nur auf der Suche nach flotter Musik.«

Johnny schluckte seine Angst hinunter. Sein Freund war nicht zu stoppen, und er mochte den Swing ja ebenfalls. Aber heute hörten sie nur Wellensalat. Es fiepte und jaulte auf allen Frequenzen, so dass Werner entnervt das Radio ausstellte.

»Diese blöden Störsender der Nazis! Stefan hat mir erzählt, dass die das nur ausstellen, wenn englische Bombengeschwader im Anmarsch sind. Sonst können sie ja nicht die Funksprüche der Tommys abhören.«

»Doof nur, dass wir in dem Moment immer in den Bunker müssen …«, warf Johnny ein.

Werner drehte sich zu ihm. »Apropos Bunker, sag mal, dieser Neue, der Theo, weißte, wo der wohnt?«

»Hm, nee, er hat nur Hartwigstraße gesagt. Und dass seine Tante, bei der er wohnt, Magda heißt.«

»Wollen wir mal 'n büschen ummen Pudding gehen und gucken, wo der wohnt? Ich würd ja zu gern mal sein knallrotes Hottophon sehen.«

»Wenn der aus Hamburg kommt, dann hat der bestimmt heiße Scheiben mit.«

»Glaub ich auch. Die Hamburger Swingheinis sollen ganz schön flotte Feger sein und sich tüchtig mit den Nazis anlegen. Hat zumindest mein Cousin erzählt.«

Johnny sah aus dem Fenster, hinter dem sich ein grauer Winterhimmel langsam blau färbte. »Dann lass uns mal los, bevor es zu spät wird. Du weißt doch, meine Mutter hat immer Angst um mich, wenn es duster ist.«

In Hut, Mantel und weißen Schals gegen die Kälte polterten sie die Treppen hinab. Unterwegs begegneten sie der schwerhörigen Witwe von unten, lüfteten freundlich die Hüte, grüßten und kicherten übermütig.

Draußen war der frühe Januarabend heraufgedämmert, und die Jungen liefen die unbeleuchteten leeren Straßen entlang in Richtung Bürgerpark. Nur hier und da schimmerte es leicht durch die Ritzen der Verdunkelungsrollos, sonst wirkte die Gegend wie ausgestorben. Nach ein paar Straßenecken kamen sie an der Apotheke vorbei und bogen ab in die Hartwigstraße.

»Tja, und wo sollen wir jetzt suchen?« Johnny sah sich zweifelnd um.

»Weiß nicht, aber vielleicht hören wir ja was.« Sie tappten ein paar Schritte weiter, dann stieß Werner Johnny an: »Pst, sei mal still. Ist da nicht was?«

Vor ihnen quietschte, kreischte, schepperte es, und ein kleiner schwarzer Schatten flitzte panisch über die Straße. Werner lachte auf: »Von wegen Jazzklänge, das waren nur kämpfende Katzen.«

Johnny schüttelte den Kopf. »Ach, das war eine dumme Idee. Vielleicht sollten wir Theo einfach am Montag fragen, wo er wohnt?«

In diesem Moment wurde eine Haustür auf der linken Seite geöffnet. Der schmale Lichtspalt wurde breiter, und sie sahen einen Jungen mit runder Brille, der in den dunklen Vorgarten trat: »Ja, Tante Magda, ich bring den Müll raus.«

Werner grinste Johnny zu. Sie schlenderten mit den Händen in den Hosentaschen wie zufällig über die Straße und lehnten sich lässig gegen den Zaun. Theo, der von seinem Gang zur Mülltonne vors Haus trat, war überrascht: »Ach, seid ihr nicht … was macht ihr denn hier?«

»Wir haben grad einen kleinen Spaziergang gemacht und wollten nur mal Hello sagen«, antwortete ihm Werner. Johnny lüpfte dabei knapp den Hut.

»Na, ihr seht aus wie meine Swingboys in Hamburg. Das hätte ich ja nicht gedacht!« Theo machte hinter seiner runden Brille große Augen.

»Auch im provinziellen Bremen wird die rhythmische Musik teilweise sehr geschätzt.« Johnny hob scherzhaft die Augenbrauen.

»Darüber sollten wir uns mal unterhalten.« Theo sah sich kurz um. »Wie wär's, wenn ihr mich morgen Nachmittag mal zu Hause besuchen kommt. Ihr wisst ja jetzt, wo ich wohne. Dann können wir schnacken. Jetzt muss ich ins Bett, meine Tante wird gleich nach mir rufen …«

Wie auf Kommando hörten sie eine laute Frauenstimme durch die angelehnte Haustür: »Theodor, wo steckst du denn. So lange kann das doch nicht dauern, tüdel nicht immer so rum!«

»Komme schon, Tante Magda!«, rief Theo in Richtung Haus und wandte sich achselzuckend an Johnny und Werner. »Bis morgen dann!«

# MARKTTAG

In dieser Nacht gab es endlich einmal wieder keinen Luftalarm. Lange ausschlafen konnte Johnny dennoch nicht, denn seine Mutter hatte andere Pläne mit ihm. Seit die Samstage unterrichtsfrei waren, mussten eigentlich alle deutschen Jungen und Mädchen an diesem Tag verpflichtend zum Dienst in ihren Gruppen der Hitler-Jugend, sammelten für das Winterhilfswerk oder buddelten in den Wallanlagen. Johanns Mutter aber fand, ihr Sohn sollte besser zu Hause helfen. Heute schickte sie ihn auf den Markt vor dem Rathaus. Sie hatte gehört, dass es beim Kohlhöker Kartoffeln gab. Zusammen mit den Möhren von Oma Kakao ergab das einen sättigenden Eintopf für Sonntag. Johnnys Schwester Ida hatte lange gedrängelt und erreicht, dass sie ihn begleiten durfte. Der Weg führte sie vom Spanischen Platz am Eingang des Bürgerparks durch die Parkallee, die hier jetzt Franco-Allee hieß, unter den Eisenbahnschienen hindurch am Remberti-Stift und der alten Reitkaserne kurz vor der Bischofsnadel vorbei. Ida hüpfte unbeschwert neben ihm auf dem Bürgersteig durch die Schneereste.

Einmal zeigte sie mit großen Augen auf eine Häuserreihe, bei der das halbe Dach abgedeckt war.

Johnny nahm sie an die Hand. »Ich glaube, da ist eine Bombe aufs Haus gefallen. Schau mal, überall Trümmer und kaputte Möbel im Vorgarten.«

Ida zögerte. »Und die Menschen?«

»Die waren alle im Bunker, denen ist nichts passiert!« Er zog sie weiter und hoffte, dass sie seinen Zweifel nicht heraushörte. Bislang waren ihr Stadtteil und die Altstadt nahezu verschont geblieben. Am Hafen, auf den Werften und bei den Fabriken hatten die Luftangriffe mehr zerstört. Wie es da wohl aussah?

Vor dem Krieg hatte ihn sein Vater einmal mit in den Waller Hafen genommen, bis zur Rolandmühle mit den riesigen Getreidesilos und zur A.G. Weser, wo himmelhohe Schiffe im Dock lagen. Die niedrigen Häuser der Arbeiter waren Johnny wie Puppenhäuser vorgekommen, eine komplett fremde Welt.

Seine Mutter war damals nicht mitgekommen. Für sie bedeutete ein Besuch in Findorff bereits ein Ausflug in eine fremde Stadt, dabei war das ja nur auf der anderen Seite vom Bürgerpark. Und über die Weserbrücken in die Neustadt hatte sie noch nie im Leben einen Fuß gesetzt, war sich Johnny sicher. So etwas schickte sich nicht für eine echte Bremerin, eine ›Tagebaren‹.

Manchmal wunderte er sich über ihren Standesdünkel. Früher hatten sie öfter ›Gesellschaften‹ zu Hause gehabt, und Johnny erinnerte sich daran, wie er mit vier, fünf Jahren im Matrosenanzug die Gäste seiner Eltern mit kleinen Klavierstücken unterhielt. Dennoch: Ihre Kleidung hatte sie stets bei Karstadt oder Brenninkmeyer am Brill gekauft. Johnnys Vater verdiente als renommierter Anwalt mit Kanzlei in der Obernstraße nicht schlecht, aber seine Mutter hielt das Geld zusammen. Johnny hatte oft die Geschichten gehört, wie der Börsenkrach Ende der Zwanzigerjahre die einst wohlhabende Familie mütterlicherseits um ihr Vermögen gebracht hatte. Sein Opa wurde damals über Nacht arbeits- und fast mittellos. Das saß seiner Mutter in den Knochen: Sie sparte, wo es ging, und wenn ihr Sohn von dem Geld, das er sich mit Botengängen für die Anwaltskanzlei seines Vaters verdiente, extravagante Sakkos und Schuhe vom Trödler besorgte, schüttelte sie missbilligend den Kopf: »Tut das not?«

Kaum waren die beiden Geschwister durch die Wallanlagen, staunte Ida: »Und was passiert da? Noch eine Bombe?« Eine tiefe Grube klaffte auf dem größten Teil des Platzes hinter dem Dom. Arbeiter werkelten lautstark in einigen Metern Tiefe oder liefen emsig hin und her.

Johnny schüttelte den Kopf. »Nein, hier bauen sie einen großen Tiefbunker, damit alle Leute in der Stadt sicher sind vor den Bomben. So ähnlich wie der bei uns im Bürgerpark, nur eben unter der Erde.«

»Aber war hier auf dem Brunnen nicht mal eine Statue?«, wunderte sich Ida weiter.

»Stimmt, die haben sie gleich am Anfang des Krieges eingeschmolzen.«

»Och, schade«, Ida verschränkte enttäuscht ihre Arme, »die war so hübsch.«

»Und den Roland haben sie eingemauert, damit ihm nichts passiert«, Johnny zeigte auf einen massiven Klinkerklotz auf dem Marktplatz.

»Der sieht jetzt gar nicht mehr toll aus«, entrüstete sich Ida weiter.

»Dafür ist das Rathaus immer noch schön. Guck mal die lustigen Bilder da oben.« Gemeinsam betrachteten sie die prächtigen Verzierungen über den Arkaden und suchten wie früher Gluckhenne und Küken.

Zwischen Rathaus und Schütting verkauften Bauern aus dem Umland ihr Gemüse, Eier und manchmal Fleisch an kleinen Ständen. Einmal zog Johnny Ida im letzten Moment von der Straße. Hier fuhren viele Autos und Pferdekarren aus der Langenstraße und bogen in die Wachtstraße in Richtung Große Weserbrücke und Neustadt. Hinter der Baumwollbörse war das prächtige Portal der Brücke zu erkennen.

»Weißt du noch, wie die heißt, Ida?«

Seine Schwester runzelte die Stirn. »Du meinst, die große Brücke mit den Löwen?« Johnny nickte. »Adolf-Hitler-Brücke!«, rief die Kleine begeistert aus.

»Nee, das war sie mal, heute heißt die neue Brücke an der Stephanikirche so, und das hier ist die Lüderitzbrücke. Immer nur das Beste für den Führer!« Johnny konnte sich ein Grinsen nicht verkneifen.

*Die Nazis schienen überhaupt eine Vorliebe für die Umbenennung von Straßen, Plätzen und Brücken zu haben*, dachte Johnny. Mittlerweile hatten fast alle Schulen in Bremen einen Namenspatron bekommen, meistens verdiente Kämpfer der Bewegung. Daher war die Schule am Barkhof jetzt die Carl-Peters-Schule, die Schule am Bahnhof beim Elefanten hieß Lettow-Vorbeck-Schule, und alle Gymnasien waren offiziell Oberrealschulen oder Oberschulen. Nur das Alte Gymnasium, das AG, hatte seinen Namen behalten. Eine humanistische Bildungseinrichtung macht eben nicht jede Mode mit, hieß es bei den Schülern hinter vorgehaltener Hand. In seiner Klasse kam ohnehin kaum einer in HJ-Uniform in den Unterricht, die meisten Lehrer nahmen es mit dem Hitlergruß nicht so genau, und darüber war Johnny froh.

Auf dem Markt liefen einige Hitler-Jungen mit ihren Spendendosen herum. Johnny versuchte, ihnen möglichst aus dem Weg zu gehen, aber als er an einem Stand die Essensmarken und das Geld für einen Sack Kartoffeln abzählte, trat ein HJ-Gruppenführer von hinten an ihn heran.

»Na, wen haben wir denn hier? Johann Donandt! Heil Hitler!«

Johnny schaute sich um. Der hatte ihm gerade noch gefehlt: Wolfhard Groth, sein früherer bester Kamerad in der Volksschule und Sohn eines Anwaltskollegen seines Vaters. Wenn es nach Johnnys Eltern gegangen wäre, hätte er mehr mit Wolfi unternehmen sollen. Aber seitdem der sich zu einem ›Hundertfuffzigprozentigen‹ gemausert hatte und stets mit Braunhemd und schwarzen Kniebundhosen herumlief, vermied Johnny Begegnungen mit ihm.

Zugegeben, anfangs war auch er bei der Hitler-Jugend begeistert mitgelaufen. Lagerfeuer, Fackelzüge, Ausflüge, Geländespiele, und das alles ohne Erwachsene – das Jungvolk fand er zunächst äußerst reizvoll. Es gab eine Zeit, da wollte er unbedingt in die HJ aufgenommen werden. Aber je älter er wurde, desto mehr stieß ihn das Ganze ab. Immer dieser Druck, dieses Gebrüll. Jeden Samstag gab es Programm in der HJ-Zentrale in der Bornstraße oder es hieß ›ab ins Grüne‹, und in der Woche waren sie verpflichtet, ständig Altpapier, Kleidung und Geld für das Winterhilfswerk zu sammeln.

Vielleicht lag seine wachsende Abneigung an seinem Jungzugführer. Der hatte es genossen, die jüngeren Pimpfe zu quälen. Wer zu spät kam, durfte zur Strafe eine halbe Stunde auf dem Schulhof im Laufschritt exerzieren, wer die hundert Liegestütze nicht schaffte, musste noch einmal zweihundert Klappmesser vorführen. Eine Schinderei, die Johnny auch einige Male erleiden musste.

Vielleicht lag es auch an seinem Patenonkel Gregor. Der Bruder seiner Mutter, ein SS-Sturmbannführer, wollte ständig wissen, was Johann beim Jungvolk gelernt hatte, fragte ihn nach deutschen Flüssen oder frühen Märtyrern der Partei ab oder verlangte von ihm, Kampflieder vorzusingen. Familienfeiern waren für ihn furchtbar, wenn der Onkel dabei war. Fehlte nur der Rohrstock. Aber dafür war ja sein Vater zuständig. Natürlich kannte Gregor auch Wolfi Groth und rieb seinem Neffen immer wieder unter die Nase, er solle sich ein Vorbild an diesem aufrechten jungen Volksgenossen nehmen.

Aus diesen Gründen versuchte Johnny, sich so oft es ging vor dem Dienst in der HJ zu drücken. Zwar war die HJ eigentlich für deutsche Jungen von vierzehn bis achtzehn Jahren verpflichtend, aber wenn es möglich war, schwänzte er. Seine Eltern drückten beide Augen zu und drängten ihn nicht. Sein sonst so strenger Vater fand, die Partei mische sich zu sehr ins Private ein, und seine Mutter verabscheute unzivilisierte Nazi-Rabauken – und brauchte Johnny am Wochenende eh für andere Erledigungen.

Aber jetzt stand ausgerechnet Wolfhard neben ihm und streckte auffordernd den rechten Arm empor.

»Ja, Heil Hitler!«, nuschelte Johnny und hob kurz die Hand hoch. »Tach auch, äh, Ida, kannst du mal bitte das Portemonnaie halten?« Er hatte inzwischen gezahlt, schulterte den Kartoffelsack und trat einen Schritt vor.

Aber Wolfhard ließ sich nicht abschütteln. »Wieso bist du nicht bei deinem Gruppendienst?«

»Ich muss unserer kranken Mutter helfen!«, antwortete Johnny schnell. Ida holte erstaunt Luft, doch ihr Bruder knuffte sie in den Rücken, so dass die Kleine entrüstet aufschrie.

Wolfhard nickte: »Ach, gut, Kamerad. Wünsche der Frau Mama gute Besserung! Aber ich glaube, du solltest mal wieder zum Friseur. So lange Haare mag der Führer nicht, das ist undeutsch!« Er starrte Johnny streng an.

Der zuckte zusammen, strich sich die Locken zurück und nuschelte: »Mein Friseur hat keine Zeit gehabt.«

Wolfi zischte mit zusammengebissenen Zähnen: »Pass auf, Freundchen, wenn ich dich das nächste Mal sehe, hast du die Haare streichholzkurz, verstanden? Sonst muss ich nachhelfen!«

»Jaja, klar … komm, Ida, wir müssen nach Hause.« Mit hochgezogenen Schultern bückte sich Johnny weg und zog seine Schwester mit sich.

Sobald sie außer Hörweite waren, prustete die Kleine los. »Was war denn das für ein Döskopp?«

»Ach, nur so ein Wichtigtuer.« Johnny senkte den Kopf und atmete erleichtert aus: Noch einmal gut gegangen.

# HAMBURGER SZENE

Am Nachmittag flogen wieder dicke Flocken vom Himmel. Als Johnny bei Werner klingelte, hatte der sich bereits Hut, Mantel und weißen Schal gegriffen.

»Gewehr bei Fuß, Kamerad!« Sein Freund salutierte zackig und grinste frech. »Dann lass uns mal diesen Swingboy aus Hamburg ausbaldowern.«

Kaum waren sie auf der Straße, berichtete Johnny von der Begegnung mit Wolfhard am Morgen. »Auf Dauer kann ich nicht ständig den Dienst schwänzen. Irgendwann kriegen die mich noch mal dran, und dann gibt's richtig Ärger. Vielleicht sollte ich mich besser öfter dort blicken lassen.« Er ließ den Kopf hängen.

»Was denn, was denn? Hat der kleine Pisser dir Angst gemacht?« Werner schaute ihn erstaunt an. »Wir finden schon was. Weißt du, wenn's ganz hart kommt, dann melden wir uns beide für die Flieger-HJ. Die haben wenigstens schneidige Uniformen und weiße Seidenschals. Einige unserer verwegensten deutschen Fliegerasse sollen sogar Swing hören. Da sind wir doch bestens aufgehoben!«

Werner hakte sich bei Johnny unter und trat an die Bordsteinkante. Mit einem Fuß in der Rinne und dem anderen auf dem Bürgersteig hinkte er wie Goebbels die Straße entlang und pfiff dabei lautstark Glenn Millers ›Pennsylvania 6-5000‹. Johnny schaute vorsichtig über seine Schulter und wunderte sich, wie Werner so frech sein konnte.

Kaum hatten sie in der Hartwigstraße geklingelt, riss Theo in einem weiten karierten Sakko die Tür auf und winkte sie mit einer tiefen Verbeugung in den Flur: »Meine Herren, darf ich bitten?« Im Hintergrund kicherte eine Mädchenstimme. »Lulu, halt dich zurück!«, schimpfte Theo in die Richtung, aus der das Lachen kam.

Nachdem die Jungen ihre Mäntel und die schneenassen Filzhüte an die Garderobe gehängt hatten, schauten sie sich um.

»Ist deine Tante nicht da?«, fragte Johnny leise.

»Die ist auf der Arbeit, wir haben also bis heute Abend sturmfrei. – Nur meine Schwester Lulu ist da«, Theo verdrehte leicht die Augen.

»Du hast eine Schwester? Das hattest du gar nicht erzählt.« Zielgenau steuerte Werner das Ende des Flurs an, wo er das Wohnzimmer vermutete, Johnny folgte ihm. Sein Blick fiel zunächst auf eine große Musiktruhe an der fensterlosen Schmalseite, mit einem Grammophon und einem Rundfunkgerät. In einem Regal daneben standen Dutzende Schallplatten. Davor auf dem Perserteppich lag das knallrote Hottophon, das er schon im Bunker gesehen hatte, mit weiteren Platten im Deckel.

»Na, du hast aber eine tüchtige Sammlung!«, stieß Johnny bewundernd aus und schob sich an seinem Freund vorbei ins Wohnzimmer. »Darf ich gucken?« Ohne eine Antwort abzuwarten, hockte er sich auf den Teppich und blätterte die Schellacks im Koffer durch.

In der Zwischenzeit suchte Werner nach der Ursache des Kicherns: Ein Mädchen in einem Nadelstreifenanzug und mit einem modischen Bubischnitt stand in der hinteren Ecke des Raumes. Sofort ging ein Ruck durch Werner, er wurde zwei Zentimeter größer und streckte die Brust raus. »Du … bist also Lulu.«

Johnny schaute auf und staunte. Diese mondäne junge Frau sah anders aus als das dünne Ding, das er vor ein paar Tagen im Bunker flüchtig gesehen hatte. Aber damals war es dunkel und sie hatte eine Mütze auf.

»Sehr angenehm, Ihre Bekanntschaft zu machen«, Werner verbeugte sich elegant, »man sieht gleich, dass Sie aus Hamburg kommen, so schick wie Sie sind!«

Lulu kicherte wieder, warf den Kopf kokett in den Nacken und reichte ihm die Hand. Formvollendet deutete er einen gehauchten Kuss an und sah ihr in die Augen.

»Ach, so schick ist sie jetzt auch nicht«, neckte Theo seine Schwester, die ihm lachend mit einer Faust drohte, »aber zumindest gibt's bei uns in Hamburg noch mehr schmucke Ladies.«

»Ja, erzähl mal«, hakte Johnny nach, der langsam seine Sprache wiederfand, »da muss ja einiges los sein bei euch. Sogar der Reichsjugendführer hat sich neulich über die haltlosen Zustände in Hamburg beschwert!«

»Tja, die Nazis mögen unseren englischen Style eben nicht«, bestätigte Lulu. Sie hatte inzwischen aus der Küche ein Tablett mit einer Kanne, Tassen und ein paar Keksen gebracht: »Ist zwar nur Muckefuck, aber wir tun einfach so, als ob es echter Kaffee ist.« Alle vier setzten und hockten sich rund um den Couchtisch.

Werner riss sich vom Anblick Lulus los und wandte sich an Theo. »Du bist aufs Johanneum gegangen? Meine Vetter haben mir erzählt, dass das eine ziemlich wilde Schule ist.«

»Na ja, wild ... Ich glaube, so ungefähr wie euer Altes Gymnasium. Die meisten Lehrer waren in Ordnung, Uniformen gab es bei uns im Schulgebäude kaum, und am besten waren die Englisch- und Musik-Stunden. Viele meiner Klassenkameraden sind Swingboys, und die anderen halten ihre Klappe.«

»Das ist ja das Paradies!«, entfuhr es Werner.

Lulu schüttelte traurig den Kopf. »Na ja, könnte es sein, wenn da nicht Henze wäre.«

»Oh ja, Henze, der ist 'ne braune Sau!«, spuckte Theo aus.

»Wer ist das? Ein Lehrer?«

»Nee, schlimmer, der Oberaufseher der Hamburger Schulen, und der hat uns Swingboys auf dem Kieker. Vor dem muss man sich in Acht nehmen.« Theo nahm seine Brille ab und putzte sie. »Dieser Nazi hat sogar unseren alten Direktor versetzen lassen, weil der zu freundlich zu uns war.«

»Aber wir lassen uns nicht so schnell entmutigen«, sagte Lulu selbstbewusst. »Wir treffen uns einfach weiterhin im Planten un Blomen, gerade jetzt im Winter. Die Eislaufbahn ist zwar zu, aber schliddern kann man auch auf den zugefrorenen Teichen, und irgendwer hat immer ein Hottophon dabei.«

»Manchmal gehen wir auch tanzen in den Alsterpavillon, da spielen immer richtig gute Bands«, schwärmte Theo. »Vor dem Krieg war sogar Teddy Stauffer zu Gast, und im Moment ist John Kristel, dieser Belgier, mit Original-Arrangements im Aquarium.«

»Aquarium?« Werner stutzte.

»So nennen wir den Alsterpavillon, weil da so viel Glas ist«, erläuterte Lulu.

»Aber wie kommt ihr da rein?«, fragte Johnny. »Kontrollieren die nicht euer Alter?«

»Ach, wir haben da unsere Wege ...«, grinste Theo breit.

»In Bremen soll man ja auch ganz gut hotten können, im Atlantic und im Europa Café«, überlegte Werner, »aber da bin ich bislang nur einmal mit meinem großen Bruder reingekommen.«

»Dann müsst ihr Bremer wohl von uns Hamburgern lernen«, neckte Theo ihn.

»Aber bis dahin sollten wir uns mehr ans Musikhören halten, ist auch ungefährlicher, und jetzt will ich erst mal diese Platte hier auflegen!« Johnny hielt triumphierend eine Schellack in die Höhe.

Theo kniete sich neben ihn auf den Teppich: »Ach, das ist doch der ›Tiger Rag‹ von Fud Candrix, ja, der hat den Swing drauf.« Er nahm die Platte aus der Hülle.

»Bei uns in Bremen ist der Song auch bekannt als ›Tigerjagd im Bürgerpark‹«, erklärte Werner.

»Weißt du noch, wir haben mal eine alte Aufnahme von Art Tatum gehört – so würd ich gerne Klavier spielen können«, schwärmte Johnny.

»Ach, du traust dich ja nicht mal, einen Boogie-Woogie zu spielen!« Sein Freund winkte ab. An Theo und Lulu gewandt, erklärte er: »Johnny hat ein super Gehör und eine tolle Technik, aber er verschleudert sein Talent an Beethoven-Sonaten.«

»Echt? Du spielst Klavier? Ich wünschte, ich wäre damals nicht so faul gewesen, als unsere Mutter uns zu dieser schrecklichen Musiklehrerin geschleppt hat.« Theo grinste seine Schwester an, legte die Scheibe vorsichtig auf den rotierenden Drehteller des Schrankgrammophons und hob wie ein Dirigent den Finger in die Luft.

Sobald das Orchester die Tigerjagd begann, wippten erst die Köpfe, dann die Füße heftig im Takt. Nach Fud Candrix legte jeder von ihnen seine Lieblingsplatte auf, und alle vier kommentierten mit Kennermiene das wilde Trompetensolo von Harry James oder Gene Krupa, der das Schlagzeug wie von Sinnen bearbeitete. Später wechselten sich die schnellen Rhythmen mit ausladenden, schwingenden Orchester-Arrangements ab, und Theo und Werner diskutierten, ob Hot-Jazz oder Swingmusik das einzig Wahre sei.

»Mein Vater würde Hot ablehnen, aber so ein feiner Big-Band-Sound wie von Glenn Miller, der ist doch auch für die Alten annehmbar, oder nicht?«, war Werner überzeugt.

»Na ja, für deinen Alten vielleicht, aber nicht für die Nazis, für die ist das doch alles Hottentotten-Musik«, antwortete Theo.

»Stimmt, die sind echt Miesepeter!«, nickte seine Schwester. »Alles, was Spaß macht, ist bei denen verboten.«

»Da zählt nur eine Jugend zäh wie Leder und hart wie Kruppstahl und so …« Werner lächelte gequält.

Johnny hatte sich bislang zurückgehalten, jetzt räusperte er sich zögernd. »Ich hab einfach keine Lust auf deren Soldatenspiele. Ich will mein Leben genießen. Deshalb würde ich auch gern nach Amerika gehen.« Er betrachtete eine Platte von Benny Goodman in seinen Händen. »Den würd ich gern mal live in New York hören. Das muss großartig sein.«

»Tja, wenn der Krieg vorbei ist, dann vielleicht«, meinte Theo, und Lulu ergänzte leise: »Wenn wir dann noch leben.«

# WOHER, WOHIN

Lulu unterschied sich sehr von ihren Mitschülerinnen, das hatte Hetty sofort gemerkt. Sie war vorlaut, ließ sich nichts gefallen und sah einfach umwerfend aus, fast wie ein Filmstar. Marianne und die anderen Mädchen in der Klasse mochten sie nicht, aber die waren nur neidisch, war sich Hetty sicher. Zu ihr war Lulu nett, und sie freute sich, dass die Neue sie jeden Morgen abholte, um zusammen zur Schule zu gehen.

»Sag mal, was willst du eigentlich nach dem Abitur werden?« Hetty hakte sich bei ihrer neuen Freundin ein.

»Keine Ahnung, vielleicht Sängerin?«

»Nein, ich meine einen ordentlichen Beruf.«

»Ist das etwa kein ordentlicher Beruf?« Lulu zog die Augenbrauen halb im Scherz hoch. »Hm, also im Ernst, Sängerin oder Schauspielerin könnte ich mir gut vorstellen.« Und sie erzählte, wie sie früher oft mit ihrer Mutter ins Theater gegangen war und bei einer Schulaufführung im letzten Jahr sogar die Hauptrolle gespielt hatte. »Meine Iphigenie war ein großer Erfolg, sogar die Zeitung hat darüber geschrieben.«

»Vielleicht wird aus dir ja noch eine zweite Marlene Dietrich.«

»Von irgendwas musste ja träumen!«, lachte Lulu. »Und du? Wovon träumst du?«

»Ich?« Hetty druckste herum. »Na ja, ich würde gern Medizin studieren.«

»Ärztin willst du werden? Na, dann haben wir ja ähnlich große Träume. Und beides wird gerade ganz dringend benötigt: Unterhaltung zur allgemeinen Aufheiterung und Ärzte, um die Soldaten zusammenzuflicken.«

»Als ich klein war, lag ich mal längere Zeit im Krankenhaus. Ein sehr netter Arzt hat mir geholfen. Wenn der Professor Hess ins Zimmer trat, dann ging es mir gleich etwas besser. Seitdem will ich am liebsten Kinderärztin werden. Aber meine Eltern trauen mir das nicht zu. Die meinen sogar, ich brauch kein Abitur, weil ich sowieso heirate.«

»Ach, das ist doch Unfug«, erwiderte Lulu kopfschüttelnd.

Hetty erzählte ihrer Freundin, wie sie sich damals gegen den Willen ihrer Eltern im Lyzeum angemeldet hatte. Die Unterschrift des Vaters war gefälscht, der Schwindel flog auf. Aber statt sie nach Hause zu schicken, fragte Direktorin Plate, weshalb sie denn unbedingt diese Schule besuchen wollte. Nachdem Hetty ihren Traum vom Medizinstudium und den Widerstand der Eltern gestanden hatte, schlug die Schulleiterin vor, einmal zu ihr nach Hause zu kommen.

»Kannst dir ja vorstellen, als die Plate da so imposant auftauchte, hat das mächtigen Eindruck auf Mutter und Vater gemacht«, erinnerte sich Hetty lachend. »Die standen da und nickten nur noch. Na ja, ich musste ihnen versprechen, dass ich trotz Schule auch zu Hause fleißig helfe, aber dann durfte ich endlich auf die Kleine Helle wechseln. Und als die das normale Abitur für uns Mädchen reduziert haben, wollten meine Eltern, dass ich nur das Puddingabitur mache, das würde ja reichen. Aber Frau Plate hat sich wieder bei denen durchgesetzt – Gott sei Dank!«

»Puh, da hast du ja schon ganz schön kämpfen müssen!« Anerkennend nickte Lulu ihr zu. »Da ist meine Mutter Gott sei Dank anders. Sie selbst hat Jura studiert. Von ihr hab ich eins gelernt: Kindchen, hat sie immer gesagt, lass dir als Frau nicht die Butter vom Brot nehmen.«

»Arbeitet sie denn als Richterin?«

»Nee, sie war 1922 eine der ersten weiblichen Anwältinnen in Hamburg, sobald das erlaubt war. Dummerweise sind Theo und ich bald dazwischengekommen, und da haben die Kollegen sie doch wieder rausgeekelt. Eine deutsche

Mutter muss sich doch um ihren Nachwuchs kümmern und so.«

»Und Euer Vater? Was macht der so?«

Lulu schaute sie kurz an, bevor sie leise antwortete: »Der ist seit ein paar Jahren tot. Hatte Krebs …«

»Oh.« Hetty hätte sich am liebsten auf die Zunge gebissen.

»Schon in Ordnung, kannst du ja nicht wissen.« Sie atmete kurz durch, dann lächelte sie wieder. »Er war Professor an der Uni. Ich glaub, Mama war seine Studentin, das gab natürlich ein Getratsche. Aber auch das hat sie uns beigebracht: Du kannst es nicht allen recht machen, also versuch's nur bei dir.«

»Das muss ich mir merken.« Hetty runzelte nachdenklich die Stirn. Dann erzählte sie von ihrer Mutter, die vor dem Krieg ihre eigene Änderungsschneiderei in der Wachmannstraße hatte, aber jetzt zu Hause nähte, um die Miete für den Laden zu sparen und auf ihre jüngeren Kinder aufzupassen.

»Wenn ich aus der Schule komme, bin ich natürlich für die beiden da, damit meine Mutter in Ruhe nähen kann. Aber jetzt, wo unser Vater, na ja, mein Stiefvater vermisst wird, ist alles noch schwieriger geworden.«

Lulu schaute sie nachdenklich an. »Und du kannst auch nähen?«

»Na klar. Du etwa nicht?«

»Nee, ich würd mir glatt die Finger an den Stoff nähen.« Theatralisch hob sie ihre schlanken Hände in die Höhe, was Hetty zum Lachen brachte. »Das wäre doch schade drum!«

Nach einer Weile fragte Lulu: »Weißt du was? Ich hab eine Idee. Hast du Lust, mich zu Hause zu besuchen? Ich mein, bei meiner Tante? Ich hab da was, was ich dir zeigen möchte.«

Hetty nickte begeistert. »Na klar komm ich gern.« Dann zögerte sie. »Ich muss nur schauen, ob es heute nach der Schule klappt.«

»Kein Problem, komm einfach, wann es dir passt.«

Mit dem letzten Klingelzeichen liefen die beiden Mädchen auf den Schulhof und mischten sich in die hinteren Reihen zum Fahnenappell, gerade noch rechtzeitig, bevor es Ärger gegeben hätte.

Nach dem Unterricht beeilte sich Hetty, die fertige Wäsche für ihre Mutter auszutragen. Sie war gespannt, was Lulu ihr zeigen wollte. Zum Abendbrot musste sie wieder zu Hause sein, und die Liste der Kundinnen war lang. Gott sei Dank wohnten die meisten in der Nähe, so dass sie es nicht weit hatte. In dieser Gegend lebten viele reiche Leute in Villen und Stadthäusern, die sich die Dienste einer Näherin leisten konnten. Deshalb hatte ihre Mutter entschieden, hierhin zu ziehen, obwohl die Gegend eigentlich zu teuer war.

Kaum war ihr Henkelkorb leer und alle geflickten Hemden, umgenähten Kleider und gestopften Mäntel abgegeben, lief sie zu dem Haus, das ihre Freundin genannt hatte: Hartwigstraße, Ecke Benquestraße. An einem schmiedeeisernen Zaun hing ein Schild: A. S. Stratmann, Dentist, der Onkel von Lulu.

Sie klingelte an der Eingangstür im Windfang. Kurz darauf wurde die Innentür geöffnet und Lulu stand freudig grinsend vor ihr.

»Mama hat mir frei gegeben bis zum Abendbrot.«

»Na, denn man rein mit dir«, zog Lulu sie in den Hausflur. »Ich stell dich meiner Tante vor.«

Tante Magda war in der Küche und rührte in einer großen Schüssel Teig an. Sie freute sich, dass Lulu so schnell eine Freundin in der neuen Schule gefunden hatte, und schüttelte ihr überschwänglich die Hand.

»Jaja, Tante, schon gut«, lachend schob Lulu Hetty aus der Küche ins Wohnzimmer und verschwand wieder, um die angekündigte Überraschung zu holen. Hetty schaute sich um und staunte. Neben der Schrankwand standen ein Rundfunkgerät, ein riesiges Grammophon und daneben unzählige Platten. Die Familie ihrer Freundin musste echt reich sein, war sie überzeugt.

In diesem Moment öffnete sich die Wohnzimmertür, und ein junger Mann in einem weiten blauen Zweireiher, einem amerikanischen Filzhut und einer Zigarette im Mundwinkel stand vor Hetty. In perfektem Englisch sprach er sie an: »Excuse me, Ma'am! Do you have a light?«

Mit großen Augen suchte sie stotternd nach Worten, die sie in der Schule gelernt hatte, da ging die Tür abermals auf, und Lulu stand mit einem Koffer im Wohnzimmer.

»Ach, Theo, jetzt jag doch meiner Freundin keinen Schrecken ein! Entschuldige, Hetty, das ist mein unmöglicher Bruder Theo.«

Hetty brauchte einen Moment, bevor sie erleichtert aufatmete. »Du sprichst Deutsch? Warum sagst du das nicht gleich!« *So sah also Lulus Zwillingsbruder aus: Verwegen, wie ein amerikanischer Filmstar. Seine Schwester ähnelte ihm, obwohl sie fast schwarze Haare hatte und bei ihm rotblonde Strähnen unter dem Hut zu erkennen waren.*

»Sehr angenehm, Fräulein Hetty! Theo mein Name!« Er verbeugte sich tief. »Allerdings, meine Damen, muss ich Sie jetzt leider schon wieder verlassen. Ich bin noch mit Johnny verabredet zum Vokabeln lernen.«

»Musikalische Vokabeln, nicht wahr?«, neckte ihn seine Schwester. Doch Theo lüpfte kurz seinen Hut, rief seiner Tante in der Küche einen Gruß zu und verschwand.

Hetty schaute ihm mit offenem Mund nach, bis Lulu sie kichernd anstupste. »Na komm, krieg dich wieder ein. Der ist ganz in Ordnung. Meistens verstehen wir uns ohne Worte. Wir kennen uns ja schon unser Leben lang. Aber manchmal kann er ekelig zu mir sein. Oder er spielt sich als mein Beschützer auf. Dabei bin ich die Ältere.«

Lulu plauderte von ihrer Hamburger Clique, in der neben den Jungs auch ein paar andere Mädchen waren.

»Ich dachte, Jungs und Mädels …«

»Was, spielen nicht zusammen?« Lulu lachte auf. »Wir sind ja nun bald keine Jungs und Mädels mehr, oder? Die Jungs dürfen bald Soldaten spielen, und wir Mädels müssen unseren Mann an der Heimatfront stehen. Da kann man wohl noch 'n büschen Spaß vorher haben.«

Nachdenklich drehte Hetty an ihren langen Zöpfen. »Bist du eigentlich beim BDM in Bremen gemeldet?«

»Ich glaube, meine Meldedaten sind irgendwie auf dem Weg von Hamburg nach Bremen verloren gegangen«, grinste Lulu verschwörerisch. »Hab mich auch in Hamburg schon gedrückt. Dieser ganze Kram von wegen deutsche Mutter und Hausfrau, Ernteeinsatz und Dienst am Volk ist nicht nach meinem Geschmack. Irgendwie bin ich immer drum herumgekommen, und hier in Bremen kennt mich ja noch niemand.«

»Zur Not kommst du mit in meine Gruppe, da wird das nicht so ernst gesehen. Ich geh auch nicht so regelmäßig hin. Unsere Mädelschaftsführerin ist ganz in Ordnung, und wenn ich samstags mal wieder nicht zum Dienst komme, dann sag ich immer, ich musste meiner Mutter helfen. Das kontrolliert die nie.«

»Gut zu wissen, aber noch besser, wenn ich da gar nicht hin muss.« Lulu klopfte auf den Koffer, den sie neben sich abgestellt hatte. »Hetty, ich wollte dir doch was zeigen, schau mal hier.« Als sie die Schnappverschlüsse öffnete, quollen nachtblauer Tüllstoff, rosafarbene glatte Seide, beiger Chiffon und weitere feine Materialien heraus. Einen nach dem anderen legte Lulu aufs Sofa.

»Ich hab hier ein paar Stoffe. Eigentlich waren das mal alte Kleider, von meiner Tante und meiner älteren Cousine, hoffnungslos veraltet, so ein Zwanzigerjahre-Stil, und ich brauch jemanden, der mir das in den letzten Schrei verwandelt. Wir können ja schließlich nicht in BDM-Uniform zum Tanzen gehen.«

»Zum Tanzen?«

»Ja, hattest du nicht gesagt, dass du zu dieser Tanzschule willst?«

»Ja …«, Hetty zögerte. »Ich kann zwar nähen, aber für den neuesten Schrei bräuchte ich ja wohl Schnittmuster.«

»Die wären nützlich, stimmt, aber die gibt's ja nun nicht, leider.« Lulu zuckte bedauernd mit den Schultern und zwinkerte ihr dann zu. »Aber was es noch gibt, ist das Kino.«

Hetty sah sie fragend an.

»Die tragen dort doch immer die neueste Mode, sowohl die deutschen Schauspielerinnen als auch die Amerikanerinnen. Wie Lana Turner zum Beispiel, oder Hedy Lamarr, Rita Hayworth, Marlene Dietrich. Die waren schon vor dem Krieg sehr mondän. Und ihre Kleider erst …«

Sie sei ganz passabel im Zeichnen, sagte Lulu und schlug vor, dass sie die Kleider bei einem Kinobesuch skizzieren und Hetty die alten Stoffe dann entsprechend umschneidern könne.

»Was meinst du denn, wie wir Mädels in Hamburg immer an unsere Klamotten gekommen sind?« Sie lächelte zuversichtlich. »Das können wir beide zusammen auch schaffen.«

Hetty richtete sich auf und nickte zögernd. Gleichzeitig fragte sie sich, wie sie ihrer Mutter ihre Schneiderarbeiten erklären sollte. Aber Lulu wirkte so ansteckend, dass sie schließlich zustimmte. »Na gut, wir können es ja versuchen.«

»Abgemacht. Dann gehen wir bald mal ins Kino.«

# IM KINO

Ein paar Wochen später machte sich Lulu sonntags auf den Weg zu Hetty. Der Schnee taute bereits langsam, aber der eisige Wind, der über den Spanischen Platz am Ende der Wachmannstraße pfiff, vertrieb Frühlingsgefühle. Lulu stapfte in die Franco-Allee und bog dann in den Barkhof ein. In dem kleinsten der schmucken Mietshäuser ganz unter dem Dach wohne sie, hatte Hetty gesagt. Als sie davorstand, öffnete sich die Haustür und ein Mann trat hinaus. Das Mädchen schlüpfte in den düsteren Hausflur, klopfte ihre Stiefel ab und tappte die Treppe hinauf. Beinahe stieß sie einen Sandeimer auf dem ersten Treppenabsatz um. Es roch nach Bohnerwachs.

Hinter einer zerschrammten Tür im obersten Stock hörte sie Kinderstimmen und ein Surren im Hintergrund. Nachdem sie erfolglos den Klingelknopf gedreht hatte, klopfte sie kräftig und wartete. Sofort verstummten die Geräusche, und Schritte auf den Holzdielen waren zu hören.

»Wer ist da?«, fragte eine Frauenstimme vorsichtig.

»Ich bin Lulu, eine Schulkameradin von Hetty, äh, Hedwig.«

Sie hörte Tuscheln, dann wurde die Tür langsam geöffnet. Durch den Spalt lugte eine Frau mit müden Augen. »Du willst zu Hedwig?«

»Ja, ich wollte fragen, ob sie mit mir ins Kino darf.«

»Kino? Dafür haben wir kein Geld!«, erwiderte die Frau kurz angebunden und schloss schon halb die Tür.

Da drängte sich Hetty hinter ihr vorbei. »Kino sagst du?«

»Ja, im Tivoli läuft eine Komödie, gleich um vier, ich lad dich auch ein!«

Hetty schaute ihre Mutter bettelnd an. »Mama, ich bring nachher auch die Lütten ins Bett, dann kannst du weiter nähen, aber lass mich jetzt doch bitte ausgehen! Ich komm auch gleich nach der Vorstellung wieder nach Haus. Bitte!«

Aus dem verhärmten Gesicht der Mutter schwand die Ablehnung, sie nickte langsam. Hetty juchzte auf.

»Sie kommt gleich!« Mit einem Knall wurde die Tür zugeschlagen. Lulu blieb verdattert im dunklen Treppenhaus stehen und wunderte sich über die Unfreundlichkeit der Mutter. Kurz darauf öffnete sich die Tür erneut, und Hetty, jetzt in Mantel und Schuhen, trat auf den Treppenabsatz.

Bevor sie die Tür hinter sich zuzog, rief sie in den leeren Flur: »Bis nachher, und seid artig! Lasst die Mama in Ruhe arbeiten, dann les ich euch nachher was vor!« Nur das Surren wie von einer Nähmaschine war wieder zu hören. Ansonsten herrschte Stille.

»Lulu, ich freu mich so, was für eine tolle Idee! Ich liebe Kino!« Hetty ergriff die Hand der Freundin und zog sie die Treppen hinunter.

Auf dem Bürgersteig fegte der Wind den Schnee vor sich her. Lulu knöpfte ihren Mantel höher. »Wieso war deine Mutter denn so komisch? Ich hab ihr doch nix getan!«

»Wir kriegen nicht oft Besuch. Und sie ist immer etwas angespannt, viel zu tun, weißt du.« Durch den Schal, der ihren Mund bedeckte, grummelte sie: »Immer helfe ich ihr sonntags! Aber ich muss ja wohl auch mal weggehen können, so richtig uppen Swutsch, man ist ja nur einmal jung!« Trotzig warf sie ihre Zöpfe nach hinten.

Lulu hakte sich bei Hetty unter, und zusammen schlenderten sie durch den nahen Eisenbahntunnel. An der Polizeistation mit dem Turm, vor der ein Wachmann stand und die beiden Mädchen aufmerksam anschaute, bogen sie kichernd ab. Kurz vor dem Bahnhof war das Tivoli Lichtspielhaus mit seinen griechischen Säulen und Statuen an der Fassade.

»In welchen Film gehen wir eigentlich?« Hetty blieb vor den Schaufensterkästen neben dem Eingangsportal stehen.

»So eine amerikanische Komödie mit Musik, ›Nicht schwindeln, Liebling‹. Ich dachte, das könnte dir gefallen.« Lulu zeigte auf ein Filmplakat in der Mitte.

»Ach, Lana Turner spielt da mit. Die mag ich. Und wer ist das da?« Hetty deutete auf einen Mann im weißen Anzug und Klarinette.

»Das ist Artie Shaw, gar kein Schauspieler, sondern ein echter Swingbandleader, der sich selbst spielt«, erklärte Lulu. »Der Film lief schon vor zwei Jahren in Hamburg. Da hab ich den bestimmt drei Mal gesehen. Aber vielleicht kriegen sie gerade keine neuen Filme rein, da zeigen sie die älteren Sachen aus Hollywood noch mal, vor allem an den Nachmittagen. Und dieser Film ist wirklich bombig, du wirst sehen. Lass uns reingehen.«

Lulu kaufte für ein paar Groschen zwei Kinokarten. Die Wochenschau hatte angefangen, als die beiden sich ihre Plätze weit vorne suchten. In bekannt vollmundigem Ton berichtete der Sprecher von den heroischen und siegreichen deutschen Truppen. Dramatische Musik untermalte die Bilder von Wehrmachtssoldaten beim Einmarsch in Bulgarien, deutschen Panzern unter Palmen, erfolgreichen U-Booten im Hafen und deutschen Flammenwerfern in Frankreich. Die Mädchen starrten auf die Leinwand.

Hetty beugte sich zu Lulu und flüsterte: »Eigentlich Quatsch, aber ich such in den Gesichtern der Männer immer nach meinem Stiefvater.«

Die Freundin nahm ihre Hand. »Vermisst du ihn?«

»Na ja … Früher war er ganz nett, aber seitdem er angefangen hat zu saufen …«

Der Saal wurde dunkel, und der Hauptfilm begann mit Fanfaren, die in einem flotten Rhythmus mündeten und den Schrecken der Kriegsbilder schnell vergessen ließen. Die beiden Mädchen drückten sich tiefer in die Sessel. »Oh, Lana Turner ist so eine tolle Frau«, schwärmte Hetty leise, als die langbeinige Schauspielerin das erste Mal auftrat. »Wenn ich groß bin, will ich auch solche schönen Klamotten tragen. Aber bis dahin muss ich sie wohl selbst nähen!«

Mit einem zufriedenen Grinsen zog Lulu einen Notizblock und einen Bleistift aus ihrer Handtasche und warf eine schnelle Skizze des raffiniert ausgeschnittenen weißen Kleides hin. »Ja, genau. Ich zeichne die Vorlage, geb' dir die Stoffe, und du zauberst dann an der Nähmaschine!«

Hetty schaute ihr fasziniert zu. »Du solltest Modeschöpferin werden, so gut wie du das kannst.«

»Dafür sollte ich wohl auch selber nähen können, daran wird es scheitern«, kicherte Lulu. »Aber jetzt pst, gleich kommt eine großartige Szene. Allein für die lohnt es sich, den Film zu sehen.«

Sie deutete auf die Leinwand. Dort sahen sie ein großes Orchester in einem Tanzsaal, auf dem Parkett vor der Bühne drängten sich die Paare und tanzten. Wie ein Wirbelwind begann der Schlagzeuger, seine Trommeln zu bearbeiten, gleich darauf kletterte eine Klarinette quietschend in die höchsten Höhen hinauf. Der treibende Rhythmus fuhr den Tanzenden in die Beine, bis sich ein Kreis um einige Paare bildete, die wie verrückt zappelten. Ein Mann warf seine Dame in die Luft, dass man die Unterröcke sah, ein anderes Pärchen lehnte mit den Oberkörpern aneinander, als ob sie sich gegenseitig stützen würden, und schlugen mit den Beinen aus wie Pferde. Die ganze Menge hüpfte und vibrierte.

Lulu zappelte mit den Knien, dass es sie fast nicht mehr auf dem Sessel hielt. »Siehst du das? Ist das nicht famos?«

Hetty staunte mit großen Augen, auch ihre Füße zuckten. »Was machen die denn da?«

»Na was wohl? Die tanzen Jitterbug! Das Stück heißt Traffic Jam, Verkehrsstau. Das ist erste Sahne Hotmusik!« Lulu beugte sich hinüber. »Wenn du möchtest, kann ich dir ein bisschen beibringen! Theo hat mir gezeigt, wie das geht.«

Begeistert nickte Hetty. »Au ja!«

Nach dem Film strömten die Menschen aus der Vorstellung. Schon auf dem Weg durch das Foyer zeigte Lulu Hetty ein paar Tanzschritte, aber die Kassiererin scheuchte sie in die Kälte: »Macht, dass ihr rauskommt, wir sind doch hier kein Tanzlokal!«

Draußen nickte Lulu in die Richtung einiger Jugendliche, die mit überlangen Sakkos, schlabberigen Hosen und Filzhüten vor den Filmplakaten standen und rauchten. »Siehst du die Swingboys da? Die sehen aus wie mein Bruder, wenn er seine Kluft trägt. Kennst du die?«

»Nee, nie gesehen.« Hetty schüttelte den Kopf. »Aber Lulu, ich muss jetzt nach Hause, sonst krieg ich Ärger. Wir sehen uns morgen in der Schule, dann kannst du mir deine Skizzen ja mitgeben. Vielen Dank für den kleinen Ausflug, es hat mir viel Spaß gemacht.«

»Na klar, da nich' für«, nickte Lulu, und während Hetty mit ihren blonden Zöpfen die Straße Richtung Barkhof entlangeilte, schlenderte sie langsam auf die Jungen zu.

Die unterhielten sich fachkundig über das soeben Gesehene. »Hast du gehört, wie Artie Shaw die Klarinette hochgezogen hat? Das macht ihm so schnell keiner nach.«

»Und im Publikum stand kein Bein still.«

»Meinst du im Film oder im Kino?«

»Beides, Heini, beides.«

Lulu stand jetzt direkt neben ihnen und grüßte sie beiläufig: »Swing Heil!«

Die Jungen fuhren herum und musterten erstaunt das Mädchen mit dem Bubikopf.

»Großartiger Film, nicht wahr?« Sie suchte in ihrer Handtasche und zog eine lange Zigarettenspitze hervor. Mit einem Augenaufschlag fixierte sie den jungen Mann, der eben Heini genannt worden war, und legte ihren Kopf schräg. »Ich bin neu hier in der Stadt und kenn mich nicht aus, aber … wo kann man denn hier wohl anständig tanzen gehen?«

Die Swingboys waren immer noch perplex und starrten sie an. Nur Heini zückte eine Zigarette und ein Streichholz und bot sie der jungen Dame an. Die setzte den Glimmstängel ein und neigte ihren Kopf, zog an der Zigarette und bedankte sich. »Ich bin übrigens Lulu, und mit wem habe ich das Vergnügen?«

»Ich bin Heinrich Reuter«, erklärte der Gentleman selbstbewusst und lüpfte den Hut. »Also Heini … meines Zeichens Tabakkaufmann – na ja, Lehrling, immerhin.«

Nun stellten sich die anderen kurz vor. Willi, Reinhard, Friedrich und Kalle lernten im gleichen Tabakkontor, obwohl Lulu fand, dass der Kleinste aussah, als hätte er eben erst seine Konfirmation hinter sich.

»Hat Ihnen der Film auch so gut gefallen, Fräulein Lulu?«, wollte Heini wissen.

»Klar, hab den jetzt das vierte Mal gesehen. Aber sagen Sie doch, wo kann man denn in Bremen so richtig gut Hot Jazz erleben?«

Jetzt kam Bewegung in die Gruppe. Bei der Frage kannten sie sich aus, und alle wollten Lulu Tipps geben.

»Also erste Adresse ist da wohl das Atlantic in der Knochenhauer.« Heini zeigte unbestimmt in Richtung Altstadt.

»Manchmal gibt's auch was Heißes im Europa am Herdentor«, fiel dem blonden Willi ein.

»Vergiss nicht das Trocadero!«, kam von Friedrich.

»Auch im Astoria wird ab und zu hot gespielt, aber meistens nur zum Zuhören, das ist mehr so'n Varieté«, fügte Reinhard hinzu.

»Vom Astoria hab ich schon gehört. Geht ihr öfter dorthin?«, wollte Lulu wissen.

»Bestimmt einmal die Woche.« Der Konfirmand nickte und deutete auf Heinrich: »Der da hat einen Passepartout vom Chef des Atlantic persönlich. Damit kommt er immer rein, und seine Freunde auch!«

»Oh, wie praktisch!« Lulu hob erstaunt ihre Augenbrauen. »Vielleicht können Sie mich auch mal dort einführen, Herr Reuter?« Sie warf ihm einen tiefen Blick zu und schob die Lippen leicht vor, wie sie es schon oft im Kino gesehen hatte. Offenbar hatte es den gewünschten Effekt, freute sich Lulu: Der Angesprochene brauchte einen Moment, bis er antwortete.

»Mein Fräulein, ich weiß nicht …«, ließ er sich mit gespielter Ernsthaftigkeit bitten. Seine Freunde knufften ihn von hinten in den Rücken und redeten wild durcheinander. »Schon gut, schon gut. Überredet.« Heini grinste breit. »Aber Sie müssen mir verraten, wo Sie wohnen, Fräulein Lulu, dann kann ich Sie abholen!«

Lulu schaute ihn an. »Oh, ein wahrer Gentleman! Aber … vielleicht treffen wir uns besser direkt beim Atlantic? Und ich warne Sie: Ich muss wohl meinen kleinen Bruder mitbringen, der passt auf mich auf wie ein Schießhund.«

»Na, dann bring ich wohl besser ein Würstchen für den Anstandswauwau mit«, lachte Heini. »Wann haben Sie denn mal Zeit?«

»Kann ich noch nicht sagen, aber wir sehen uns bestimmt wieder. Ich muss jetzt los.« Damit drehte sich Lulu um und lief zum Bahnhofsplatz, wo in diesem Moment eine Straßenbahn der Linie 7 zum Schwachhauser Ring losfuhr. Sie sprang aufs hintere Plateau, winkte den fünf jungen Männern zu, die ihr mit offenen Mündern nachblickten, und setzte sich dann auf einen freien Platz.

# HOTTEN IM ATLANTIC CAFÉ

Die Glocken des Doms schlugen vier Uhr, als Lulu an einem Samstagnachmittag Ende April 1941 am eingemauerten Roland stand. In ihrem blauen Hosenanzug und mit rotem Lippenstift und Nagellack strahlte sie mit der Sonne um die Wette. Vor einigen Tagen hatte sie Heinrich in der Stadt wieder getroffen, den jungen Kaufmannslehrling mit Swing-Vorlieben, und die beiden hatten sich für diesen Tag ins Atlantic verabredet. Der Roland war schon immer Treffpunkt für so manches Bremer Liebespärchen. Heute nutzten viele Familien das frühlingshafte Wetter für einen Spaziergang in der Innenstadt, um die Auslagen in den Schaufenstern und gelegentliche Bombenschäden zu begutachten.

Neben ihr warteten ihr Bruder Theo, Werner und Johnny in ihren schicksten Swing-Klamotten. Die Jungen waren erst nicht so recht begeistert, als Lulu ihnen von ihrer Verabredung mit Heini erzählte: Theo, weil er meinte, er müsse seine Schwester beschützen, Werner, weil er doch ein Auge auf die fesche Hamburgerin geworfen hatte, und Johnny fürchtete, ohne Tanzkenntnisse in einem Tanzlokal aufzufallen. Letztlich konnten sie Lulu aber nicht stoppen, und wenn sie ehrlich waren, wollten sie ja auch nur zu gern endlich ins Atlantic. Und so standen sie alle am Roland.

Um sie herum herrschte reges Treiben, und Lulu hielt Ausschau nach dem schnieken jungen Mann vom Kino. Schließlich sprach jemand sie von hinten an: »Da hast du dir wohl Verstärkung geholt, wie ich sehe!« Heinrich war allein gekommen. Mit Hut, Zweiteiler und einem hellen Mantel über den Arm gelegt, wie es sich gehörte. Johnny bemerkte sofort, dass sogar ein zusammengerollter Regenschirm in seiner Armbeuge hing, so ein ›Anthony‹, wie ihn die Engländer zu tragen pflegten. Mit einer Handbewegung zeigte er auf die Clique und schaute dann Lulu lachend ins Gesicht. »Hab ich dir solche Angst gemacht, dass du dich nicht ohne deine Beschützer getraut hast?«

Lulu lachte laut auf. »Das hättste wohl gern. Aber ich hab doch gesagt, ich bring meinen Bruder mit – das ist Theo. Und das sind unsere Freunde, Johnny und Werner.«

Nach einem aufmerksamen Blick nickte der Kaufmannslehrling und reichte ihnen reihum die Hand: »Wie ich sehe, seid ihr auch Hotboys. Angenehm, Heinrich Reuter, aber sagt ruhig Heini zu mir.«

»Ich hab gehört, dass du öfter im Atlantic bist?«, wollte Johnny wissen.

»Ja, der Emil Fritz ist guter Kunde bei meinem Lehrherrn Tabak-Jonas, da muss ich ihm öfter seine Zigarren vorbeibringen. Offenbar hat er sich darüber so gefreut, dass er mir einen Passepartout geschenkt hat. Damit hab ich jederzeit freien Eintritt in seine Lokale.«

»Mensch, das würd ich mir auch gefallen lassen!«, bemerkte Werner. »Würdest du uns wohl mal mitnehmen?«

»Na, ich geh mal davon aus, dass das eure Absicht heute war«, meinte Heinrich gutmütig. »Oder macht ihr immer in voller Swing-Montur euren Spaziergang durch die Stadt?« Werner verstummte, und Johnny schaute etwas verschämt in den wolkenlosen Himmel.

Heini warf einen sehnsüchtigen Blick auf Lulu. Seine erste Verabredung mit dieser forschen Deern, die ihn – mir nichts, dir nichts – am Kino angesprochen hatte, hatte er sich anders vorgestellt, zu zweit allein. Stattdessen hatte er ihre ganze Clique am Hacken, nicht so romantisch. Zum Glück schienen die Freunde wenigstens nach seinem Geschmack zu sein. So räusperte er sich kurz und nickte: »Na denn wollen wir mal.«

Lulu ergriff schwungvoll Heinis Arm, und die drei Jungen reihten sich links und rechts ein. Im Swingtrott blockierten sie den halben Bürgersteig. Werner, der außen ging, hinkte wieder mit einem Fuß im Rinnstein. Auf ihrem Weg durch die Sögestraße sangen und pfiffen sie laut und etwas schief den ›Flat Foot Floogie‹, wobei sie aus dem Refrain ›Floy Floy‹ ›treudeutsch, treudeutsch‹ machten. Lachend wichen sie Laternen aus und umrundeten parkende Autos.

Ein dicker SS-Mann, der mit einem Schritt auf die Fahrbahn ausweichen musste, schimpfte lauthals hinter ihnen her: »Ihr Lümmel, macht gefälligst Platz für Ältere! Wo bleibt denn euer Respekt! Und denn noch so ein schlampiges Aussehen!«

In gespielter Entrüstung stoppten die Jugendlichen und betrachteten sich gegenseitig von oben bis unten.

»Also schlampig würd ich jetzt nicht sagen …«, stellte Werner fest und strich sich über seinen Sakko-Aufschlag.

»Will der uns beleidigen?«, fragte Theo in die Runde. »Wir tragen doch wohl eher feinste englische Mode – von vor dem Krieg, versteht sich.«

»Ich schätze, genau das gefällt dem Herrn nicht«, antwortete Johnny leise. Ihm war das Ganze unangenehm. »Kommt, lasst weiter!«

Aber Heini baute sich wie ein Schauspieler auf. »Nein, wieso? Wir sind eben die bunten Vögel in diesen braunen Zeiten.«

Andere Fußgänger wurden auf die kleine Gruppe aufmerksam. Ein Mann in einem dunklen Anzug stimmte dem SS-Mann zu: »Diese Volksverräter! Während unsere tapferen Soldaten im Dreck liegen, scharwenzeln diese Stenze hier einfach so herum.« Ein mageres Ehepaar nickte zustimmend.

Nur eine alte Frau schüttelte den Kopf. »Nee, lass man gut sein, die Jungs sind doch die nächsten, die in den Krieg müssen. Da sollen die jung' Lüe man noch 'n büschen rumbutschern.« Sie drehte sich um und stapfte schweren Schrittes in Richtung Obernstraße. Schweigend gingen die Freunde unter den Blicken des SS-Mannes weiter, die Worte der Frau hallten in ihren Ohren nach.

Theo murmelte wie zu sich selbst: »Und genau deshalb – Swing Heil!«

Verschwörerisch schauten die anderen ihn an und nickten, aber keiner traute sich, es laut auszusprechen.

In die Stille hinein räusperte sich Heini: »Ähm, was anderes: Lulu sagte, dass sie neu ist in Bremen. Was ist mit euch?«

»Nein, nein«, antwortete Johnny. »Bis auf Lulu und ihr Bruder Theo hier sind wir echte Bremer.«

»Wieso sind wir uns noch nie in den üblichen Etablissements begegnet?«

»Ach, weißt du, wir hören unsere Musik lieber im Privaten, stille Genießer eben«, erklärte Johnny betont lässig. Er wollte dem Lehrling nicht gleich auf die Nase binden, dass er sich bislang nicht getraut hatte.

»Na ja, notgedrungen«, Werner brachte es dagegen auf den Punkt, »du weißt ja, Jugendschutzgesetz und so, meistens lassen sie uns gar nicht rein in die Lokale.«

Theo zog die Schultern hoch. »In Hamburg kannten wir ja unsere Pappenheimer, aber hier …«

»Nur Platten hören, das könnt ich nicht, das macht doch nur halb so viel Spaß!«, protestierte Heini. »Es gibt Musik, zu der muss man sich einfach bewegen, und damit meine ich nicht Marschmusik!«

Inzwischen bogen sie in die Knochenhauerstraße ein. »Geht ihr noch zur Schule?« Der Lehrling betrachtete sie etwas mitleidig von der Seite.

»Ja, Altes Gymnasium«, antwortete Theo.

»Und Kleine Helle«, ergänzte seine Schwester.

»Aha, also Kinder von Pfeffersäcken«, grinste Heini breit. »Mit denen hab ich den ganzen Tag im Kontor zu tun. Aber ihr vier scheint in Ordnung zu sein.«

»Und was machen deine Eltern beruflich?«, wollte Lulu wissen.

»Ich bin ein waschechter Buntentorscher, was denkst du? Mein Alter war Tischler, meine Mutter ist in der Tabakfabrik. Aber mein Lehrherr meint, ich bin ganz plietsch und aus mir kann mal fast so'n Pfeffersack werden wie ihr. Vielleicht schaff ich es dann auch mal, in so einem gediegenen Haus im schönen Schwachhausen zu wohnen.«

Vor dem Atlantic hatte sich eine Schlange gebildet, die von einem grobschlächtigen Pförtner im etwas zu engen Frack genauestens gemustert wurde. Erst wenn er fand, dass die Gäste ins Lokal passten, ließ er sie pärchenweise hinein. Heini stolzierte an den Leuten vorbei und zog ein Stück Papier aus seiner Jackentasche.

»Hallo, Siggi!«, rief er dem Portier breit grinsend zu. Dessen rötliches Gesicht hellte sich auf.

»Ach, Heini, dich hab ich aber länger nicht gesehen. Dachte schon, sie hätten dich auch eingezogen!«

»Nee, mich kriegen sie nicht so schnell, bin doch unabkömmlich. Wer soll den SS-Leuten sonst ihre Zigarren bringen?«

»Haste auch wieder recht.«

»Dafür hab ich heute ein paar Freunde mitgebracht, die mal diesen famosen Tanzbetrieb kennenlernen möchten.«

Siggi betrachtete die Gruppe genauer. »Na, ihr seht aber noch 'n büschen grün hinter den Ohren aus, nech?« Er wandte sich wieder an Heini: »Mönsch, du weißt doch, wie das ist, der Chef muss doch darauf achten, sonst kriegt er Ärger, von wegen Jugendschutz und so.«

»Siggi, heut' kannste doch mal 'ne Ausnahme machen. Da spielt doch John Kristel hier …« Heini schaute den Pförtner mit treuherzigen Augen an. »Wir machen auch ganz bestimmt nix Schlimmes, sind ganz brav, wollen nur 'n büschen nette Musik hören.«

Als Siggi weiter zögerte, zauberte Heini aus seiner Manteltasche ein Päckchen Zigaretten hervor und steckte sie ihm unauffällig zu. Ein verschmitztes Lächeln legte sich auf das Gesicht des Portiers. Er deutete eine kleine Verbeugung an, soweit es der enge Frack zuließ, und winkte die Clique durch: »Na, da will ich mal nicht so sein – alle Mann hereinspaziert!«

Nachdem sie ihre Mäntel an der Garderobe in der Eingangshalle abgelegt hatten, zeigte Heini auf die breite Flügeltür: »Hier unten ist das Café, wo die Musik spielt. Oben gibt es noch die Künstler-Etage, auch sehr schön zum Tanzen, aber viel zu klein für so eine große Band wie diese hier.« Er zog Lulu in den Saal. Die anderen folgten mit weit aufgerissenen Augen.

»Die Tanzfläche ist ja ganz schön voll für einen Samstagnachmittag«, stellte Johnny verwundert fest.

»Die kommen bestimmt lieber alle am Nachmittag, weil es abends so oft Alarm gibt«, vermutete Theo. »Das ist in Hamburg auch so. Ist aber praktisch, tagsüber gucken die nicht so streng auf den Jugendschutz.«

»Na, und außerdem spielt ja gerade der Niederländer John Kristel, der ist ja nun bekannt wie ein bunter Hund«, erklärte Werner mit Kennermiene.

Heini hatte mit Lulu sofort einen Tisch in einer Nische neben der Bühne angesteuert und winkte den anderen zu. Als sie alle saßen, kam ein Kellner im schwarzen Frack zu ihnen.

»Ach, der Herr Reuter lässt sich auch mal wieder blicken. Das Übliche?«

»Ja, für alle meine Freunde hier!« Heini war in seinem Element und strahlte in die Runde.

Johnny zögerte. »Ähm, ich hab nicht so viel Geld dabei, was ist denn das Übliche? Ich glaub, ich nehm nur ein Wasser.«

Aber Heini winkte ab: »Kommt nicht in die Tüte, ihr seid natürlich eingeladen. Das Übliche ist übrigens nur ein Heißgetränk. Früher gab's hier richtigen englischen Tee, heute nur noch Muckefuck oder Schlimmeres, aber dafür kann man sich stundenlang daran festhalten.«

Der Kellner brachte in Windeseile ein Tablett mit fünf Tassen dampfender Flüssigkeit und tänzelte wieder davon, während Heini aus seinem Jackett einen silbernen Flachmann herausholte.

»Beim Geschmack kann man ja nachhelfen.« Schelmisch grinsend schüttete er in jede Tasse einen Schuss ›Zaubertrank‹, wie er es nannte. »Prost, auf den Swing!« Darauf stießen die Freunde nur zu gern an.

Währenddessen hatte Werner sich umgeschaut. »Hey, Johnny, haste gesehen, die haben drei Trompeten und drei Saxophone in der Band! Die machen bestimmt ganz schön viel Krach.«

In dem Moment trat ein Mann mit Halbglatze und Schnurrbart an den Rand der Bühne. Die Tanzpaare auf dem Parkett blieben stehen, und an den Tischen wurde es leise.

»Das ist Emil Fritz, der Chef vom Atlantic«, klärte Heini Lulu auf. »Und das Astoria gehört ihm auch, das erste Varieté hier am Platz.«

Der Direktor verbeugte sich und hob die Stimme: »Meine Damen und Herren, ich freue mich sehr, dass Sie bei diesem schönen Wetter den Weg hierher gefunden haben. Wir möchten Ihnen mit einigen bezaubernden Melodien den Tag versüßen. Bitte genießen Sie heute Nachmittag das Gastspiel der großartigen Attraktionskapelle von John Kristel.«

Lauter Applaus brandete auf. Dann kam der Bandleader auf die Bühne, verbeugte sich, schaute die elf Mann seines Orchesters an und nickte. Sobald die ersten Takte eines beliebten schnellen Foxtrotts einsetzten, griff Heini nach Lulus

Hand und stand auf: »Komm, Baby, wir sind ja schließlich zum Vergnügen hier!«

Lulu ließ sich bereitwillig mitziehen, und gleich darauf waren sie in der tanzenden Menge verschwunden. Theo zögerte nur kurz, stürmte dann ebenfalls los und krallte sich eine Blondine, die kurz zuvor an ihren Tisch zurückgekehrt war.

Johnny und Werner blieben allein zurück und schauten der wogenden Menge zu.

»Jetzt müsste man tanzen können«, meinte Werner verträumt. »Da sind ein paar hübsche Deerns hinten, die warten bestimmt auf einen Tanzherren.«

»Mach dich nicht lächerlich!«, unterbrach ihn Johnny, »wenn du da nicht flott genug tanzen kannst, hast du keine Chance. Schau, da kommen schon ihre Tanzherren ...«

Eine Gruppe von Matrosen baute sich am Damentisch auf, gestikulierte und verwickelte die vier Mädchen in ein Gespräch, bis diese kicherten, nickten und sich von den Herren auf die Fläche begleiten ließen.

»Siehste, gegen die kannst du mit deinem Eins-zwo-Wechselschritt nicht anstinken, Werner. Ich fürchte, da müssen wir mal ran.«

Als Theo, Heini und Lulu in der nächsten Tanzpause lachend wieder am Tisch erschienen, betrachtete Lulu Johnny und Werner mit gerunzelter Stirn. »Warum wart ihr nicht auf dem Parkett? Sagt bloß, ihr könnt nicht tanzen?«

Johnny stammelte etwas von »keine Zeit gehabt« und »noch nicht dazu gekommen«, während Werner vor dem Mädchen angab: »Ach, ich wollt lieber zuhören, und außerdem, so'n büschen rumhüpfen kann doch jeder!«

Heini lachte laut auf. »Na, da wirste dich wundern!«

»Na ja«, meinte Lulu, »damit man sich weder die Beine bricht noch allen ständig auf die Füße tritt, ist es zumindest hilfreich zu wissen, wie es richtig geht.«

»Die Damenwelt ist jedenfalls leicht zu begeistern, wenn ein Mann sich gut bewegen kann«, stimmte Theo ihr zu.

»Ach, das sagt der Richtige«, wehrte sich Werner leicht angefressen. »Hast du da besondere Erfahrungen mit den Damen?«

»Na klar, mit meinem Lindy Hop hab ich noch jede rumgekriegt!«

Johnny schaltete sich ein. »Na ja, haste doch eben bei den Matrosen gesehen, wie fix das ging. Und wenn wir beide richtig tanzen könnten, kriegen sogar wir 'ne nette Deern ab.«

»Ja, lasst uns doch alle zusammen zur Tanzschule gehen!« Lulu schlug sich vor Begeisterung auf die Knie. »Kinners, das wird ein Jux!«

Werner kratzte sich am Kopf. »Und was ist mit Tanzdamen? Wir können ja nicht alle mit dir tanzen ...«

Heinrich grinste breit. »Keine Bange. Als ich meinen Kurs letztes Jahr hatte, suchten die immer junge Herren zum Mittanzen. Und jetzt sind ja schon viele beim Arbeitsdienst oder an der Front.«

»Ich kann mindestens ein nettes Mädchen aus meiner Klasse mitbringen«, sagte Lulu und sprang auf, das Orchester hatte wieder losgelegt. »Aber jetzt will ich tanzen!«

Heinrich ließ sich nicht lange bitten, auch Theo winkte seiner blonden Tanzpartnerin wieder zu, und Werner blieb etwas geknickt neben Johnny sitzen.

Drei Songs später kamen die Tänzer zurück an den Tisch. »Das war ja mal ganz nett für den Anfang«, meinte Heini, »aber ich hab den Bandleader gefragt, ob er nicht mal was Flotteres spielen kann.«

»So wie Artie Shaw neulich in dem Film, von dem ich euch erzählt habe«, erklärte Lulu.

»Ja und? Kann er?«, fragten Johnny und Werner im Chor.

»Wir sollen noch 'n büschen warten, jetzt ist wohl nicht das richtige Publikum da, aber nachher wollte er mal gucken, was er für uns tun kann.« Heini nickte zur Bühne: »Von seiner Stammbesatzung sind viele inzwischen weg, aber er hat ein paar neue Musiker in der Band, die aus Belgien und Frankreich kommen und den Swing so richtig draufhaben.«

»Na, das sollen die uns mal zeigen«, freute sich Johnny und rieb sich die Hände.

Eine Stunde und etliche Foxtrotts, Rumbas und Walzer später trat der Bandleader, ein dünner Mann in einem weißen Anzug, an den Bühnenrand, schaute in Heinis Richtung und zwinkerte ihm zu: »Und jetzt auf den speziellen Wunsch eines einzelnen Herren – ich sage nur eines: Doo-ah, doo-ah, doo-ah, doo-aaaaah …«

Heini pfiff durch die Zähne mit und alle lachten.

»It Don't Mean A Thing If It Ain't Got That Swing«, murmelte Theo anerkennend, »der Duke-Ellington-Klassiker. Der traut sich was!«

Sobald die Band die ersten Takte spielte, ging ein lautes Jubeln um, und das Publikum stürmte das Parkett. In kürzester Zeit glich die Tanzfläche einem Hexenkessel, in dem die jungen Männer und Frauen wilde Sprünge vollführten, sich gegenseitig hin- und herschleuderten und mit den Gliedmaßen zuckten.

Johnny hielt es nicht mehr auf seinem Stuhl. »Ich kann zwar nicht tanzen, aber stillsitzen kann ich auch nicht!«, schrie er Werner ins Ohr und hüpfte auf die Tanzfläche. Und dann stand sogar Werner auf, schlenkerte neben dem Tisch seine langen Arme und wackelte mit den Knien, während Heini, Lulu, Theo und seine Blondine Jitterbug tanzten, was das Zeug hielt. Gemeinsam mit anderen jungen Leuten umringten sie die tanzenden Paare und feuerten sie laut klatschend an, missbilligend beäugt von einigen älteren Damen und Herren an den Tischen.

Nach einem deutsch ausgesprochenen ›Sing, sing, sing‹ und einem ›indischen Lied‹, hinter dem sich Tommy Dorseys ›Song of India‹ verbarg, kündigte der holländische Bandleader als letzten Teil des Sets ›Lamberts Nachtlokal‹ an. Das Publikum ließ sich nicht von den zeitgemäß angekündigten Titeln irritieren und tanzte, bis es ähnlich erschöpft war wie die Mitglieder des Orchesters. Als die Musiker die Instrumente zur Pause ablegten, sanken die Jugendlichen verschwitzt und glücklich auf ihre Stühle.

»Das hat Spaß gemacht, die haben es echt drauf«, meinte Werner anerkennend und strich sich die Haare aus der Stirn.

»Ich muss mal meine Nase pudern.« Lulu fächelte sich mit den Händen Luft zu. Sie bahnte sich ihren Weg zur Damentoilette, die neben der Garderobe in der Eingangshalle war. Nachdem sie sich die nassgeschwitzten Strähnen aus dem Gesicht gestrichen, ihre Kleidung gerichtet und mit dem roten Lippenstift ihr Make-up erneuert hatte, wollte sie wieder zurück ins Lokal, da stellte sich die Toilettenfrau, eine rundliche Type in geblümter Kittelschürze, vor die Ausgangstür.

»Nee, min Deern, bleib man lieber noch 'n büschen hier.«

»Warum?«, protestierte Lulu.

»Ach, da draußen geht's gerade 'n büschen ruppig zu.« Die Frau öffnete die Tür einen Spalt weit und ließ das Mädchen hindurchschauen. Ein Haufen brauner Hemden und grüner Uniformen – SS-Männer und HJ-Streifen zusammen mit Polizisten – stürmten in diesem Moment den Tanzsaal.

»War wohl 'n büschen heftig eben, da hat sich wohl einer beschwert«, murmelte die Toilettenfrau.

»Aber mein Bruder ist da drin!«, rief Lulu entsetzt und versuchte, sich an der Schürze vorbei zu drängen.

»Nee, bleib man hier, sonst kommste auch noch in die Mangel.« Sie schob das Mädchen sanft, aber resolut zurück, trat in die Halle und stellte sich außen vor die Tür, so dass niemand hinaus- oder hineinkam. Im Gehen murmelte sie: »Is' besser so, glaub mir.«

Kurz zuvor im Tanzsaal war der Kellner an den Tisch gekommen, wo die vier Jungen angeregt über die eben dargebotenen Songs und die besten Arrangements diskutierten. Er beugte sich zu Heini hinunter: »Herr Reuter, Sie sollten, glaub ich, besser mal verduften, hier wird's gleich ungemütlich!«

Heini schaute zum Eingang und sah in diesem Moment, wie entschlossen dreinblickende Polizisten und Hitlerjungen durch die Flügeltür preschten und sich sofort im ganzen Raum verteilten. Ein fragender Blick von Heini, und der Kellner winkte ihnen unauffällig zu: »Hier entlang, aber schnell!«

Er schob einen Vorhang neben der Bühne zur Seite und öffnete eine dahinter verborgene Tür. Heini, Werner und Johnny drängten sich durch, nur Theo schaute sich suchend um: »Lulu ist noch auf der Toilette!«

»Na, dann ist sie da in Sicherheit«, versicherte der Kellner und schob auch ihn durch die Tür, ließ sie zufallen und schloss den Vorhang. Das Ganze war innerhalb von wenigen Sekunden passiert. Jetzt standen die vier Jungs mit Herzklopfen im Dunkel einer kleinen Abstellkammer.

»Au Backe, wenn die uns erwischen …« Johnnys Stimme zitterte ein wenig.

»Wir haben nichts Verbotenes getan«, sagte Werner trotzig.

»Das ist denen im Zweifel egal. Kommt, wir müssen weiter, hier finden sie uns zu leicht!« Heini tastete an der Wand entlang und fand eine andere Tür. »Hier durch!«

Sie waren genau hinter den Kulissen der Bühne, auf der die Band wieder spielte. Ein zünftiger Marsch wurde von gebrüllten Befehlen, erregten Rufen und kreischenden Mädchenstimmen unterbrochen. Gebückt folgten die vier einer Treppe in den Keller, wo in einem Vorratsraum etliche Fässer Bier standen. Johnny und Werner lehnten sich gegen die Wand. »Puh!«

»Wir müssen hier raus«, drängte Heini. »Kommt, packt mal mit an.«

Zusammen rollten sie ein großes Fass durch den Keller und stellten es unter eine halb geöffnete Fensterluke, dann kletterte Heini hinauf und stieß die Luke auf.

»Hier kriegt der olle Fritz immer sein Bier von der Brauereikutsche geliefert, da passen wir bestimmt auch durch. Wartet hier.« Er steckte den Kopf hinaus, stemmte sich hoch, zog die Beine nach und verschwand. Minuten vergingen, die Freunde hörten nichts außer vereinzelte Wortfetzen von Menschen, die am Tanzlokal vorbeigingen. Theo rief leise nach dem Lehrling, bekam aber keine Antwort. Endlich, als Johnny nervös auf das Fass klettern wollte, öffnete sich die Klappe wieder, und Heini streckte den Kopf in den Keller: »Die Luft ist rein!«

Eine halbe Stunde warteten die vier Jungs mit wachsender Ungeduld neben dem Café Atlantic, bis Lulu durch die Eingangstür auf die Gasse hinausspazierte.

Stürmisch fiel sie ihnen um den Hals: »Mann, was bin ich froh, dass sie euch nicht geschnappt haben. Wie seid ihr denn rausgekommen? Die Braunhemden sind doch noch drin.«

»Tja, wir sind ihnen entwischt. Hinten raus durch den Keller, wie in Hamburg damals«, erklärte Theo grinsend.

»Der Kellner hat uns gewarnt«, berichtete Heini.

»Ja, mich hat die Toilettenfrau zurückgehalten. Sonst wäre ich denen glatt in die Arme gelaufen. Das Nachrichtensystem im Haus funktioniert famos«, nickte Lulu.

»Jetzt müssen wir nur noch unsere Mäntel und Hüte wiederkriegen«, stellte Johnny fest.

»Also ich geh da jetzt nicht noch einmal rein!« Werner hob abwehrend die Hände. »Ohne mich, bin ja froh, dass wir alle draußen sind.«

»Ach, dann sag ich Siggi Bescheid«, meinte Heini. Aber der Portier war nirgends zu sehen. »Der ist bestimmt gerade dabei, den Emil Fritz zu holen, bevor die Braunen ihm seine Bude zerlegen«, vermutete er.

»Wisst ihr was, ihr Helden?« Lulu stemmte ihre Hände in die Hüften. »Ich versuch mal mein Glück. Falls sie mich fragen, wie alt ich bin, klimpere ich ein bisschen mit den Wimpern, und dann vergessen sie bestimmt, mich zu kontrollieren.«

Bevor Theo oder Heini sie zurückhalten konnten, war sie schon in die Eingangshalle geschlüpft. Die Clique zog sich um eine Hausecke zurück. Sie wollten den Nazis nicht direkt in die Arme laufen, wenn die mit ihrer Kontrolle fertig waren.

Die Minuten verstrichen, aus dem Atlantic kamen immer noch lautes Gebrüll und schrille Schreie, aber keine Musik. Johnny spielte ungeduldig mit seinem Glückspfennig in der Tasche.

»Ihr wird doch nichts passiert sein?« Werner schaute immer wieder um die Ecke.

»Ach nein«, war sich Theo sicher. »In Hamburg hat sie viel gefährlichere Situationen gewuppt.«

Als Lulu endlich nach einer gefühlten Ewigkeit mit einem Arm voller Mäntel und vier Hüten übereinander sowie Heinrichs Regenschirm aus dem Tanzlokal kam, lachte sie nur: »Das war ein Klacks! Männer eben!«, und sie verdrehte die Augen. »Gehen wir jetzt noch ins Europa Café?«

Aber Johnny schüttelte schnell den Kopf. »Nee, lass mal gut sein! Ich muss jetzt auch nach Hause.«

Werner winkte ebenfalls ab: »Danke, für heute hatte ich genug Aufregung.«

»Aber die Musik war doch Bombe, oder?«, fragte Heini nach.

»Ja, ja, das war sie, vor allem die letzten Stücke«, versicherte Johnny. »Das hätten sie die ganze Zeit spielen können.«

»Wir sollten mal zusammen nach Hamburg fahren, im Alsterpavillon hättet ihr euren Spaß!«, schlug Theo vor.

»Ja, klar, mit Begleitschutz der Tommys«, meinte Werner bitter.

»Na, irgendwann ist der Krieg ja wohl mal vorbei, und dann will ich mit denen zusammen tanzen«, sagte Johnny fast trotzig.

# SCHUTZ DER DEUTSCHEN JUGEND

»Am gestrigen Samstag führte die Bremer Polizei zusammen mit der HJ eine Kontrolle einiger Lokale in der Innenstadt durch. – Hier, hör mal zu.« Martha Donandt las ihrem Sohn am sonntäglichen Frühstückstisch laut aus den Bremer Nachrichten vor. »Die Maßnahmen dienten vor allem dem Schutze der deutschen Jugend und der Bekämpfung von Geschlechtskrankheiten. Ein Dutzend Gäste, vor allem Frauen und Minderjährige, wurden vorübergehend in Gewahrsam genommen und ihre Personalien festgehalten.«

»Oh«, entfuhr es Johnny, und er schaute auf seinen Teller.

»In solchen Etablissements mit zweifelhaften Damen treibst du dich aber nicht herum, wenn du mit Werner ausgehst, oder?« Sie warf ihm einen prüfenden Blick zu.

Johnny kaute schnell auf seinem Brot. »Nein, Mutter, natürlich nicht, würde ich nie tun, weißt du doch.« Am letzten Brocken verschluckte er sich und hustete, bis ihm die Tränen kamen. Seine Mutter, die sich schon wieder der Zeitung widmete, reichte ihm wortlos die Serviette und nippte an ihrem Tee. Nachdem er sich beruhigt hatte, bat er darum, aufstehen zu dürfen. Werner komme gleich vorbei, damit Johnny ihm Physik erklärt: »Wir schreiben nächste Woche eine Arbeit, und er hat es noch gar nicht kapiert.«

»Ja, in Ordnung. Ida und ich gehen heute in die Kirche, aber wir sind zum Mittagessen wieder da.«

Kaum war Johnny in seinem Zimmer, klingelte es oben Sturm. Er hörte, wie seine kleine Schwester die Tür aufmachte. Kurz darauf polterte unverkennbar sein Freund die Treppe ins Souterrain hinunter, klopfte ungestüm und riss im gleichen Moment die Zimmertür grinsend auf.

»Tach auch, Johnny!«

»Was biste denn so unerträglich fröhlich?«, guckte ihn dieser verdutzt an.

»Heute schon die Zeitung gelesen?« Werner legte seinen Schulranzen vorsichtig auf den Schreibtisch.

»Allerdings, meine Mutter hat mich dabei komisch angeguckt, wollte wissen, ob ich mich in so einem Etablissement mit zweifelhaften Damen herumtreibe.«

Werner lachte lauthals. »Na, wenn du dich überhaupt mal mit Damen rumtreiben würdest!« Dann beugte er sich vor. »Da ham wir wohl bannig Glück gehabt gestern, ne?«

Von oben hörten sie Schritte, Johnnys Mutter rief die Treppe hinunter: »Bis nachher, seid fleißig, wir gehen jetzt!«

Dann klappte die Haustür, und Werner zog einen quadratischen Umschlag aus seiner Schultasche: »Ich hab dir mal was zur Aufmunterung mitgebracht. Hier, eine neue Platte von meinem Cousin aus Holland. Ganz hotte Musik, heißt auch schon so: Hot Club de France! Wollen wir die nicht auf dem großen Grammophon oben hören?«

Sie liefen ins Wohnzimmer. Johnny war gerade im Begriff, die Platte aufzulegen, da klingelte es wieder an der Tür. Beide Jungen verharrten erschrocken.

»Meine Mutter hat bestimmt etwas vergessen.« Zu seiner Überraschung stand jedoch Theo vor der Tür, den Hut in den Nacken geschoben und die Sommersprossen in der Sonne glänzend, mit Lulu im Schlepptau, in einem rot und weiß gepunkteten wippenden Kleid, ein Hingucker wie immer.

»Heil Hotler!«, brüllte Theo, dann mit einem Grinsen: »Willst du uns nicht reinbitten?«

Johnny zog beide schnell in den Flur. »Kommt rein und haltet die Klappe.«

»Na, das ist ja 'ne freundliche Begrüßung!« Mit gespielter Entrüstung drehte Theo auf dem Absatz um. »Komm, Schwesterherz, dann können wir ja besser gleich wieder gehen.«

»Nee, Quatsch, nur hoffentlich hat euch unsere Nachbarin nicht gehört! Die alte Diehl nebenan hat überall ihre Ohren und eine Standleitung zur Polizei.«

»Wie auch immer, ich hab Neuigkeiten!«

»Kommt rein, Werner ist auch da, wir wollten gerade«, Johnny zögerte, »Physik lernen.«

»Physik?« Lulu guckte ungläubig, dann nickte sie. »Ja, klar, Physik – du meinst, wie die Fliehkräfte sich auf die Tonübertragung einer Schellackplatte auswirken?«

»Ja, so ungefähr!« Jetzt grinste auch Johnny.

Im Wohnzimmer empfing Werner sie mit einer aufgeschlagenen Seite der Bremer Nachrichten. »Habt ihr das schon gesehen?«

»Klar«, winkte Lulu ab. »Von wegen leichte Mädchen, ich hab da keine gesehen, die waren alle schwer in Ordnung!«

»Aber jetzt ist auch klar, weshalb die so einen Aufstand gemacht haben.«

»Ach, und wir dachten wegen der Musik!« Johnny klang fast enttäuscht.

»Na ja, das schreiben sie so. Ich hab da 'ne andere Theorie«, warf Theo schnell ein. »Und das ist auch gleich meine Neuigkeit.« Er schwieg kurz, bis alle ihn gespannt anschauten. »Wer hatte denn gestern den ersten Tag seines Gastspiels im Atlantic?«

»Na, John Kristel, das wissen wir doch.« Werner zog die Augenbrauen hoch.

»Genau, und wo hat der gute Kristel vorher gespielt?«

»Hattest du nicht erzählt, dass der im Hamburger Alsterpavillon gespielt hat?«

»Ja, genau, da war er unser King of Swing vom Jungfernstieg. Das war den Nazis natürlich schon lange ein Dorn im Auge.« Theo zögerte, das Grinsen war aus seinem Gesicht verschwunden. »Und wisst ihr, was jetzt vor zwei Monaten passiert ist?«

»Schieß los!«

»Da gab es wieder eine Razzia im Aquarium, aber eine, die sich gewaschen hat. Vorher haben meine Swingboys das halbe Lokal zerlegt, so wild haben sie getanzt. Das muss tüchtig gekracht haben. Aber dann ist die Gestapo reinmarschiert und hat aufgeräumt. Und zwar so richtig … Hat die Band rausgeschmissen und die Swings ins Stadthaus gebracht. Die waren nicht gerade zimperlich.«

»Stadthaus?« Werner legte die Stirn in Falten.

»Mensch, ins Hamburger Gestapo-Hauptquartier!«, erklärte Lulu aufgeregt.

»Oh.« Johnny suchte nach Worten. »Woher weißt du das?«

»Von dem Bruder meines Kumpels Günther. Die haben wohl alle Namen aufgeschrieben, die Schulen, die Eltern …« Er schluckte schwer, und seine Schwester drückte seinen Arm.

»Na, und nu'? Was machen die jetzt damit?«

Theo raufte sich seine strubbeligen Haare. »Ich sag dir, was die damit machen. Mittlerweile haben die bei der Hamburger Gestapo ein eigenes Dezernat eingerichtet, um die Swingfreunde zu verfolgen. Günther haben sie festgenommen. Der ist jetzt in Moringen. Und mit ihm noch andere Swingheinis.«

»Moringen?«, fragte Werner.

»Jugendkonzentrationslager bei Göttingen, ganz harte Sache, hab ich gehört«, murmelte Johnny leise und ballte die Faust.

»Wenn der freikommt, wird er nie mehr studieren dürfen, das steht fest.«

Lulu zog geräuschvoll die Nase hoch. »Falls sie ihn überhaupt freilassen.«

Die Freunde schwiegen betroffen.

Theo sprach mit belegter Stimme weiter: »Einen anderen Kumpel, Ernst, den sollen sie direkt an die Front geschickt haben, Kanonenfutter. Ob der noch lebendig wiederkommt, weiß keiner.«

»Scheißnazis!«, flüsterte Johnny.

»Meinst du, dass die Aktion gestern mit der Hamburger Sache zusammenhängt?« Werner schaute Theo fragend an.

»Kann ich mir vorstellen. In Hamburg sind wir ja gern Vorreiter für alles Mögliche, und ich hab gehört, dass sogar Goebbels auf Hamburg blickt. Da werden die Bremer Nazis das ja erst recht mitgekriegt haben.«

»Na, dann können wir uns ja auf was gefasst machen.« Johnnys Worte blieben in der Luft hängen.

Zaghaft meldete sich Werner: »Vielleicht sollten wir uns hier in Bremen mal 'n büschen mehr zurückhalten?«

»Du meinst, klein beigeben, während die Hamburger Swingboys im Lager verrotten?« Mit weit aufgerissenen Augen starrte Theo ihn an.

»Nee, jetzt müssen wir erst recht weitermachen!« Lulu war aufgesprungen. »Die Scheißnazis sollen merken, dass sie sich mit den Falschen angelegt haben.«

Werner griff tätschelnd nach ihrer Hand. »Na, na, ich glaub, die Bremer Nazis sind nicht so schlimm wie eure Hamburger.«

»Ja, und? Nazis sind überall scheiße, und wenn die uns nicht in Hamburg in Ruhe lassen, dann werden sie uns auch bald in Bremen verprügeln.«

Theo sprang seiner Schwester bei: »Nur weil die gestern im Atlantic so 'ne Trantüten bei der Polizei hatten, so dass wir ganz gemächlich durch den Keller verschwinden konnten? Das nächste Mal kann es ganz anders laufen. Darauf müssen wir uns einstellen.«

Johnny hatte der Diskussion schweigend zugehört. Dann sprach er wie zu sich selbst: »Wieso können die uns nicht einfach in Ruhe lassen? Wir tun doch niemandem was zuleide? Wir wollen einfach nur unsere Musik hören, uns schick anziehen und 'n büschen Spaß haben.«

Langsam stand er auf und ging zum Plattenspieler, auf dem Werners Schellack schon bereitlag. »Wir dürfen uns nicht unterkriegen lassen. Und darum lasst uns feiern! Auf die Freunde in der Ferne!«

Sobald die Nadel in der Rille wanderte, wechselten sich hohe Geigentöne mit kurzen Gitarrenschlägen im schnellen Rhythmus ab und vereinten sich zu einer mitreißenden Melodie, die augenblicklich in die Beine fuhr. Zuerst saßen die Freunde mit ernster Miene, im nächsten Moment fingen sie an, mit den Köpfen zu nicken, erst vorsichtig, dann immer heftiger, bis ihnen die Haare ins Gesicht fielen und sie aufsprangen. Ihre Wut und Angst entluden sich in furios zuckenden Bewegungen, die Beine und Arme flogen wild in der Luft herum, und das Wohnzimmer wurde kurzzeitig zum Jazzlokal. Das Grinsen lag wieder in ihren Gesichtern, und mit dem letzten Gitarren-Akkord riefen alle vier wie auf Kommando: »Swing Heil!«

# MÄDCHEN UND JUNGEN

Der Mai brachte endlich wärmeres Wetter. Lulu hatte Hetty schon vor ein paar Wochen den Koffer mit den Stoffen und die Skizzen aus dem Kino gebracht. Die setzte sich in jeder freien Minute daran, die Zeichnungen in Schnittmuster umzusetzen und aus den alten Kleidern neue zu nähen. Der Mutter war es nicht entgangen, woran ihre Tochter da arbeitete, aber sie gab sich zufrieden, als diese erklärte, sie hätte von einer Schulfreundin den Auftrag. Dass sie sich selbst ebenfalls ein Kleid nach diesen Schnitten nähte, verschwieg sie.

An diesem Morgen hatte Hetty ihrer Freundin freudestrahlend angekündigt, dass sie fast fertig sei. »Wenn du willst, kann ich mal zur Anprobe vorbeikommen.«

»Das wäre toll. Bald soll ja auch der Tanzkurs beginnen, da brauchen wir doch neue Klamotten.«

Als Hetty am Nachmittag zu Lulu kam und den Koffer aufklappte, lagen dort zwei blaue Kleider, die sie vorsichtig herausnahm.

»Aufgepasst, wenn du das hier überstreifst. Da sind noch ein paar Nadeln drin, ich muss sie noch richtig abstecken.«

Nach einigen geschickten Handgriffen hatte sie das Kleid in der Taille schmaler und den Busenansatz ein wenig enger gerafft. Dann tauschten sie die Rollen, und Hetty erklärte ihrer Freundin, wo sie mit Nadeln nachbessern musste, damit nachher alles wie angegossen passte.

Zur Untermalung hatte Lulu ein paar ihrer Lieblingsplatten aufgelegt und plauderte von den lustigen Partys, die sie in Hamburg mit ihren Swingfreunden erlebt hatte. Die traurigen Neuigkeiten von Günther und Ernst, die Theo und sie erst kürzlich erfahren hatten, verschwieg sie Hetty.

Als beide Kleider abgesteckt und wieder im Koffer verstaut waren, hatte Lulu schon die nächste Idee im Kopf: »Weißt du was? Mein Bruder hatte vorhin gesagt, er geht zu seinem Freund Johnny zum Vokabellernen. Wie wäre es, wenn ich dich nach Hause bringe und auf dem Weg dorthin schauen wir noch mal bei den Jungs vorbei, ob sie auch fleißig lernen?«

Hetty wunderte sich: »Warum sollten wir sie beim Lernen stören?«

»Na, vielleicht weil sie gar nicht lernen, sondern Hot hören?«

»Echt? Woher weißt du das?«

»Na, weil er mein Bruder ist – der und lernen, dass ich nicht lache! Und außerdem hatte er sich vorhin schick gemacht, warum sollte er zum Lernen seine Swing-Uniform anziehen?«

Hetty nickte zögernd. »Du hast recht. Aber … wir können doch nicht so einfach bei diesem Johnny vorbeigehen.«

»Warum nicht?«

»Na, weil ich den gar nicht kenne?«

»Ach, nun stell dich mal nicht so an. Theo kennt ihn, ich kenn ihn, und du lernst ihn ja auch kennen.«

Hetty überlegte. »Aber nur kurz, ich muss dann ja auch bald zum Abendbrot nach Hause.«

»Klar doch, ich bring dich bald zu Mami!«, neckte sie Lulu.

Johnnys Haus lag auf Hettys Heimweg. Als sie die schwere Eingangstür zum Windfang aufschoben und gerade die Klingel drücken wollten, da blieb Lulus Hand in der Luft stehen, und sie legte ihr Ohr an die Wohnungstür.

»Horch mal – hörst du das auch?«

Hetty neigte den Kopf zur Tür. »Ja, das ist … Musik!«

»Und definitiv keine Marschmusik!«, bemerkte Lulu grinsend. »Wusste ich es doch!«

Jetzt drückte sie Sturm auf dem Klingelknopf und zog dann Hetty mit sich aus dem Windfang heraus. Vor der Tür hockte sie sich auf die Treppe und hielt ihren Finger auf den Mund. Ihre Freundin versteckte sich verwundert hinter ihrem Rücken.

Im Haus war es schlagartig still geworden. Dann Gemurmel, Gepolter, ein unterdrückter Fluch. Nach ein paar Sekunden sahen die Mädchen einen Schatten durch die Glasscheibe der Wohnungstür. Vorsichtig erklang es: »Wer ist da?«

»Hier ist die Gestapo«, sagte Lulu mit verstellter tiefer Stimme. »Wir haben hier Hottentottenmusik gehört. Im Namen des Führers, Sie sind verhaftet. Machen Sie auf!« Mit dem letzten Satz konnte sie sich ein Kichern dann aber doch nicht verkneifen.

Johnny riss die Tür auf und stand mit dem Hemd aus der Anzughose herausgerutscht im Eingang. Als er Lulu sah, atmete er erleichtert aus. »Hast du mich erschreckt, du Satansbraten!«

»Na, wenn ihr so laut Musik hört, dass man es fast auf der Straße hört, müsst ihr euch nicht wundern, wenn die Gestapo tatsächlich mal vor der Tür steht!«

»Waren wir echt so laut?« Johnny schaute betroffen.

»Zumindest im Windfang konnte man den Hot gut hören.«

»Mist«, fluchte er. »Müssen wir das nächste Mal besser aufpassen.« Da erst schien er wahrzunehmen, dass Lulu nicht allein war. Er legte den Kopf schräg. »Hoppla, wen haben wir denn da? Lulu, möchtest du uns nicht miteinander bekannt machen?«

Lulu stellte die beiden einander vor, Hetty als ihre beste Freundin und Johnny als »einer der höflichsten Swingboys Bremens, nach meinem Bruder.«

»Angenehm, Ihre Bekanntschaft zu machen.« Er verbeugte sich schüchtern lächelnd, nahm Hettys ausgestreckte

Hand, deutete einen Handkuss an und versuchte, ihr dabei in die Augen zu schauen. Die wurde allerdings feuerrot und betrachtete die Bodenfliesen.

Dann fasste sie sich wieder: »Gute Manieren habt ihr Swingboys ja! Im Gegensatz zu manch anderem heutzutage …«

»Willst du uns jetzt hineinbitten, oder sollen wir auf der Türschwelle verhungern?«, fragte Lulu in diesem Moment ungeduldig neben ihr.

Johnny öffnete die Tür weit und ließ die Mädchen eintreten. »Ihr müsst ins Souterrain, da ist mein Zimmer.«

»Ist deine Mutter nicht zu Hause?«, fragte Hetty, die sich in dem dunklen Flur vorsichtig umschaute. Mit einem Mal war ihr das Ganze etwas unheimlich, mit zwei Jungen, die sie nicht kannte, in einem Haus ohne Erwachsene. Das verstieß eindeutig gegen die guten Sitten. Oder zumindest gegen die züchtigen Regeln, die ihre BDM-Gruppenführerin ihr eingebläut hatte.

Johnny lachte laut auf. »Meinst du, wenn meine Mutter da wäre, könnten wir hier so wilde Musik hören? Die regt sich ja schon über meine langen Haare auf.«

Inzwischen war er die Treppe ins Untergeschoss hinunter gelaufen, Lulu dicht auf seinen Fersen. Hetty stand immer noch im Flur.

»Mein Zimmer hier ist nach hinten raus, da hört man die Musik eigentlich nicht so gut auf der Straße.« Er öffnete eine Tür zur Linken. »Theo und Werner, schaut mal, wer mich hier verhaften wollte.«

Die Jungen saßen auf dem Boden vor dem Grammophon, auf dem eine Platte lautlos rotierte. »Verhaften?« Einen Moment lang flackerte Angst in Werners Augen auf, als Johnny mit den Neuankömmlingen eintrat.

Dann kam Bewegung in Theo, theatralisch stöhnte er auf: »Hätt' ich's mir doch denken können, meine Schwester wieder!«

»Wir wollten euch ja nur warnen, dass man eure Neger-musik fast bis auf die Straße hören kann.«

Werner blickte erschrocken auf den Plattenteller. »Echt? Dabei hatten wir doch die leise Nadel genommen.«

»Lulu will uns nur veräppeln«, beruhigte Johnny die Freunde. »Sie haben wohl im Windfang gelauscht.«

Die Aufmerksamkeit der Jungen wanderte zu der Neuen im Raum. »Ach, sieh an, da ist ja auch die schöne Unbekannte, die ich neulich kurz bei uns im Wohnzimmer traf.« Theo reichte ihr die Hand. »Nice to meet you again. Hetty, wenn ich nicht irre?«

»Und ich bin der Werner und geh mit den beiden Knallköppen hier in eine Klasse.« Er streckte ihr seine Pranke entgegen.

Hetty schlug die Augen nieder und schüttelte zurückhaltend die Hände. »Ja, Lulu und ich gehen auch zusammen auf die Kleine Helle.«

»Setzt euch doch bitte hierhin.« Johnny räumte ihnen einen Platz auf einem Sofa frei, indem er einige Bücher und Hosen auf den Boden fegte. Dann wandte er sich an Hetty: »Magst du auch Jazzmusik?«

Sie schwieg verschüchtert, und Lulu antwortete für sie: »Sie ist noch ein Frischling, aber ich denke, es könnte ihr gefallen.« Sie griff nach ihren Zöpfen und warf sie hoch. »Auf alle Fälle ist sie kein strenges BDM-Mädel, auch wenn sie so aussieht, so viel steht fest.« Hetty kreischte.

Lulu zeigte auf sie wie auf eine Trophäe. »Diese reizende Deern will übrigens mit mir in die Tanzschule gehen, wir sprachen ja neulich schon drüber, nicht wahr, Jungs?« Herausfordernd nickte sie Werner und Johnny zu. »Ach, und letztens war ich ja mit ihr im Artie-Shaw-Film, da konnte sie fast nicht an sich halten! Und jetzt hat sie uns beiden Kleider wie von Lana Turner genäht.«

»Na, das ist mal eine gute Voraussetzung.« Werner nickte zufrieden.

»Ich glaub auch, da könn' wir was mit anfangen«, stimmte Theo zu.

»Was meint ihr damit?« Hetty schaute Lulu fragend an.

Nach einem kurzen Schweigen räusperte die sich. »Na ja, weißt du, für uns ist Swing und Jazz so etwas wie die Musik einer freien Welt. Eine Welt ohne diesen ganzen Drill und den braunen Sumpf, den die Nazis über Deutschland bringen. In dieser freien Welt des Jazz können wir einfach nur unseren Spaß haben. Da gibt's keinen Führer, sondern Demokratie. Alle machen zusammen Musik, ob Schwarz oder Weiß, Mann oder Frau.«

Johnny erklärte: »Es gibt richtig gute Big Bands, in denen schwarze und weiße Musiker gleichberechtigt miteinander spielen.«

»Stimmt, Benny Goodman spielt sogar mit Schwarzen im Quartett, Teddy Wilson am Piano und Lionel Hampton am Vibraphon, das ist Bombe«, rief Werner begeistert dazwischen.

»Und die Frauen sind auch nicht nur hübsche Showgirls«, betonte Lulu. »Da gibt es unglaublich gute Sängerinnen wie Ella Fitzgerald oder Billie Holiday. Wenn ich nur jemals so toll singen könnte ... Oder denk an Josephine Baker, die mit den Bananen.« Sie wackelte mit den Hüften. »Die ist eigentlich 'ne richtige Jazz-Sängerin und lässt sich nichts gefallen.«

Ihr Bruder führte weiter fort: »Und jede Band, die einen Standardsong bringt, setzt eigene Akzente damit. Das ist totale Freiheit, aber alle spielen nach den gleichen Regeln.«

Lulu zögerte. »Ich hab da so 'ne Idee ... Mag völlig bescheuert klingen, aber ... wie wäre es, wenn Swingmusik die Welt von den Nazis befreien könnte? Wenn ihr versteht, was ich meine.«

Hetty schüttelte verwirrt den Kopf, das war ihr zu hoch. Lulu fuhr mit großen Gesten fort: »Wir Swings stehen für eine zivile, freie Gesellschaft, für Frieden. Und die Nazis stehen für, na ja, das wissen wir ja, Führerprinzip, Ungleichheit, Drill und letztlich Krieg. Wenn nun alle Menschen Swingbands hören würden statt Marschkapellen, dann können sie doch gar nicht anders als diesen Krieg beenden. Nach Swingmusik kann man nicht marschieren.«

»Jawoll, Swing Heil!«, rief Werner begeistert aus.

Aber Hetty schwieg und zog ihre Nase kraus. Dann sagte sie vorsichtig: »Das klingt ja ziemlich gefährlich nach Wehrkraftzersetzung.«

»Deswegen mögen die Nazis uns ja auch nicht.« Aus Theos Worten klang deutlich Stolz hervor. »In Hamburg gibt es viele Jugendliche, die so denken wie wir und die sich mit den Nazis anlegen. In Berlin natürlich auch. Und was es hier und dort gibt, findet sich bestimmt auch in anderen Städten. Kleine Treffpunkte von wackeren Swingboys und Hotcats, die lieber tanzen, als im Gleichschritt zu gehen.«

Johnny legte den Tonabnehmer des Grammophons auf die drehende Platte und sah Hetty in die Augen. »Denn eines steht fest: Der Swing-Virus ist ansteckend. Du hast es im Kino selbst erlebt. Oder hier.« Die ersten Rhythmen einer Trommel waren zu hören. Sekunden später wippte Hettys Fuß im Takt mit. »Siehst du? Das meine ich mit ansteckend! Das ist übrigens unsere Hymne: Benny Goodmans ›Sing sing sing‹! Wer dazu stillsitzen kann, der gehört nicht zu uns!«

»Johnny, und wenn das alles hier mal vorbei ist, dann wirst du Bürgermeister von Swinging Bremen«, applaudierte Werner. »Wusstet ihr, dass sein Großonkel, Martin Donandt, Bürgermeister von Bremen war, bevor die Nazis kamen? Und sein Urgroßonkel Ferdinand war lange Jahre Senator.«

»Echt?« Theo zog die Augenbrauen hoch.

Johnny schüttelte den Kopf. »Ja, aber mein Großonkel würde sich im Grabe umdrehen, wenn er uns heute sehen und hören könnte. Der dachte immer, so eine Demokratie wird sich wieder verwachsen.«

»Aber immerhin hast du in deiner Ahnengalerie jede Menge Erfahrung in der Politik«, Lulu war begeistert, »wenn du mal in deren Fußstapfen trittst, dann kannst du diese ganzen Verbote der Nazis wieder aufheben.«

»Ach, ich weiß nicht«, zögerte Johnny, »ich hör zwar gern Swing und hab keine Lust auf diesen ganzen Nazi-Kram und so, aber deshalb bin ich ja nicht gleich ein Revolutionär. Letztlich sind die Nazis ja leider überall, und der Swing lebt nur in unserer kleinen Nische.«

»Ach, komm, sei doch nicht so ein Schisshase, Johnny! Spuckst erst große Töne, aber vor den Nazis und vor allem deinem Nazi-Onkel kuschst du.« Werner funkelte ihn an. »Du musst echt mal Farbe bekennen.«

Schweigen breitete sich aus. Johnny betrachtete das Muster des Teppichbodens. Werner hatte ja recht, sonderlich mutig war er nicht, musste er vor sich selbst zugeben. Das fing ja schon damit an, dass er sich nicht traute, dieses neue Mädchen anzusprechen, obwohl er sie gern näher kennengelernt hätte.

Hetty hatte über das Gesagte nachgedacht. »Glaubst du wirklich, dass Swing die Nazis überwinden könnte?«, fragte sie jetzt Lulu. »Das ist doch nur Musik!?«

»Ich glaube jedenfalls daran«, antwortete sie ein wenig trotzig. »Ihr werdet es noch erleben: Swingmusik wird das Tausendjährige Reich überleben.«

»Komm, dann lass uns jetzt einfach die Musik feiern«, versuchte Theo, das unangenehme Schweigen zwischen Johnny und Werner zu unterbrechen. »Ich hab 'ne Platte von Teddy Stauffer bei dir gefunden, Jeepers Creepers, die würd ich mir gern noch anhören, bevor wir nach Hause müssen.«

»Oh, nach Hause – wie spät ist es?« Hetty sprang erschrocken vom Sofa auf.

Johnny schaute auf die große Standuhr in der Zimmerecke: »Gleich sechs.«

»Dann muss ich jetzt sofort los. Meine Mutter wird sich fragen, wo ich bleibe.« Sie war fast an der Treppe, da hatte Johnny sie eingeholt und hielt sie zurück.

»Halt, warte mal!« Er wollte nicht, dass sie schon ging, aber in der Eile fiel ihm kein guter Grund ein. Sie schaute ihn fragend an. »Am besten vergisst du wieder, was wir eben gesagt haben.«

»Warum denn? Ich werd das schon nirgends erzählen.« Hetty stemmte ihre Hände in die Hüften. »So dumm bin ich nicht!«

»Nein, nein … Aber heutzutage kann man nicht vorsichtig genug sein«, murmelte Johnny. »Sonst kommen wir alle in Teufels Küche.«

»Wer kommt in die Küche?«, klang da eine helle Kinderstimme von oben, und eine etwas tiefere weibliche Stimme rief: »Johann, hast du etwa noch Besuch?«

»Meine Mutter und meine Schwester sind zu Hause! Ihr müsst gehen.« Johnny winkte seine Freunde zur Treppe, auf der Hetty wartete. In einer Reihe zogen sie an seiner Mutter vorbei und reichten ihr nacheinander die Hand: »Hallo, Frau Donandt, und auf Wiedersehen, Frau Donandt!« Die stand irritiert im Flur und schüttelte verwundert den Kopf.

# MODISCHE EXTRAVAGANZEN

»Kommt ihr heute Nachmittag mit zum Brill?« Werner war von hinten an Johnny und Theo geschlichen, die sich in einer Ecke des Schulflures gegenseitig Lateinvokabeln abfragten.

»Was soll denn da sein?«, erkundigte sich Theo.

»Na, als Hamburger kennste das nicht«, erklärte Werner leicht von oben herab, »aber dort ist das beste Geschäft in ganz Bremen für Schallplatten. Du kriegst zwar billigere Platten bei Karstadt, aber bei Radio Warnke am Brill haben sie Fachpersonal und echte Schätze. Und unter uns Swingboys: Musik hören ist doch immer noch besser als danach zu hotten, oder?«

Johnny zog die Augenbrauen hoch: »Deine Meinung. Zur Tanzschule kommst du aber mit, Werner, oder willst du dich jetzt wieder drücken?«

»Nein, nein, ein Mann, ein Wort! Aber lasst uns trotzdem gucken, was die bei Warnke an Schätzen haben.«

Theo mischte sich ein. »Meinst du, die haben da noch so richtig hotte Platten? In Hamburg wurde es immer schwieriger, je länger dieser«, er senkte die Stimme, »dieser beschissene Krieg dauert.«

»Abwarten!« Werner hob geheimnisvoll einen Finger. »Lass uns einfach ma' inne Stadt geh'n.«

Nach der Schule warfen sich die drei zu Hause in Schale, bevor sie sich am Spanischen Platz trafen. Werner und Theo trugen selbstbewusst und äußerst lässig ihre zusammengewürfelten Klamotten vom Trödler zur Schau: lange Sakkos, Schlabberhosen, Lederhandschuhe, eng gebundene Krawatten mit Windsor-Knoten und breitkrempige Filzhüte. Johnny kam nur in Mantel und Hut, aber Werner legte ihm noch einen bunten Schlips um, und Theo hatte ihm ein kariertes Sakko mitgebracht.

»So richtig glücklich siehste nicht aus?!«, stellte Werner mit einem Seitenblick fest.

»Ich weiß nicht, ob das so 'ne gute Idee ist«, wehrte sich Johnny zaghaft. »Heute wollen wir ja nicht ins Atlantic, und ehrlich gesagt, hat mir die Razzia neulich gereicht.«

»Jetzt komm, sei kein Hosenschisser! Wenn die Nazis meckern, dann polieren wir denen die Fresse!«

»Denk doch nur an die Hamburger Freunde, die würden sich auch nichts gefallen lassen!« Theo klopfte ihm aufmunternd auf die Schulter.

»Ja, und jetzt müssen sie es büßen!«, murmelte Johnny. »Die Nazis verstehen da keinen Spaß!« Doch er gab sich geschlagen. Seine Kumpel hatten ja Recht, und die Braunhemden sollten sich ruhig mal wundern.

Theo trug an diesem Tag eine Kamera um den Hals, die er sorgfältig mit seinem Seidenschal verbarg. »Die hab ich Weihnachten von meiner Mutter geschenkt bekommen, aber noch nicht viel genutzt«, erklärte er. »Die Filme sind echt schwer zu beschaffen gerade, und außerdem darf man in der Öffentlichkeit sowieso keine Fotos machen – man könnte ja aus Versehen Bombenschäden aufnehmen und dem Tommy stecken, wo er uns getroffen hat.«

Johnny lachte laut auf. »Ha, als ob sie das nicht besser wüssten!«

»Stimmt, neulich erst flog so ein einzelner Aufklärungsflieger über die Stadt.« Werner nickte. »Ich wollt' mich mitten auf die Straße stellen und ein Victory-Zeichen zum Himmel schicken, aber das fand meine Mutter gar nicht lustig.«

»Und was willst du heute mit der Kamera?«

»Na, wenn wir schon mal so schnieke aussehen und endlich die Sonne scheint, dann können wir doch auch mal Fotos von uns machen, oder? So zur Erinnerung an uns Swingboys!«

Mit den Händen in den Hosentaschen schlurften sie Richtung Innenstadt.

»Wisst ihr, was ich zu meinem Geburtstag im Sommer von meinen Eltern kriege?«, fragte Johnny seine Freunde.

»Keine Ahnung, vielleicht auch eine Kamera?« Theo deutete auf seine Agfa.

»Nee, einen Maßanzug! So was Piekfeines vom Schneider Himmelreich in der Ansgaritorstraße. Da hat mein Vater früher seine Anzüge machen lassen. Dann muss ich nicht mehr eure Klamotten vom Trödler anziehen.«

»Wie haste denn das gemacht?« Werner machte große Augen.

»Na ja, ich hab so lange gebettelt, bis meine Eltern nachgegeben haben. Erst wollten sie nicht. Mein Vater meinte, mein nächster Anzug ist feldgrau, aber ich hab ihn überzeugt wegen Abitur und Studium und so. Über irgendwelche Kanäle hat mein Vater dann grauen Flanellstoff und unbezahlbares schwarzes Seidenfutter beschafft und uns direkt aus Paris geschickt.«

»Hast du das gut!«

»Ja, sonst hätte der Schneider das wohl auch nicht gemacht. Anzugstoff ist ja nicht zu kriegen, egal wie viel Punkte du noch auf der Kleiderkarte hast.«

»Wie soll der Anzug denn aussehen?«

»Na, ein Zweireiher natürlich, mit vier Manschettenknöpfen und einer weiten Hose mit drei Zentimeter Aufschlag, der weich bis auf die Schuhe fällt.« Johnny wusste genau, was er wollte. So etwas hatte er im Kino gesehen, bei Johannes Heesters oder Clark Gable. »Und dann können mir die Deerns nicht widerstehen, wirst schon sehen!«

Die Innenstadt zeigte sich in einem roten Meer aus Hakenkreuzfahnen und Bremer Speckflaggen. Morgen war der alljährliche Tag der deutschen Wehrmacht, und ein Aufmarsch war angekündigt. Am Rathaus hing ein riesiges Banner, und einige Offiziere und SS-Männer standen vor dem Portal.

Theo legte seine Stirn in Falten. »Also hier sollten wir gerade kein Foto machen, sonst gibt's Ärger.«

Johnny schaute sich um. »Wie wär's da neben den Herolden? Da haben wir den Dom im Hintergrund, aber nicht die Nazis. Wirkt gleich viel ziviler.«

Nach wenigen Minuten hatte Theo ein Bild von den beiden Freunden im Kasten. Doch als Johnny eines von Theo und Werner aufnehmen wollte, rauschte eine Gruppe hochrangiger SS-Männer um die Ecke.

»Das ist Bürgermeister Böhmcker und sein Gefolge!«, erkannte er sofort und versteckte schnell Theos Kamera mit seinem Mantelaufschlag. Im letzten Moment verkrümelten sich die Swingboys unter die Arkaden des Rathauses und taten, als ob sie ihre Schuhe binden müssten.

Sobald die Nazis außer Hörweite waren, atmete Werner auf. »Puh, Glück gehabt!«

»Ja, aber hier wird's gerade zu voll, lass uns weitergehen.« Johnny reichte Theo seine Kamera zurück und schlenderte die Obernstraße entlang.

Vor dem Schaufenster von Radio Warnke in der Hutfilterstraße betrachteten die drei Jungen voller Bewunderung die Rundfunkgeräte und Grammophone verschiedener Marken. Werner versuchte, über die Auslage hinweg in den Laden zu schauen.

»Ich hoffe, heute arbeitet der Friedrich, das ist mein Kumpel und der beste Plattenverkäufer. Hat früher bei meinem Vater gearbeitet, daher kenn ich ihn.«

Mit einem Bimmeln wurde die gläserne Eingangstür geöffnet, und Werner schob sich hinein. Zielgenau steuerte er den Tresen neben drei Abhörkabinen an. Dahinter sortierte ein junger Mann einige Platten.

»Hallo, Friedrich.«

Erfreut schaute der Verkäufer auf. »Mensch, Werner! Schön, dich zu sehen. Wie geht's deinem alten Herrn?«

»Ach, du weißt ja, er ist ja eigentlich unabkömmlich, einer muss ja die Geschäfte für den Führer leiten, aber er ist trotzdem ständig an der Front unterwegs.«

»Grüße ihn bitte, wenn du ihn sprichst.« Mit Blick auf Theo und Johnny: »Was kann ich für euch drei tun?«

»Ich hab gehört, du hast wieder Neuware reinbekommen? Können wir mal schauen?«

Friedrich blickte sich vorsichtig um. »Nicht so laut, mein Chef darf das nicht hören!«

»Schon klar, aber hast du jetzt neue Schellacks oder nicht? Hier, ich hab dir auch Nachschub gebracht.« Werner legte eine Rudi-Schuricke-Platte und einen Wagner-Tenor auf die Glasplatte.

Friedrich warf einen letzten Blick in den Verkaufsraum, dann schob er mit einem Fuß einen großen Karton mit Schallplatten neben dem Tresen nach vorn. »Könnt ihr ja mal durchschauen.«

Werner beugte sich sofort über die Schatzkiste und winkte seine Freunde heran. »Das sind die Platten, die die Leute abgeben für die Wertstoffsammlung, wenn sie eine neue Platte kaufen wollen. Und du glaubst gar nicht, was für ungeahnte Schätze die Leute so haben und eintauschen gegen den neuesten Kitsch!«

»So was haben wir in Hamburg auch.« Theo schob sich die Brille auf die Nase, bevor er sich hinunterbeugte.

Langsam blätterten sie eine Schallplattenhülle nach der anderen um. Ilse Werner, Hans Albers, Die Goldenen Sieben … »Ah!« Johnny zog mit einem kleinen Triumphschrei eine Platte aus dem Stapel. »Louis Armstrong, So little time.«

»Da wollte jemand bestimmt seine Negerplatte loswerden«, vermutete Theo.

»Gut für uns!« Johnny grinste und legte seinen Fund auf den Tresen. Sie schauten weiter und fanden eine etwas zerknickte Teddy Stauffer-Platte mit Goody Goody und einen Limehouse Blues von Fletcher Henderson.

»Alles reelle Vorkriegsware, gute Qualität«, betonte Friedrich mit Kennermiene. »Möchtet ihr die Platten anhören?«

Zu viert quetschten sie sich in eine Abhörkabine, und der Verkäufer ließ die erste Schallplatte ertönen. Mit einer irrwitzigen Geschwindigkeit legte Fletcher Henderson mit seiner Band los. Nur vom Zuhören und Mitnicken bekamen die Jungs Schweißperlen auf die Stirn.

»Die nehmen wir auf alle Fälle!«, war sich Johnny sicher. Als Nächstes kam der Schweizer Teddy Stauffer.

»Nee, das taugt nicht«, verwarf Theo die Platte, »die Version von Benny Goodman, die ich zu Hause habe, ist viel besser.«

Louis Armstrong fand zwar Gnade vor den Ohren der Jungen, weil er hier mit seiner ganz speziellen knödeligen Stimme sang. Doch sie mussten sich entscheiden, das Geld reichte nur für eine Schallplatte. Auf Nachfrage versicherte Friedrich, dass er die Armstrong-Scheibe eine Woche zurücklegen könnte. Danach würde sein Chef die Platten in dem Karton zum Einschmelzen schicken.

»Vielleicht kann ich meine Tante um Geld anpumpen«, meinte Theo nachdenklich.

»Danke jedenfalls, und hol di fuchtig!« Werner verabschiedete sich von seinem Kumpel Friedrich.

Mit der geretteten Henderson-Platte liefen die Jungen zufrieden zu Werner, um dort unter dem Dach die Musik erneut in Ruhe zu hören.

»Sag mal, wie seid ihr denn in Hamburg an Swing gekommen?« Johnny schaute Theo an.

»Ganz ähnlich wie ihr, Plattenläden mit gutem Sortiment wie hier, Tauschgeschäfte mit Soldaten von der Westfront oder mit Hafenleuten, Geschenke von Kaufmannskollegen aus Übersee. Und dann hatten wir einen Kumpel, der hatte ein Aufnahmegerät. Mit dem hat er ganze Radiosendungen mit hotter Musik auf Folie aufgenommen und dann auf Platte gebrannt.«

»Das ist ja irre. Hat er die Maschine noch?« Werner staunte.

»Glaub nicht«, vermutete Theo mit Bedauern in der Stimme, »die ist bestimmt zerstört worden, als neulich sein Haus bombardiert wurde.«

Johnny schüttelte den Kopf: »Wenn die Tommys nur wüssten, wen und was sie da mit ihren Bomben treffen ...«

## ZWISCHENFALL MIT FOLGEN

Ein paar Wochen später, die Pfingstrosen verwelkten langsam schon, berichtete Martha Donandt ihrem Sohn beim Mittagessen, dass der Schneider angerufen hatte. » Ich kann da heute nicht mitkommen, Ida muss mit ihrem Husten zum Kinderarzt.«

Johnny wurde kribbelig. Keinen Tag länger wollte er auf seinen neuen Anzug warten. »Ist in Ordnung, Mutter! Ich kann den auch allein abholen. Werner begleitet mich bestimmt für die Beratung.«

Selbstverständlich kam Werner gern mit. So könne er sich von der Qualität des Schneiders überzeugen, feixte er. Und auch Theo ließ sich nicht lange bitten:

»Wir müssen doch überprüfen, ob du mit der neuen Kluft wirklich standesgemäß aussiehst.«

Die beiden Freunde fläzten sich im Verkaufsraum auf die Sessel, während Johnny mit dem Schneider in den Anproberaum verschwand. Hier wurden die Hosenbeine etwas verlängert und die letzten Nadeln aus dem Sakko entfernt. Schließlich war der Kunde zufrieden und öffnete den Vorhang zum vorderen Teil des Geschäfts.

»Hoppla, jetzt komm ich!« Mit einer weit ausholenden Armbewegung trat Johnny nach vorne und drehte sich auf dem Absatz. Die Freunde bewunderten ihn lautstark.

»Ooooh, wie wunderbar du aussiehst!«

»Aaaaah, der allerneueste Schrei from London – very nice indeed!«

Zwei andere Kunden, die von einer Angestellten am Verkaufstresen beraten wurden, drehten sich irritiert um. Schneider Himmelreich bat die Jungen mit beschwichtigenden Gesten, ein wenig leiser zu sein. Aber die drei spielten weiter Theater.

»Oooh, wie weich der Stoff fällt, und wie elegant die Silhouette meine Figur umschmeichelt!« Johnny fühlte sich wahrhaftig wie verwandelt. Er konnte sich gar nicht satt sehen an diesem Anzug. Gockelgleich stolzierte er vor Werner und Theo hin und her.

»Ist es denn nun gut?«, wollte der Schneider etwas ungeduldig wissen. Peinlich berührt, rieb er sich eilfertig die Hände. »Wird Ihre Frau Mama auch noch kommen, um die Rechnung zu begleichen?«

»Nein, sie sagte, Sie sollen mir den Anzug mitgeben samt Rechnung, und sie kommt in den nächsten Tagen vorbei.«

Darauf war Schneider Himmelreich nicht gefasst. Ihm waren diese Grünschnäbel nicht geheuer. »Nein, richten Sie bitte Ihrer Mutter aus, dass die Ware erst bezahlt werden muss. Dann kann sie sie gern mitnehmen.«

Johnny zuckte mit den Achseln und kehrte betont lässig zur Umkleide zurück. »Na gut, ich werde es meinen Eltern mitteilen. Aber mein Vater, Herr Rechtsanwalt Dr. Donandt, wird nicht erfreut sein über diese Verzögerung!«, rief er leicht von oben herab.

Schneider Himmelreich sah aus, als hätte er in eine Zitrone gebissen. Es missfiel ihm, diesen Rotzlöffeln, die sich so aufspielten, einen derart kostbaren Anzug auszuhändigen. Andererseits kannte er zwei der Väter als seriöse Kunden. Und mit den Donandts wollte er es sich nicht verscherzen. Letztlich überwog sein Geschäftsinstinkt. »Na gut«, gab er nach, »aber sagen Sie Ihrer Frau Mutter, dass sie ganz bestimmt in den nächsten Tagen in den Laden kommen muss, um die Rechnung zu begleichen.«

»Aber gerne doch, Herr Himmelreich, das werde ich ihr ausrichten.« Triumphierend grinsend trat Johnny zurück in den Geschäftsraum und drehte sich vor dem Spiegel. »Jungs, den zieh ich nie wieder aus!«

Seine alten Kleider in eine Tasche gestopft, verließen die drei Swingboys das Geschäft grinsend und pfeifend, grüßten nach allen Seiten und lüpften ihre Hüte, sobald ihnen eine Dame entgegenkam. So schlurften sie lässig von der Ansgaritorstraße in die Wallanlagen Richtung Mühle.

»Lass uns die Enten füttern«, schlug Theo vor. »Ich hab noch mein Pausenbrot in der Tasche.«

Auf dem Weg zum Wallgraben umrundeten sie eine mächtige Buche. Zu spät bemerkten sie, dass ihnen ein HJ-Trupp in brauner Uniform entgegenkam.

»Na seht mal her, wen wir hier haben!«, rief der Erste. Die drei Freunde blieben abrupt stehen.

»Wenn das keine Tangojünglinge sind!« Der Zweite lachte höhnisch.

»Wisst ihr, woran man die Swing-Heinis erkennt?«, fragte der dritte Kamerad. »Vorne latschen sie auf den Schlips und hinten auf die Haare!« Die Jungnazis prusteten los.

»Ich glaub sogar, ich kenn die Stenze hier«, ein Vierter trat hervor, die Stimme klang bedrohlich. »Ist das nicht der Johann Donandt und sein bester Freund, der Werner Knigge?«

Johnny sah sich nach dem jungen Mann in kurzen Hosen um, der eben gesprochen hatte. Verdammt, das war doch schon wieder Wolfhard Groth, durchfuhr es ihn, sein Kindheitsfreund Wolfi, der sich zum wahren Nazi-Ekel entwickelt hatte. Ausgerechnet der! Dieser Kerl ging ihm echt auf den Senkel.

»Lasst uns durch, wir haben nichts getan.« Werner versuchte, sich einen Weg durch die Gruppe zu bahnen.

Einer der Jungen, der am nächsten stand, baute sich vor ihm auf: »Nichts getan? Das ist es ja gerade. Ihr tut nichts, um das deutsche Volk zu verteidigen. Im Gegenteil! Während unsere Soldaten an der Front kämpfen, zieht ihr das Deutsche Reich mit eurem lächerlichen englischen Auftreten in den Dreck.«

Immer dieses blöde Gerede von Volk und Vaterland. Johnny wurde wütend. Höhnisch konterte er: »Oha, da hat aber jemand beim Heimabend gut aufgepasst.«

Die Antwort kam postwendend. »Werd mal nicht kiebich, Freundchen!« Der erste Schlag von Wolfhard traf Johnny unvorbereitet vor die Brust und ließ ihn ein paar Schritte zurück taumeln. Danach hob er die Hände wie ein Boxer vors Gesicht und wehrte den zweiten Streich, der auf seine Wange zielte, gerade noch ab. Den nächsten Hieb teilte Johnny aus, und diesmal schwankte Wolfi kurz. Werner und Theo wurden ebenfalls von den HJ-Jungs geschubst und geschlagen, doch sie schubsten und schlugen tapfer zurück. Im Nu waren die drei Swings und die sechs Hitlerjungen in einer heftigen Prügelei. Nasen bluteten, Stoff zerriss, Knie wurden in Magengruben gebohrt und Arme nach hinten gedreht.

Als sein Gegner einmal zu Boden ging, witzelte Werner wie ein Radiokommentator: »Oooh, das war ein harter Schlag von Joe Louis. Wird Max Schmeling ihm noch länger standhalten?«

»Dir stopf ich dein blödes Maul!«, brüllte ein anderer Jung-Nazi und stürzte sich auf Werner.

Die Swingboys kämpften hart, doch der HJ-Trupp war in der Überzahl. So dauerte es nicht lange, bis die drei mit dem Gesicht auf dem Sandweg der Wallanlagen lagen, ihre Angreifer auf ihren Rücken.

»Hinsetzen«, befahl Wolfhard. Die Hitlerjungen postierten sich um sie herum. Theo versuchte zu fliehen, aber sein Bewacher griff ihm sofort in die Haare und drückte ihn wieder zu Boden. Johnny blitzte den Anführer durch die Blutstropfen von seiner Augenbraue wütend an.

Wolfhard wandte sich an ihn: »Wissen deine Eltern, dass du hier so verlottert herumläufst, mit diesen dubiosen Personen? Und was sagt dein Onkel Gregor dazu?«

»Natürlich wissen meine Eltern das. Sie haben mir ja auch diesen Anzug gekauft, den ihr Dööskӧppe gerade ruiniert habt.« Johnny schaute auf sein nagelneues Sakko, an dem jetzt der linke Ärmel herunterhing, ein Knopf war abgerissen und Gras, Blut und Dreck färbten den grauen Stoff schwarz-grün. Er hätte vor Wut heulen können. Stattdessen ballte er seine Fäuste und biss sich auf die Lippen. In seinem Mund schmeckte es nach Eisen.

»Tja, weißt du denn nicht, dass die deutsche Jugend besser praktische Kleidung tragen sollte?« Der HJ-Führer grinste hämisch und klatschte auf seine eigenen Oberschenkel. »Lederhosen zerreißen nicht so leicht, und das Braun der Hemden ähnelt dem Braun der Scholle, die uns nährt. Da fällt so ein bisschen Dreck gar nicht groß auf.«

»Jetzt red nicht so'n Müll!«, schimpfte Werner, der ebenfalls ziemlich ramponiert war: Eine blutige Nase und ein geschwollenes Auge zierten sein Gesicht, sein Mantel war am Aufschlag zerrissen.

»Johann, mein Lieber«, Wolfhard wandte sich jetzt mit schmeichelnden Worten an Johnny. »Kann es sein, dass ich dich schon lange nicht mehr bei der HJ gesehen habe? Oder habt ihr diese Gestalten hier bei unseren Heimabenden gesehen?« Er schaute in die Runde, und seine Kameraden schüttelten grienend die Köpfe.

»Kann es also sein, dass wir es hier mit drei Drückebergern zu tun haben?« Ein Johlen folgte. »Und was machen wir mit Drückebergern und langhaarigen Swingheinis?« Wolfhard erhob drohend seine Stimme. »Ich glaube, wir müssen sie daran erinnern, was es bedeutet, ein deutscher Junge zu sein.« Er trat dicht an Johnny heran und griff ihm ins zerzauste Haar. »Zuerst einmal sollten wir ihnen wohl helfen, diese weibischen Haare loszuwerden. Und dann werden wir sie der Gestapo übergeben. Die wissen, wie man sich um solche Flöten kümmert.«

Johnny fand endlich seine Sprache wieder. »Was Besseres fällt euch nicht ein?« Wolfhard schaute ihn fragend an. Mit dem Mut der Verzweiflung sprach Johnny weiter: »Na, wenn sich die Gestapo um uns kümmert, dann habt ihr doch gar nichts davon.«

Jetzt starrten alle zu Johnny. Theo verdrehte die Augen, aber Wolfi überlegte einen Moment. »Wie meinst du das?«

»Na ja, wir drei sind doch schon angemeldet für den Fanfarenzug der HJ. Wir warten gerade nur noch auf unsere Überweisung, aber ihr wisst ja, wie das so ist mit der Bürokratie. Dann beginnt unser Dienst in der Neustadt. Und es wäre doch schade, wenn die Gestapo uns jetzt verhaften würde. Dann müsste der Fanfarenzug des HJ-Banns Neustadt auch weiterhin ohne unsere tatkräftige Unterstützung an Trommel und Fanfare auskommen.«

Wolfhard zögerte: »Ich hoffe für euch, dass das stimmt.«

Werner, der das als Entwarnung verstand, wollte vorsichtig aufstehen. Aber da wies der HJ-Führer mit der Hand auf ihn. »Halt, wir sind noch nicht ganz fertig mit euch.«

»Was wollt ihr denn noch?«, zischte Theo.

»Die langen Haare müssen so oder so ab, und dafür werden wir heute sorgen!« An einen Kameraden neben sich gewandt, fragte er: »Gernot, hast du zufällig eine Schere im Rucksack?«

»Nee, aber nimm doch das Fahrtenmesser!«, meinte der höhnisch. Die anderen Hitlerjungen klatschten in die Hände, einer rief ein »Sieg Heil!«, in das alle im Chor einfielen.

Da hielt es Theo nicht länger aus. Er antwortete frech mit einem ebenso lauten »Swing Heil«, und Werner und Johnny brüllten mit. Im Nu stürzten sich die sechs HJler wieder auf die am Boden sitzenden Swingboys, bis schließlich auch die andere Wange blutete, das zweite Auge geschwollen und die Lippen zerschlagen waren.

»Na, gebt ihr auf?«, rief Wolfhard, während er in Johnnys Schopf packte und den Kopf hochriss. Dann zog er sein

Fahrtenmesser aus der Scheide und säbelte so lange hin und her, bis die Strähnen fielen. Die anderen Jungen hatten sich Werner und Theo gegriffen und verpassten ihnen ebenfalls eine Schur. Am Ende standen die Stoppeln wirr von ihren Köpfen. Nur Johnnys widerspenstige Locke war verschont geblieben. Seine Tränen drückte er wütend weg.

»So können wir euch Loddels wohl erst mal auf die Straße lassen«, nickte Wolfhard zufrieden. »Den Rest kann ja der Friseur erledigen.« Seine Hitler-Jungen lachten. »Dann jetzt mal schnell zu euren Muttis! Und denkt dran, wir haben euch im Auge – wehe, ihr taucht nicht beim Fanfarenzug auf!«

# RETTUNG NAHT

Wie geschlagene Hunde schlichen die drei Swingboys nach Hause. Immer wieder tropfte Blut aus ihren Nasen, die Rippen schmerzten, und rund um Werners Auge wuchs ein Veilchen.

»Tragt es mit Fassung, Jungs, bei uns in Hamburg war es Ehrensache, wenn wir uns mit der HJ gedroschen haben«, versuchte Theo sie aufzumuntern.

»Na, wer hat hier wohl wen vermöbelt?«, murmelte Johnny und zog den Hut tief in die Stirn. Dann stöhnte er: »Schöne Scheiße, wie soll ich das denn meiner Mutter erklären?«

»Wieso«, fragte Werner und grinste schief mit aufgesprungenen Lippen, »die fand deine Haare doch sowieso zu lang!«

»Nee, das mein ich gerade mal nicht. Ich mein den Anzug!«

»Au Backe, du hast recht«, Theo nickte, »nicht mal bezahlt und schon kaputt.«

»Jawoll, das gibt Ärger.«

Schweigend gingen sie weiter. Der Swing war aus ihren Schritten verschwunden.

Johnny grub frustriert seine Hände in die Hosentasche. Da fehlte etwas. »Wo ist mein Glückspfennig?« Hektisch tastete er seine Manteltaschen ab, suchte panisch in der Tüte mit seinen alten Klamotten, zupfte seine Hose heraus. Da rollte ihm die Münze vor die Füße. »Jungs, kein Wunder, dass wir heute so eine Tracht Prügel bekommen haben – ich hatte meinen Glückspfennig nicht bei mir!«

Werner schüttelte leise lachend den Kopf, Theo runzelte verwirrt die Stirn. Dann hellte sich sein Gesicht auf:

»Ich hab eine Idee! Du hast die Hetty doch neulich kennengelernt. Lulu hat erzählt, dass die nähen kann.«

»Ja, und?«

»Denk doch mal nach«, erklärte Theo dem begriffsstutzigen Freund. »Vielleicht kann sie den Anzug wieder flicken, bevor deine Mutter was merkt, Johnny!«

»Ach, ich kenn sie doch kaum …«

»Du bist ihr bestimmt aufgefallen!« Werner griente. »Und wer weiß, vielleicht kannste bei der Gelegenheit auch das Herz der süßen Hetty gewinnen?«

»Hoho, du Schwerenöter!«, witzelte Theo.

Aber Johnny wehrte ab: »Tünkram, was ihr nu' wieder denkt«, musste aber doch grinsen. Das wäre nicht das Schlechteste. »Aber wie kriegen wir die Flecken wieder raus?«

»Vielleicht fällt dazu deiner Oma Kakao was ein?«, schlug Werner vor, »die ist doch immer so plietsch.«

Johnny nickte und fasste wieder neuen Mut. Theo, der von seiner Schwester wusste, wo Hetty wohnte, bot an, ihn vorbeizubringen.

»Aber am besten, wir kommen nicht mit rein, sonst erschreckt sie sich zu Tode«, zwinkerte Werner.

Johnny drückte die Haustür am Barkhof auf und schlich die Treppen hoch. Hoffentlich war Hettys Mutter nicht da.

Als das Mädchen ihm die Tür öffnete, fuhr sie entsetzt zurück. »Was ist denn mit dir passiert, Johnny? Du blutest ja! Und was ist mit deinen Haaren?«

Nach einem schnellen Blick ins Treppenhaus zog sie ihn in die Wohnung und schloss die Tür. Johnny flüsterte ihr zu: »Die HJ hat uns erwischt.«

In der Küche drückte sie ihn auf einen Hocker. »Meine Mutter ist gerade nicht da, nur meine Schwestern. Aber ich schau mal, was wir an Verbandszeug da haben.«

»Danke, Hetty, aber das ist gar nicht so wichtig. Meine Wunden kann ich gleich zu Hause versorgen.«

In diesem Moment linsten zwei blonde Kinderköpfe um die Zimmerecke und kicherten. »Hetty, warum ist der Junge so dreckig?«

»Weil er verhauen worden ist. Und jetzt verschwindet wieder in eure Betten, es ist Schlafenszeit, sonst verhau ich euch auch noch!« Sie machte einen Schritt auf die beiden kleinen Mädchen zu, die prustend im Flur verschwanden.

»Also, was kann ich für dich tun?«

»Lulu hat erzählt, dass du nähen kannst?«

Hetty nickte und schaute sich dann den grauen Flanellanzug genauer an. »Oje, das ist ja ein Malheur …«

»Kannst du das wieder reparieren? Der Anzug ist noch ganz neu, und meine Mutter bringt mich um, wenn sie den so sieht.«

»Hmmm«, Hetty überlegte, »ich denke ja … allerdings fehlt hier ein Knopf, und so einen hab ich nicht.«

»Das macht nichts, das ist nicht so schlimm.« Johnnys Mine hellte sich auf. »Aber du meinst, du kannst den wieder so hinkriegen, dass ich damit was hermachen kann?«

»Glaub schon!«

»Oh, das ist großartig! Du bist ein Schatz!« Erleichtert fiel Johnny Hetty um den Hals, und bevor sie nachdenken konnte, drückte er ihr einen ungestümen Kuss auf die Wange. Das betretene Schweigen anschließend wurde von einem erneuten Wispern im Flur unterbrochen.

»Oh, diese lütten Krabben!« Sie rannte zeternd zu ihren Schwestern, die kreischend auseinanderstoben.

Als sie wieder in die Küche kam, wollte Johnny wissen, wann sie damit fertig sein könnte.

»Ich setze mich gleich daran, gut? Aber dafür müsstest du die Sachen ausziehen und mir hier lassen.« Sie wies ihm den Weg ins enge Badezimmer der Familie.

Johnny zog den demolierten Anzug aus und streifte seine alten Klamotten aus der Tüte über. Ein letzter Blick in den

Spiegel zeigte ihm ein zerschlagenes Gesicht und grob geschnittene Haare, die in alle Richtungen standen. Die Rippen schmerzten bei jedem Atemzug. Johnny spürte wieder diese große Wut in sich.

In diesem Moment öffnete sich die Badezimmertür. Hettys Mutter war im Flur und starrte ihn mit aufgerissenen Augen an. »Wer bist du denn? Und was machst du in meinem Bad?«

»Ich kann das erklären!«, murmelte Johnny mit hochrotem Gesicht, »ich bin ein Bekannter von Hetty, ich wollte nur … es ist nicht, wie es aussieht …« Aber die Mutter wartete keine Erklärung ab, sie griff sich rasch einen Regenschirm von der Garderobe und ging drohend auf ihn zu. Da schnappte er sich seinen Mantel, tauchte unter ihrem Arm hinweg, rief einen Gruß in Richtung Küche und verschwand eilig im Treppenhaus.

# ALLES GEFLICKT

»Joooohann?«

Warum rief seine Mutter so laut? Sie wusste doch, dass er in seinem Zimmer war. Immerhin hatte sie ihm ja eine Woche Stubenarrest gegeben, Strafe dafür, dass er sich mit der HJ geprügelt hatte. ›Unmöglich‹ habe er sich benommen, hatte sie ihm vorgeworfen und angedroht, mit Onkel Gregor darüber zu sprechen. *Na, wenn die wüsste…*, dachte Johnny. Das mit dem zerrissenen Anzug hatte sie Gott sei Dank nicht herausgefunden.

»Ja?«, rief er zurück.

»Komm mal bitte, Johann. Hier ist jemand für dich.«

Johnny rutschte das Herz in die Hose. Sein erster Gedanke: Jetzt kommen sie ihn holen. Theos Geschichten aus Hamburg und sein Erlebnis mit den HJ-Schlägern um Wolfhard saßen ihm in den Knochen. War das die Gestapo? Oder Wolfhard? Der hatte ja angedroht zu kontrollieren, ob sie tatsächlich im Fanfarenzug auftauchten. Werner oder Theo konnten es nicht sein, die hätte seine Mutter weggeschickt. Die Polizei wäre allerdings ohne Ankündigung zu ihm ins Souterrain gekommen.

»Johann, jetzt komm schon rauf.«

Johnny öffnete die Tür und ging langsam auf die Treppe zu. Eine weibliche Stimme war leise zu hören.

»… wollte nur etwas vorbeibringen … keine Umstände machen.«

»Hetty!« Zwei Stufen auf einmal nehmend, stürmte Johnny die Treppe hinauf. Sein Herz schlug schneller. Oben stand wirklich das blonde Mädchen seiner Träume, seine Retterin mit einem großen, in Papier eingeschlagenen Paket.

Kurz vor der obersten Treppenstufe bremste Johnny ab. Er sah die Missbilligung in den hochgezogenen Augenbrauen seiner Mutter.

»Möchtest du mir diese junge Dame nicht vorstellen, Johann?«

»Selbstverständlich, Mutter, das ist Hetty Decker, eine Freundin. Sie geht zusammen mit Lulu, der Zwillingsschwester von Theo, zur Kleinen Helle und wohnt in der Nachbarschaft.«

»Aha, und woher kennt ihr beide euch?«

»Na eben von Theo und Lulu. Sie war übrigens neulich auch schon mal hier, mit den anderen.«

»Ich wollte auch wirklich nicht stören, Frau Donandt, ich wollte nur etwas abgeben …« Hetty drückte das Paket an sich.

»Nein, nein, Sie stören nicht, Fräulein … Hetty. Ich bin nur erstaunt, weil mein Sohn eigentlich keinen Damenbesuch empfängt.«

Ein Grinsen blitzte in Johnnys Gesicht auf, das er schnell verbarg. Zu Boden blickend, murmelte er: »Entschuldige, Mutter, wo sind nur meine Manieren …«

Hetty, der Johnnys Reaktion nicht entgangen war, rutschte ein Kichern heraus. Geringschätzig starrte Frau Donandt sie an. Es sah nicht so aus, als ob sie das Mädchen nur eine Sekunde allein mit ihrem Sohn lassen würde.

»Hier, Johnny, äh, Johann, ich wollte dir nur den … die Näharbeiten vorbeibringen, die … ähm, meine Mama fertiggemacht hat.«

»Näharbeiten?« Martha Donandt zog die Stirn kraus, diesmal vor Erstaunen.

»Ja, Frau Decker ist Schneiderin und hatte mir neulich angeboten, meine alten Hosen zu verlängern«, flunkerte Johnny, »die hatten ja schon Hochwasser.«

»Ach, Schneiderin, das ist ja interessant.« Er konnte seiner Mutter an der gerümpften Nase ansehen, dass Hetty soeben in ihrer Gunst weiter gefallen war. Innerlich schüttelte er den Kopf: die und ihr Standesdünkel.

In diesem Moment klingelte das Telefon. Johnny ergriff die Chance, schnappte sich das Paket und Hettys Hand und flitzte mit ihr die Treppe runter. »Wir müssen das nur kurz anprobieren, Mutter!«

Die wollte protestieren, aber es läutete unaufhörlich, so dass sie schließlich den Hörer abnahm. Glucksend verschwanden die beiden Jugendlichen in seinem Zimmer. Er öffnete das Paket, zog den Anzug schnell aus dem Papier und versteckte ihn sofort im Kleiderschrank. Dann riss er ein paar ältere Anzughosen vom Bügel und legte sie auf den entfalteten Bogen auf dem Bett. Hetty warf ihm einen fragenden Blick zu. »Wart's ab!«, flüsterte Johnny, da stand schon seine Mutter in der Tür.

»Du willst doch nicht etwa die Hosen anprobieren, während Fräulein Hetty daneben steht, oder?« Aus schmalen Augen betrachtete sie ihren Sohn.

»Natürlich nicht, Mutter, was denkst du denn von mir? Ich ziehe mich doch nicht vor einer jungen Dame aus.«

»Das will ich meinen«, sie nickte zufrieden. »Das war übrigens dein Vater am Telefon. Er kommt hoffentlich in ein paar Wochen auf Urlaub nach Hause.«

»Oh. Großartig. Da freu ich mich.«

Hetty horchte auf. »Ist dein Vater an der Front?«

»Der ist gerade in Paris.«

Die Mutter ergänzte mit Stolz in der Stimme: »In seiner Eigenschaft als Jurist baut er in den eroberten West-Gebieten die neue deutsche Verwaltung auf. Und Ihr Vater, Hetty? Dient er auch dem deutschen Volk?«

»Natürlich, Frau Donandt, allerdings wird er vermisst, zuletzt war er irgendwo im Osten Belgiens. Wir haben seit über einem Jahr nichts mehr von ihm gehört.«

»Das tut mir leid, Kind.« Die Augen der Mutter bekamen kurz einen weicheren Ausdruck. »Ach, hoffentlich kommen unsere Männer bald heim.«

»Na, das lass aber nicht den Führer hören!«, konnte sich Johnny nicht verkneifen. »Wir sind doch so stolz auf unsere deutsche Wehrmacht!«

»Nein, also, natürlich«, stotterte seine Mutter und klang plötzlich wie der Sprecher der Wochenschau: »Solange das Deutsche Reich da draußen verteidigt werden muss, ist der Platz der tapferen deutschen Soldaten natürlich an der Front, bei ihren Kameraden.«

Sie schwieg einen Moment, dann nickte sie Hetty mit einem milden Blick zu: »Ich hoffe, dass Sie bald gute Nachrichten bekommen von Ihrem Vater! – Ich bitte mich zu entschuldigen, ich muss mich um das Abendessen kümmern.« Und sie ließ die beiden bei offener Zimmertür allein in Johnnys Zimmer, nicht ohne ihrem Sohn einen mahnenden Blick zuzuwerfen.

Kaum war sie weg, sah Hetty Johnny fragend an. »Was war das denn?«

»Na ja, sie ist neugierig und wollte dich offensichtlich kennenlernen.«

»Na, meine Mutter war auch nicht gerade amüsiert, dich bei uns im Bad zu finden«, schmunzelte Hetty, »da hab ich mir ganz schön was anhören müssen, von wegen leichtes Mädchen und so …«

»Was?« Johnny war entsetzt. »Es tut mir leid, dass ich dich in so eine unmögliche Situation gebracht habe.«

»Ach, ist schon in Ordnung. Und was meinst du, zu welchem Ergebnis ist deine Mutter gekommen?«

»Vermutlich, dass du unter ihrem Niveau bist, aber was kümmert mich das? Ich jedenfalls, äh, freu mich sehr, dich zu sehen!«, rutschte es Johnny raus. Er wandte sich ab, damit Hetty nicht sah, wie seine Wangen rot anliefen. »Hier, setz dich auf den Stuhl … und du …«, er fragte das Erstbeste, das ihm einfiel, »hast meinen Anzug wieder flicken können?«

»Ja, ich denke, er ist wieder fast wie neu, kannst ihn ja mal anprobieren … ach nee, du ziehst dich ja nicht vor Damen aus«, Hetty kicherte. »Nee, im Ernst, er sah übel aus, aber zum Glück war er vor allem an den Nähten gerissen, und das konnte ich gut nähen. Nur die Flecken hab ich noch nicht entfernen können, meine Mutter wurde zu misstrauisch.«

Johnny holte den gefalteten Anzug aus dem Schrank und betrachtete ihn erleichtert. »Vielen Dank, liebe Hetty, du hast wirklich mein Leben gerettet!«

»Ach, Quatsch mit Soße.«

»Doch, doch, du hast ja jetzt meine Mutter kennengelernt, die würde mir den Kopf abreißen, wenn sie wüsste, dass der nagelneue Anzug kaputt ist.«

»Wenn die Flecken noch raus gehen, sieht man gar nichts mehr von dem ganzen Malheur. Na ja«, Hetty zeigte auf Johnnys Haare, »fast nichts mehr!«

»Ach, das wächst ja wieder nach!« Er strich sich durch die kurzen Raspeln, von denen die eine widerspenstige Locke rebellisch in die Höhe ragte. »Eigentlich krieg ich den Anzug ja erst zu meinem Geburtstag, aber mein Vater meinte, ich sollte ihn ruhig rechtzeitig machen lassen, man wüsste nie, wann man so einen guten Anzug braucht. Wenn er demnächst kommt, will er ihn bestimmt sehen, da muss er natürlich tipptopp in Ordnung sein.«

»Den willst du deinem Vater präsentieren? Ist der nicht ein bisschen zu … zivil?«

»Swingmusik findet er natürlich grauenhaft, Hottentottenmusik und so, aber die Kleidung erinnert ihn sehr an seine Jugend, als er in England studiert hat. Auch wenn er sonst furchtbar streng sein kann, aber ich glaube, insgeheim freut er sich, dass ich kein solcher Nazi geworden bin wie sein Schwager, mein Patenonkel Gregor.«

»Dein Patenonkel ist ein Nazi?« Hetty runzelte die Stirn.

»Ja und wie, der ist ein hohes Tier bei der SS hier in Bremen. Schon in Friedenszeiten konnte mein Vater wenig mit dem anfangen. Aber offiziell darf er natürlich nichts sagen, also stellt er sich gut mit ihm.«

»Vermisst du deinen Vater?«

»Na, geht so. Als ich klein war, war er ganz nett, da sind wir oft angeln gefahren. Aber bei Widerworten gibt's auch mal was mit dem Rohrstock. Wenn er da ist, steh ich ganz schön unter seiner Fuchtel. Daher reicht mir momentan meine strenge Mutter. Aber na klar, wenn er Heimaturlaub hat, freu ich mich, ihn wiederzusehen.«

»Ich vermisse meinen Alten nicht«, stellte Hetty leise fest. Johnny schaute sie erstaunt an. »Nee, mein Stiefvater ist ein Säufer und hat meine Mutter oft geschlagen. Vor allem, wenn er was von seinem Wochenlohn in die Haushaltskasse abgeben sollte.«

»Wo hat er denn gearbeitet?«

»Bei der AG Weser als Schweißer. Aber sein Lohn hat selten Gröpelingen verlassen, weil er meist in den Kneipen an der Nordstraße versackt ist. Meine Mutter musste die Familie mit ihren Schneiderarbeiten also praktisch immer allein durchbringen. Jetzt kommt zwar immerhin sein Sold regelmäßig, aber natürlich muss ich meiner Mutter helfen.«

Johnny kam ein Gedanke. »Was schulde ich dir eigentlich für die Näharbeit?«

»Also hör mal, das hab ich doch für dich als Freund getan!«, sprang Hetty entrüstet auf, »da nehme ich doch kein Geld für!«

»Aber wenn ich mal was für dich tun kann …«

Hetty zögerte: »Jaaa … da wär vielleicht was.« Mit gesenktem Blick stellte sie sich vor ihn und ergriff seine Hände. »Würdest du mein Tanzherr in der Tanzschule sein?«

# DIE VERTRAUTE

Abends stahl sich Johnny unter einem Vorwand nach Findorff, um Oma Kakao zu sehen. Im Gepäck hatte er den frisch geflickten Anzug und eine kleine Tafel Hachez-Schokolade. Die alte Frau saß auf der Bank vor ihrer Hütte, zog lange Streifen Haut von Rhabarberstangen und genoss die letzten Sonnenstrahlen.

»Ach, Johnny, min Jung, wie schön, kommste mich auch mal wieder besuchen!« Sie legte die Stangen zurück in einen Korb und lud ihn mit einem Klopfen ein, sich zu ihr zu setzen. Dann schaute sie ihn erschrocken an: »Mänschenskinners, wat is' denn mit dir passiert?« Sie strich über Johnnys Stoppelkopf. »Dein schmuckes Haar, allens wech!«

»Och, Oma, die HJ hat mich in die Mangel genommen!«

»Hev ick jümmers secht, hev ick dat«, murmelte sie, und lauter sagte sie: »Wat für'n Malör! Und die Frau Mama? Sie mag dein Haar bestimmt jetzt lieber.«

»Geht so, ich hab Stubenarrest bekommen, durfte nur kurz zu dir, weil ich dir was bringen wollte.« Er zog die Süßigkeit aus der Tasche.

»Schokolade? Hmmm … da hög ich mi öber.« Oma Kakao streckte die Hand aus und ließ die Tafel schnell in ihre Schürzentasche verschwinden. Dann schaute sie ihm in die Augen. »Wat ist dein Problem, wo schall ick dir bei helfen?«

Zerknirscht griff Johnny zum zweiten Mal in die Tasche. »Hier, da ist ein Fleck drauf.«

Sie nahm ihm den Anzug aus der Hand, breitete ihn aus und begutachtete den Stoff. »Der is' aber schnieke, is' der neu?«

Er nickte. »Nagelneu – und gleich kaputtgemacht von den Scheißnazis!«

»Bei der Klopperei? Diese Döösbaddel!« Oma Kakao ballte ihre schwielige Faust. »Geit klaar, dat kann ich klaarkriegen. Erde, Gras, Bloot?« Sie zeigte auf die größten Flecken an Knien und Armen.

»Wahrscheinlich alles auf einmal.«

»Isser auch kaputt?«

»Ja ... nein ... nicht mehr.«

Oma Kakao legte den Kopf schräg und schaute Johnny fragend an.

»Na jaaaa«, er guckte betreten auf den Boden, »ich hatte etwas Hilfe.«

Schweigen, dann: »Wie heißt denn die Deern?«

Johnny schaute sie erstaunt an. »Woher weißt du ...«

Oma Kakao lachte ihn freundlich aus, griff seine Hand und drückte sie. »Vertell mal!«

Und er erzählte ihr von Hetty, von ihrem lieben Gesicht, ihren umwerfend blonden Haaren, ihrer Schüchternheit und ihrer Hilfsbereitschaft. Seine Oma hörte zu, lächelte und tätschelte sein Knie. »Min Jung, dat is' doch fein, so 'ne nette Deern haste kennengelernt! Und bei allen's andere: Kommt Zeit, kommt Rat! Bring sie mal mit!«

Er grinste. Hatte er es doch geahnt: Auf seine Oma Kakao war Verlass!

Sie versprach, ihm den Anzug in den nächsten Tagen heimlich, aber sauber zurückzubringen, dann packte sie ein paar Stangen Rhabarber in die Tüte und gab ihm zum Abschied einen Kuss auf den Stoppelkopf. »Nu' sieh zu, dass du heimkommst!«

# TANZUNTERRICHT MIT ANSTAND

»Bist du dir sicher, dass das hier die Tanzschule ist?« Werner stand vor einer herrschaftlichen Villa an der Contrescarpe.

»Ja, bin ich, und jetzt rein mit dir.« Johnny hatte einige Überzeugungsarbeit geleistet, denn sein Kumpel versuchte, sich vor dem Tanzunterricht zu drücken. Er vermutete, dass sein Freund Angst hatte, sich zu blamieren. Andererseits wollte Werner auch nicht am Rande stehen, wenn die Clique tanzen ging. Daher war er nun doch mitgekommen.

Die beiden Jungen zogen die schwere Haustür auf und traten vom offenen Windfang direkt in die Eingangshalle. Dort empfing sie eine elegante Frau mit kurzen Haaren in einem hellbraunen halblangen Chiffonkleid.

»Willkommen, meine Herren. Mein Name ist Inge Hausa, dies ist meine Tanzschule. Sind Sie angemeldet?« Sie blätterte eine Liste auf.

»Ich bin angemeldet, Johann Donandt, und ich hab hier noch meinen Freund Werner Knigge mitgebracht.« Der deutete eine Verbeugung an. »Wir haben gehört, dass Sie noch Tanzherren suchen?«

»Ja, das stimmt. Haben Sie denn schon einmal einen Tanzkurs gemacht?«

»Nee, aber ich bin Naturtalent!«, erwiderte Werner, trippelte ein paar Schritte nach rechts und links und drehte sich um die eigene Achse.

Frau Hausa musterte die beiden Jungs mit ihren feinen, etwas zu langen Sakkos, ihren Gamaschen und ihren gewienerten Schuhen. Werner hatte zur Feier des Tages sogar die mit dicker heller Kreppsohle angezogen.

»Ich sehe, Ihre Kleidung ist bereits vorbildlich, aber haben Sie denn auch Tanzschuhe? Und weiße Handschuhe?«

»Ähm nee, jetzt nicht dabei«, stotterte Werner etwas kleinlauter.

»Na, dann schlage ich vor, dass Sie heute auf Socken tanzen, denn mit Straßenschuhen dürfen Sie natürlich nicht aufs Parkett. Die Umkleide ist im Souterrain. Und dann schauen wir mal, wie weit Ihr Naturtalent reicht.«

In der Herrenumkleide trafen Johnny und Werner auf Theo, der in feine Schuhe mit Ledersohle schlüpfte.

»Ihr habt also Wort gehalten und seid gekommen!«, begrüßte er die beiden, »da werden sich die Mädchen freuen.«

»Ist doch Ehrensache!«, meinte Johnny im Brustton der Überzeugung.

»Sag mal, wo hast du denn die her, die sehen ja schnieke aus.« Werner zeigte auf Theos Schuhe.

»Ach, das sind die ollen von meinem Cousin. Der ist im Krieg gefallen und braucht die jetzt nicht mehr.« Theo verzog das Gesicht. »Er war ein guter Tänzer. Sind zwar etwas groß, aber ich hab vorne noch Zeitungspapier reingestopft. So wird's gehen. Nu' lass uns aber rein, sonst sind die hübschesten Mädchen schon vergeben.« Er schob die beiden aus der Umkleide hinaus.

»Hetty hat mich neulich gefragt, ob ich mit ihr tanzen will«, erzählte Johnny mit stolzgeschwellter Brust, als sie die Treppe hochgingen. Werner pfiff durch die Zähne, was ihm einen Knuff in die Seite einbrachte.

Theo hob abwehrend die Hände: »Also ich tanz auf keinen Fall mit meiner Schwester! Werner, die musst du übernehmen!«

»Immer ich«, maulte der, um in der nächsten Sekunde breit zu grinsen.

»Na komm«, Johnny legte ihm den Arm um die Schulter, »das machst du doch nur zu gern!« Alle drei wussten, dass Werner ein Auge auf Lulu geworfen hatte. Die schien zwar mehr von Heini zu halten, aber der war nicht hier.

Aus dem großen Saal in der Beletage klangen leise Klaviertöne. Die Tanzlehrerin stand bei ihrem Pianisten neben der Tanzfläche, links von ihr saßen die Mädchen in einer Reihe, die meisten von ihnen mit langen Röcken und geflochtenen Zöpfen. Rechts waren die Jungen, einige auf Socken oder in Konfirmationsanzügen, aus denen sie herausgewachsen waren.

Als die drei den Raum betraten, stupste Hetty Lulu an: »Siehste, Johnny ist gekommen!«

»Ja, und Werner auch.« Lulus Stimme klang nicht so begeistert.

Ein Tusch vom Klavierspieler in der Ecke des Saales unterbrach das allgemeine Gemurmel. Frau Hausa schaute von der Mitte des Parketts in die Runde: »Meine Damen und Herren, bevor wir das Tanzbein schwingen, müssen Sie die Grundregeln gesellschaftlichen Umgangs lernen, denn gutes Benehmen ist gerade in Zeiten wie diesen sehr wichtig!«

Und so lernten die jungen Herren in der nächsten Stunde, wie man sich höflich einer Dame nähert, wie man ihr den Mantel abnimmt, die Tür aufhält, sie auffordert und wieder zum Tisch zurückbringt und am Ende die Hand zur Verabschiedung andeutungsweise küsst. Auf der Mädchenseite führte die etwas unbeholfene Art von einigen Jungen zu Kicheranfällen, bis Frau Hausa streng dazwischenging:

»Jemanden auszulachen ziemt sich nicht, das ist niemals gutes Benehmen, meine Damen und Herren, merken Sie sich das!«

Von diesem Teil des Tanzunterrichts waren Werner und Johnny wenig begeistert. Ungeduldig wollten sie lieber hotten oder mindestens einen schnellen Foxtrott lernen. Aber Theo beruhigte sie flüsternd: »Gute Manieren verstehen sich für uns Swingboys von selbst, wir sind doch zivilisiert und nicht so barbarisch wie die Braunhemden.«

Als der Pianist endlich die ersten Takte anstimmte, stieß Werner seinen Freund an. »Na, das hat aber keinen Swing!«

Frau Hausa bat alle, sich paarweise in zwei Reihen aufzustellen. »Für den Anfang lernen wir einen Rheinländer, einen alten deutschen Volkstanz, der einen gut hörbaren Rhythmus hat und als Gemeinschaftstanz zu unserer modernen deutschen Gesellschaft passt. Die Herren fassen ihre Damen an beiden Händen, dann stampfen alle einen Schritt zur Fensterseite hin, hüpfen einmal hinterher, bleiben stehen und dann das ganze einmal zur anderen Seite.«

Johnny verbeugte sich vor Hetty, Werner trat zu Lulu, und Theo erwischte eine üppige, etwas unsicher lächelnde Brünette, die sich als Margret vorstellte. Die Swingfreunde versuchten ihr Bestes, aber die Beine schienen sich schlichtweg nicht zu dem starren Rhythmus dieses Volkstanzes bewegen zu wollen.

»Ist das hier ein Tanzparkett oder ein Exerzierplatz?«, wunderte sich Johnny, nachdem er und Hetty zum wiederholten Male ineinander gehüpft waren.

»Das ist nichts für mich!«, stöhnte Werner, der Lulu bei einer Wendung fast den Arm ausgekugelt hatte.

»Also, das hatte ich mir anders vorgestellt!«, meinte schließlich auch Hetty und schaute ihre Freundin irritiert an: »Ich dachte, wir lernen hier moderne Tänze!« In diesem Moment verstummten die Klaviertöne, und ihre Frage war laut in der plötzlichen Stille zu hören. Sie lief knallrot an.

Frau Hausa klatschte in die Hände: »Meine Damen, meine Herren, Geduld ist eine Tugend, die Sie noch lernen müssen. Natürlich werden wir auch modernere Tänze lernen, wenn die Zeit gekommen ist. Aber erst einmal müssen Sie alle die Grundlagen unserer Tanzkunst lernen. Das Sahnehäubchen gibt's erst zum Schluss«, und sie zwinkerte Hetty zu.

Werner stöhnte leise auf. Da schwoll von der Straße her ein Sirenenton an, dann noch einmal und ein drittes Heulen: »Voralarm! Kinder, die Stunde ist zu Ende, geht bitte alle schnell nach Hause.« Frau Hausa und der Pianist schoben die Jugendlichen nachdrücklich aus dem Tanzsaal. Und wie um zu trösten, setzte die Tanzlehrerin hinzu: »Nächste Woche gibt's dann vielleicht auch etwas Englisches, und damit meine ich nicht die Flieger …«

Die Swingboys grinsten sich an. Nachdem sie sich hastig ihre Straßenschuhe und Mäntel angezogen hatten und wieder auf der verdunkelten Contrescarpe standen, hakten sich die Mädchen und Jungen unter und hüpften eilig am Wallgraben entlang und am Fedelhören vorbei.

»Ich glaub, die Hausa weiß genau, was wir wollen!«, vermutete Theo.

»Ja, bestimmt!«, versicherte Johnny. »Und das sind nicht gerade die Gemeinschaftstänze, die so gut in unsere moderne Gesellschaft passen.«

Werner warf nachdenklich ein: »Allerdings lebt sie damit auch gefährlich!«

»Wie meinst du das?« Lulu schaute ihn fragend an.

»Na ja, ihr wisst ja, meine Mutter ist ja 'ne olle Tratschtante!«, erklärte er. »Und neulich hat sie erzählt, dass die Emmy Schipfer, die die Tanzschule gegründet hatte, nicht einfach aufgehört hat, weil sie zu alt war.« Er legte eine kleine Pause ein. »Sie musste wohl aufgeben, weil sie Ärger mit der Gestapo hatte.«

»Warum das denn?«, wollten die Zwillinge gleichzeitig wissen.

»So genau wusste sie es auch nicht, aber es hieß, dass sie sich über die Nazis beschwert hat«, erklärte Werner. »Von wegen gutes Benehmen wäre wichtiger als Parteilinie oder so … Ob da was dran ist, weiß ich nicht, aber meine Mutter hat so was gehört.«

»Nun, das würde ja zumindest passen. Die Hausa ist ja auch so sehr für gute Manieren!« Johnny nickte.

Inzwischen waren sie hinter der Eisenbahnbrücke am Barkhof angekommen. Hetty suchte ängstlich prüfend den dunklen Nachthimmel ab, ob die englischen Bomber bereits Lichtmarkierungen in der Luft abgesetzt hatten, um mögliche Ziele am Boden besser zu erkennen.

Johnny legte ihr beruhigend eine Hand auf die Schulter: »Noch keine Tannenbäume zu sehen, vielleicht kommen sie heute auch nicht!«

Aber Hetty zog es dennoch heim. »Ich muss schauen, ob meine Mutter und meine Schwestern in Sicherheit sind.« Sie schüttelte seine Hand ab und lief ein paar Schritte schneller.

»Sonst könnt ihr auch alle mit zu mir kommen«, bot Werner an. »Unsere Kellerdecke ist so dick, da kann nichts passieren.«

»Nee, meine Mutter stirbt immer vor Angst, wenn ich bei Alarm nicht zu Hause bin. Bis morgen!« Hetty huschte in die dunkle Straße.

Auch die anderen beeilten sich, doch kaum hatten sie im Laufschritt den Spanischen Platz überquert, hörten sie die nächste Sirene: einen zweiminütigen Dauerton.

»Entwarnung!«, stöhnte Theo erleichtert auf.

Lulu rief erfreut aus: »Na, dann können wir ja bei uns weitertanzen.«

»Nee, lass man, für heute ist Schluss«, meinte Johnny. »Mein Vater ist gerade auf Heimaturlaub, und meine Mutter zieht mir die Ohren lang, wenn ich zu lange wegbleibe – Goodbye!«

# AUFMARSCH DER HITLER-JUGEND

»Wie wäre es, wenn wir beide zusammen am Samstag zur Kampfbahn gehen?« Ende Juni 1941 überraschte Johnnys Vater seinen Sohn beim Frühstück mit dieser Idee. »Es ist mein letzter Tag Urlaub, danach muss ich wieder nach Paris.«

Am Wochenende wurde der alljährliche Reichssportwettkampf der norddeutschen Hitler-Jugend im ehemaligen Weserstadion ausgetragen. Sein Vater betrachtete Johnny über den Zeitungsrand hinweg. »Dein Onkel Gregor wird auch dort sein und eine Rede an die Jugend halten, wie ich hier lese. Ich denke, wir sollten uns da blicken lassen. Musst du nicht ohnehin dorthin mit deinen Kameraden?«

Johnny schluckte. Wie konnte er seinem Vater, der für die Nazis arbeitete, sagen, dass er lieber nicht zu diesem Aufmarsch der Braunhemden ging? In den letzten Monaten hatte er sich möglichst vor dem HJ-Dienst gedrückt, trotz des Ärgers mit Wolfhards HJ-Streife. Seine Mutter hatte stillschweigend geduldet, dass Johnny die Heimabende schwänzte. Von der Prügelei neulich schien sie ihrem Mann nichts erzählt zu haben, zumindest hatte der ihn nicht darauf angesprochen. Aber bei einer solchen Großveranstaltung zu schwänzen, vor allem, wenn sein Alter dort erscheinen wollte, war unmöglich.

Johnny versuchte es trotzdem. »Ach, Vati, du bist so selten zu Hause, da möchte ich lieber jede Stunde mit dir zusammen verbringen.«

»Deshalb gehen wir ja auch zusammen dorthin«, erwiderte der etwas irritiert.

»Aber dann muss ich ja unten auf dem Feld die Wettkämpfe bestehen und du stehst oben im Publikum …« Johnny schaute ihn mit einem schmeichelnden Blick an. »Ich … würde lieber mit dir angeln gehen.«

»Angeln? Hmmm …«, kurz überlegte der Vater, »einverstanden, dann gehen wir einfach gemeinsam ins Stadion, hören uns die Rede von deinem Onkel an, lassen uns ein bisschen blicken, und bei der ersten Gelegenheit verschwinden wir und radeln die Weser runter. Da gibt's doch diese schöne Stelle, wo wir früher so viele Fische für die Mutti gefangen haben.« Die Erinnerung an diese ruhige Friedenszeit ließ den Vater ins Schwärmen geraten. Johnny freute sich ebenfalls auf den Tag am Fluss, jedoch eher aus Erleichterung, der Nazi-Parade entkommen zu sein.

Auf dem Weg zur Kampfbahn waren die Straßen feierlich geschmückt. Rote Parteiflaggen zierten den langen Osterdeich, als die beiden mit den Rädern hinüberfuhren. Johnny hatte auf ausdrücklichen Wunsch seiner Mutter seine ungeliebte HJ-Uniform angelegt. Aber sein Vater hatte ihm hinter ihrem Rücken zwinkernd zugeflüstert: »Es bleibt bei unserer Verabredung.«

Aus allen Richtungen strömten uniformierte Pimpfe und Jungmädels, Hitler-Jungen und Deutsche Mädels zur Kampfbahn. An diesem Tag ging es darum, die besten Jungen und Mädchen im HJ-Gebiet ›Nordsee‹ in den Disziplinen Laufen, Weit- und Hochsprung sowie Ringen zu ermitteln.

Zur Eröffnungsfeier an diesem strahlenden Samstagmorgen war die gesamte Bremer Parteiprominenz auf den Rängen anwesend. Die Jugend hatte sich auf dem Rasen des Stadions versammelt. Streng in Reih und Glied, getrennt nach ihrer jeweiligen HJ- oder BDM-Gruppe, ihre Fahnen vorweg, standen etwa tausend Mädchen und Jungen und warteten. Hin und wieder ertönte ein ungeduldiger ›Heil Hitler‹-Ruf und wurde begeistert von den vielen Kehlen weitergetragen, begleitet von einem eifrigen Deutschen Gruß.

Johnny beobachtete die Szene von der Tribüne mit einer Mischung aus Faszination und Skepsis. Er war froh, dass er nicht dort stand, sondern an der Seite seines Vaters, hinter dessen Rücken er sich unauffällig versteckte. Er befürchtete, jemand könnte fragen, was er denn hier auf dem Rang machen würde, sein Platz sei doch unten bei der deutschen Jugend. Aber die Bekannten, die sein Vater ihm vorstellte – Anwälte, Kaufleute, Offiziere – schienen zu akzeptieren, dass der Junior bei seinem alten Herrn und nicht bei seiner HJ-Gruppe stand. Johnny war das nur recht.

Dann wurde es leise in der Menge, und er sah, wie sein Onkel in seiner schwarzen SS-Uniform das Podest schräg vor ihm betrat. Die Schnalle seines Lederkoppels und seine gewienerten Stiefel glänzten in der Sonne. Sobald er sich vor das Mikrofon stellte, schlug ihm ein Meer von erhobenen Armen entgegen, und wie aus einem Mund brüllten alle Anwesenden »Heil Hitler!« Johnny schauderte es.

Sturmbannführer Gregor Müller, der mit zufriedenem Gesicht ins Rund der Kampfbahn hinabschaute, verkündete, er spreche stellvertretend für den Reichsjugendführer Axmann, der aufgrund von dringenden Terminen in der Reichshauptstadt heute nicht in Bremen sein könne. Er habe ihn aber beauftragt, die deutsche Jugend hier zu begrüßen. Von Mut und Kampfeswillen sprach er sodann mit donnernder Stimme, von Herausforderungen, die die Jugend bezwingen wird, jetzt in den sportlichen Wettkämpfen wie auch später auf dem Feld als Soldaten oder an der Heimatfront. Von Kameradschaft und Freude, Treue und Ergebenheit dem Führer gegenüber sprach er lange. Immer wieder wurde seine Rede unterbrochen durch ›Heil Hitler‹-Rufe und Applaus.

Johnny sah sich um: Alle hatten nur Augen für den SS-Sturmbahnführer. Plötzlich erkannte er seinen alten ›Kumpel‹ Wolfhard Groth, der sich dem Rednerpult näherte. Ein frenetischer Schlussapplaus brandete auf, Onkel Gregor zeigte ein letztes Mal den Deutschen Gruß und wandte sich dann vom Mikro ab. Gleichzeitig versuchte Wolfi, sich durch eine Gruppe von SS-Männern und anderen Nazi-Offiziellen zu drängen, um die Aufmerksamkeit des Sturmbannführers zu erregen. Johnny beobachtete, wie der Onkel den Hitler-Jungen bemerkte, aber abwinkte. Von seinen Lippen meinte er so etwas wie ›nicht jetzt‹ abzulesen.

In diesem Moment begegneten sich ihre Blicke. Wolfi fixierte ihn, zeigte ihm mit strammem Arm den Hitlergruß und versuchte dann noch energischer, zum SS-Führer vorzustoßen. Johnny spürte die Gefahr. Was, wenn er ihn nun doch bei seinem Onkel verpetzte – er hatte es ja angedroht.

In diesem Moment näherte sich ein anderer SS-Mann dem Onkel, salutierte und überreichte ihm ein Stück Papier. Dieser las, schaute kurz auf, dann nickte er in Richtung des Bürgermeisters, der nach ihm ans Mikrofon trat, und verließ eilig das Podium zu seinem Wagen hinter der Tribüne. Wolfhard blieb verdutzt zurück, aber Johnny fiel ein Stein vom Herzen. *Noch mal gut gegangen.* Er ahnte, dass es nur eine Frage der Zeit war, bis er nicht so viel Glück haben würde.

Ein Klopfen auf die Schulter weckte Johnny aus seiner Erstarrung: Sein Vater stand neben ihm und forderte ihn mit einem Kopfnicken auf, die Tribüne unauffällig zu verlassen. Jetzt konnten sie angeln gehen.

Die Sonne glitzerte auf dem ruhig dahinfließenden Wasser der Weser und ließ Johnnys Augen schwer werden. Seit ein paar Stunden saßen sie schon an ›ihrer Stelle‹, aber immer noch hatten sie nichts gefangen. Irgendwann wurde Johnny zappelig, sein Vater jedoch harrte in aller Ruhe aus. Wieder und wieder warf der die Angelschnur mit dem kleinen Metallhaken und einem Regenwurm aus. Einmal fing Johnny ein Gespräch an, aber der Alte schüttelte nur den Kopf und flüsterte: »Wir müssen leise sein, sonst beißen sie nicht an!«

Daher blieb ihm nichts anderes übrig, als ebenfalls die friedliche Ruhe am Ufer zu genießen und sich auf die Bewegungen am Ende seiner Angel zu konzentrieren. Ganz leise summte er einen amerikanischen Schlager, den er neulich bei Theo gehört hatte, ohne sich an den Titel zu erinnern. Sein Vater schaute erstaunt zu ihm, sagte aber nichts. Dann fiel Johnny die erste Zeile wieder ein: ›You are my sunshine, my only sunshine …‹, und schon waren seine Gedanken bei Hetty. Seit sie ihm beim Flicken des Anzugs geholfen hatte, schwirrte dieses hübsche Mädchen oft durch seinen Kopf. Wie nett sie war, obwohl sie ihn doch kaum kannte. Wenn er sie sah, klopfte sein Herz schneller, und sein Hirn war leer. Im Tanzunterricht gelang es ihm manchmal, sie – wie aus Versehen – ein wenig an sich heranzuziehen, und sie stieß ihn nicht entrüstet zurück. Aber wie überredete er sie nur dazu, einmal mit ihm allein spazieren zu gehen? Wahrscheinlich war sie mindestens so schüchtern wie er selbst. *Na, wie hatte Oma Kakao gemeint? Kommt Zeit, kommt Rat!*

Nach einer gefühlten Ewigkeit legte sein Vater die Angel auf den Kies neben sich, nahm die Wasserflasche und setzte sich neben ihn. Früher hatte Johnny mit seinem alten Herrn manches offene Wort beim Angeln ausgetauscht. Sein Vater kniff die Augen zusammen und blickte auf die Weser. »Warum wolltest du eigentlich nicht beim Wettkampf mitmachen, Johann?«

»Wieso? Na, weil du doch da bist …«, stotterte Johnny, aber sein Vater wischte seine Erklärung mit einer kleinen Handbewegung weg.

»Bind mir doch keinen Bären auf, Söhnchen. Ich weiß doch, dass du nicht gern zu dem Verein hingehst.« Jetzt schaute er ihn direkt an. »Aber das ist nun mal deutsche Pflicht, und da kannst du nicht aus der Reihe tanzen!«

*Doch, genau das will ich aber*, dachte Johnny und drückte den Rücken durch. Sein Vater fuhr fort mit der ernsten Stimme, die er früher immer vor Gericht eingesetzt hatte: »Wir leben in wahrhaft historischen Zeiten, und ein jeder muss seine Aufgabe in unserer Volksgemeinschaft erfüllen, Johann, ob dir das passt oder nicht.«

Der zögerte. War sein Vater in Paris zum Nazi geworden? Das konnte Johnny nicht glauben. Als ob er seine Gedanken lesen konnte, sprach dieser weiter: »Zeiten ändern sich, mein Sohn. Früher war ich Anwalt und habe Betrüger und Räuber vor Gericht vertreten, immer treu nach dem Gesetzbuch. Aber das Recht ändert sich mit der Politik, und als Jurist gehe ich da natürlich mit der Zeit, das ist eben meine Aufgabe.« Er legte eine Pause ein und betrachtete Johnny eindringlich. »Und deine Aufgabe wird es bald sein, deinem Vaterland zu dienen. Mein Junge, wie sieht es aus, hast du dich mittlerweile entschieden, zu welcher Truppeneinheit du gehen möchtest?«

Darüber hatten sie bereits neulich diskutiert, und seine Antwort, dass er am liebsten gar nicht zur Wehrmacht ginge, war nicht auf Begeisterung gestoßen. Johnny verspürte keine Lust, sich weiter in einen Streit verwickeln zu lassen, daher murmelte er kurzangebunden: »Nein, noch nicht«, um sofort eine Gegenfrage zu stellen: »Wie ist es eigentlich in Paris, Vater?«

Überrascht zögerte der, lehnte sich dann zurück und blinzelte in die Sonne. »Paris ist wunderschön!«

Der Trick funktionierte: Sein Vater erzählte begeistert von den breiten Alleen, den kunstvollen Kirchen, dem riesigen Eiffelturm und den fabelhaften Restaurants. »Leider haben wir in der Verwaltung nicht so viel Zeit zum Genießen, aber es ist eine sehr schöne Stadt.« Er überlegte. »Die Franzosen an sich sind allerdings nicht so nett, da muss man als Deutscher immer aufpassen. Hinterlistig, faul und frech sind die und versuchen uns immer wieder hereinzulegen. Wie gut, dass wir da jetzt erst einmal aufräumen.«

Johnny schluckte. Er stellte sich vor, wie sein Vater im Hot Club de France ›aufräumte‹. Jazz und Swing: weg. Zigeuner:

weg. Das freie Lebensgefühl: weg. Seine Kehle wurde eng. Er stand auf und klopfte sich die Steinchen vom Hosenboden. »Wollen wir wieder nach Hause? Ich glaube, wir fangen heute nichts mehr.«

# SWINGEN MIT INGE

»Die Hausa kann mich mal kreuzweise mit ihrem Deutschländer und diesen ollen Volkstänzen! Dafür bin ich doch nicht in der Tanzschule.« Werner schimpfte vor sich hin, während er seine Schuhe vor dem Unterricht wechselte. In den letzten Wochen waren die Tanzstunden nicht von Luftalarmen unterbrochen worden, und die Freunde lernten schnell, zumindest bei den modernen Tänzen.

Aber Werner war unzufrieden. »Ich dachte, ich lern hier so richtig hotten, damit ich die Mädels im Atlantic flottmachen kann.«

In dem Moment steckte die Tanzlehrerin den Kopf in die Umkleide: »Wenn das so ist, dann sollten Sie und Ihre Freunde heute mal etwas länger bleiben, Herr Knigge!«, und weg war sie wieder.

Die Jungen schauten sich an. »Hab ich da richtig gehört?« Werner kratzte sich am Kopf. »Na, da bin ich ja gespannt. Jungs, das müssen wir uns mal angucken!«

In der Unterrichtsstunde ließ sich Frau Hausa nichts anmerken. Alles war wie immer: Foxtrott, Marschwalzer, Polka, Vor-zwei-drei, Rück-zwei-drei. Hinterher trödelten die Jungs in der Umkleide und hielten auch Hetty und Lulu ein wenig hin. Schließlich hörten sie, wie sich oben die letzten Schüler und der begleitende Pianist bei Frau Hausa verabschiedeten. Dann wurde die Tür geschlossen und feste Absätze klapperten die Treppe hinunter.

»So, da sind Sie ja«, sie schaute in die Runde. »Sie wollen also lernen, wie man hotten kann?« Alle nickten, nur Hetty machte große Augen.

»Ja, so richtig Jitterbug und Lindy Hop«, erklärte Werner.

Theo ergänzte: »So'n büschen können wir das natürlich, ist ja keine große Kunst, aber …«

»Ach, das ist keine große Kunst, meinen Sie?« Frau Hausa musterte ihn amüsiert. »Na, dann zeigen Sie mir doch mal Ihr Können, Herr Stratmann.« Sie winkte die Jugendlichen in einen verspiegelten Raum neben der Umkleide, in dem sonst Ballett unterrichtet wurde.

Inge Hausa tänzelte zu einem Trichtergrammophon auf einem kleinen Tischchen, wählte eine Platte aus dem Stapel daneben und legte sie auf. Sobald die ersten Takte von Duke Ellingtons ›It Don't Mean a Thing If It Ain't Got That Swing‹ erklangen, streckte sie Theo den Arm entgegen und forderte ihn auf: »Los geht's, der Lindy Hop.«

Der Rhythmus sprang augenblicklich in ihre Beine. Beide wippten weich auf den Fußballen, knickten elastisch in den Knien, hoben dann hüpfend die Füße vom Boden und schwangen leicht ihre Hüften. Theo hatte sich wirklich einiges im Alsterpavillon abgeschaut, musste Johnny eingestehen. Er stand mit Hetty neben der Tanzfläche und sah genau hin. Dann versuchten sie, es dem tanzenden Paar gleichzutun, aber bis auf ein lockeres Hüpfen vor, zurück und seitwärts gelang es ihnen nicht. Trotzdem hatten sie Spaß. Als der letzte Akkord verklang, nickte Frau Hausa: »Das war ja ganz gut für den Anfang, Herr Stratmann. Und jetzt geht's ans Lernen.«

In den folgenden Wochen brachte die Tanzlehrerin höchstpersönlich den fünf nach der eigentlichen Tanzstunde bei, wie man Hot tanzt. Vom lockeren Rock step bis hin zum Bounce und sogar komplizierte Luftnummern und elegante Stepptanz-Elemente, Frau Hausa lehrte sie alles, was sie selbst von der berühmten Emmy Schipfer gelernt hatte.

Von Inge Hausa erfuhren die Jugendlichen auch die ganze Geschichte, warum die Schipfer ihre Tanzschule nicht mehr weiterführen durfte: Eines Tages in der Straßenbahn hatte ein HJ-Pimpf ihr, der älteren Dame, keinen Sitzplatz angeboten. Darüber regte sie sich lautstark auf und beklagte die fehlenden Manieren. Sie ging noch weiter und erklärte in einem Tanzkurs: Das schlechte Benehmen liege am Regime, das sie unter diesen Umständen nicht anerkennen könne. Offenbar hatte sie nicht damit gerechnet, dass einer ihrer eigenen Schüler sie deshalb verriet. Sie bekam eine Vorladung ins Polizeihaus, die Hitlerjugend rief zum Boykott ihrer Tanzschule auf, und ihr wurde mit Lager gedroht, wenn sie die herrschende Regierung und ihre Werte nicht akzeptieren würde. Dank der Fürsprache einflussreicher Bremer Bürger kam sie um eine Haftstrafe herum, aber sie erhielt Berufsverbot. Kurzerhand übertrug sie ihr Lebenswerk auf ihre Adoptivtochter Inge Hausa. Die wechselte nur den Namen der Tanzschule auf ihren eigenen Nachnamen und führte die Geschäfte ansonsten wie gewohnt – inklusive der Liebe zum amerikanischen Stepptanz und anderen ›englischen‹ Tänzen. Inge Hausa war aber gewarnt, sie wusste nun, wo die Grenzen lagen.

An dem Abend, an dem Inge Hausa den Swingboys und Sweeties die Hintergründe erzählt hatte, räusperte sich Johnny und bedankte sich mit einer kleinen Verbeugung bei der Lehrerin: »Es ist uns eine ganz besondere Ehre, dass Sie uns trotzdem einweihen in die heiligen Schritte des Swingtanzes.« Seine feierliche Mine passte nicht zum unterdrückten Grinsen von Werner, und schließlich kicherten alle.

Frau Hausa lächelte ebenfalls, dann wurde sie wieder ernst: »Aber eines muss euch klar sein: Was hier passiert, darüber dürfte ihr niemals mit jemandem ein Sterbenswörtchen reden! Bei eurer Swing-Ehre!«

# RUDERAUSFLUG MIT ÄPFELN

»Wollen wir nicht mal einen Ausflug zum Kuhsiel machen?« Johnny schaute in die Runde. Er und die Zwillinge hatten es sich in Werners Swinghöhle unterm Dach gemütlich gemacht und hörten wie immer Jazz. »So langsam wird's hier oben zu heiß, und am Wochenende soll wieder wunderbares Wetter werden. Ich weiß, wo wir uns ein Ruderboot ausleihen können!«

»Prima Idee, dann nehmen wir Theos Koffergrammophon mit und können unterwegs Musik hören.« Werner war sofort begeistert.

»Klar, einer rudert und die anderen hotten.«

»Ja«, Lulu zwinkerte Johnny zu, »und ich weiß, wer nicht rudern wird!«

»Aber wehe, das Hottophon fällt ins Wasser«, fürchtete Theo um seinen Schatz.

»Ich glaub, das kann auch Wasser ab«, beruhigte ihn seine Schwester lachend, »kommt doch aus Hamburg!«

Am Sonntag darauf schien die Sonne wie versprochen, und die drei Jungs und Lulu schwangen sich aufs Rad nach Findorff. Johnny hätte Hetty gern mitgenommen, aber sie konnte nicht. Irgendwas war immer, hatte sie nur gemeint: Diesmal hatten die kleinen Schwestern Windpocken.

Theo hatte sein Hottophon sorgfältig auf dem Gepäckträger festgebunden. Johnny dirigierte seine Freunde durch die immer ländlichere Gegend hinter dem Torfkanal bis zu Oma Kakaos windschiefem Häuschen.

»Wartet mal kurz, ich geh eben rein und frag, ob wir das Boot haben können.«

Johnny klopfte und öffnete die Tür, um gleich darauf zusammen mit der alten Frau wieder hinauszukommen.

»Min Jung, dich hab ich ja lange nicht gesehen!«, rief Oma Kakao und breitete ihre Arme aus, um den großgewachsenen Werner zu umarmen. Dann stutzte sie. »Da ist ja auch 'ne junge Dame – Johnny, ist dat etwa … wie hieß die Deern doch gleich?« Lächelnd betrachtete sie das Mädchen.

»Nee, Oma, das ist Lulu, die Schwester von meinem Freund Theo hier.«

»Die mussten wir leider mitnehmen, sonst hätten wir Ärger bekommen«, lachte Werner und duckte sich schnell weg, um Lulus Klaps zu entgehen.

»Na, na, dat ist aber nicht nett von dir, min Jung. Immerhin sieht die Deern doch schnieke aus! Aber sech mol, so willste rudern?« Oma Kakao musterte sie spöttisch und deutete auf ihr halblanges Tenniskleid mit engem Mieder. »Sieht ja sportlich aus!«

»Das Rudern werde ich den starken jungen Männern hier überlassen.«

»So isses richtig, min Deern!« Sie nickte. »Na, denn holt das Boot mal aussem Schuppen, steht da hinten, war dieses Jahr noch nicht raus. Aber müsste noch gehen, wenn die Mäuse nicht das Holz angeknabbert haben.«

Die drei Jungen kamen nach einigem Hin und Her mit dem langen Holzboot auf den Weg hinaus. Lulu schnappte sich Ruder und Koffergrammophon und eine Provianttasche mit Äpfeln, die Oma Kakao ihnen zugesteckt hatte. So schleppten die Jugendlichen alles zum nahen Torfkanal und ließen das Boot vorsichtig zu Wasser.

Theo und Lulu erzählten, wie sie in Hamburg oft mit dem Hottophon auf der Alster unterwegs waren. »Bei uns segelt man aber. Rudern tun nur die armen Schlucker.«

»Das ist eben der Unterschied, in Bremen wird traditionell gerudert, ob Arbeiter oder Bürger«, erklärte Werner mit Stolz in der Stimme. »An der Weser findeste nur Ruderclubs, wie bei den Engländern eben!«

Inzwischen waren alle in das Holzboot geklettert. Theo stellte den Koffer vorsichtig auf die mittlere Bank und klappte den Deckel auf. »Was wollen wir hören? Was Passendes?«

»Du meinst so was wie ›Das kann doch einen Seemann nicht erschüttern‹?«, mutmaßte Johnny.

»Nee, ich dachte eher ›In meiner Badewanne bin ich Kapitän‹«, lachte Werner.

Während Johnny die erste Runde Rudern übernahm, machten es sich die anderen auf den Bänken bequem. Werner hatte sogar einen kleinen Flachmann mitgebracht, den er herumgehen ließ:

»Den Schnaps hab ich von meinem alten Herren abgezwackt, aber der wird das nicht mitkriegen. Bis der wieder in der Heimat ist, ist die ganze Flasche verdunstet. Falls er denn überhaupt wiederkommt!«

»Junge, pass auf, was du sagst!«, Lulu imitierte mit gespielter Aufregung ihre Tante Magda. Alle lachten.

Der erste Schluck brannte in Johnnys Kehle, und Lulu schüttelte sich, aber schnell stieg ihnen der Alkohol zu Kopf. Es wurde eine fröhliche Ruderbootfahrt mit lautem Gelächter und Tanzversuchen auf schwankendem Boden. Als Theo im Übermut probierte, eine vorbeischwimmende Ente zu fangen, kenterte das Boot fast. Zur Strafe wurde er verdonnert, die Ruder zu übernehmen, während jetzt Johnny das Musikprogramm festlegte.

»Dreh mal die Musik lauter!«, warf Lulu ein, die sich im Heck genüsslich in der Sonne ausstreckte. »Ich will die Trompete von Louis besser hören.«

Unter den heißen Swingklängen von Armstrong, Goodman und den Dorsey-Brüdern ließen sie den Bürgerpark hinter sich, folgten dem Torfkanal weiter an Weiden und Wiesen entlang und bogen in den Kuhsielgraben ein. Am Siel wartete ein Ausflugslokal mit Erfrischungen auf sie.

Werner, der mittlerweile Theo abgelöst hatte, steuerte rückwärts rudernd die Anlegestelle an, die drei anderen alberten lautstark herum. So sahen sie erst im letzten Moment, dass am Steg einige kleine Zweier-Kajaks vertäut waren. Eine Gruppe von Hitler-Jungen in Braunhemden und kurzen Hosen lag im Gras. Einer stand auf, sobald er das Ruderboot sah:

»Ach, guck ma' an, da kommen 'n paar Schnösel!«

»Wie sehen die denn aus!«, prustete ein anderer.

Eilig stellte Theo sein Grammophon ab und verstaute die Platte im Deckel.

Einer von den Hitlerjungen deutete auf die Freunde. »Ich glaub, denen haben wir gerade erst 'ne Glatze verpasst! He, Scharführer, sind das nicht die Swingheinis von neulich?«

Der Angesprochene, der mit dem Rücken zum Graben stand, wendete den Kopf, und Johnny erkannte in dem Moment, wen er vor sich hatte.

»Ach nee, ihr schon wieder!« Wolfhard Groth grinste diabolisch. »Heute kein Fanfarenzug?«

Die drei Swingboys schwiegen. Theo strich sich in Erinnerung an die Prügelei durch die rötlichen Haare. Die sahen gerade wieder manierlich aus.

Ein anderer Hitlerjunge nahm Lulu ins Visier: »Och, junge Dame, da haben Sie sich aber keine gute Gesellschaft gesucht! Kommen Sie doch lieber rüber zu uns!« Sie spuckte verächtlich in den Kanal. Entrüstet wandte er sich an seine Kameraden: »Habt ihr das gesehen? Die kleine Engländerschlampe denkt wohl, sie sei was Besseres! Eine echte deutsche Frau ist die jedenfalls nicht!«

Wütend stand Theo im Boot auf und ballte die Fäuste. »Wie hast du meine Schwester genannt? Sieh bloß zu, dass du Land gewinnst, sonst wirst du dein blaues Wunder erleben!«

Aber Werner hatte wenig Lust auf eine weitere Prügelei. »Kommt, lasst uns abhauen!« Er riss an den Riemen und drehte das Boot umständlich im Strom. Nach einigen kräftigen Zügen hatte er etliche Meter zwischen sich und den Anleger gebracht.

Die Hitlerjungen waren inzwischen in ihre Kajaks gesprungen, die kleiner und wendiger waren als das große Holzboot. Mit schnellen Bewegungen holten die Verfolger auf. »Die Volksverräter entkommen uns nicht. Auf sie mit Gebrüll!«

Schon waren sie neben dem Boot und schlugen mit ihren Stechpaddeln nach den Swingboys. Die versuchten, den Paddeln auszuweichen oder sie ihnen aus den Händen zu reißen. Werner bemühte sich, mit den langen Skulls die kleinen Kajaks auf Abstand zu halten, bemerkte dabei nicht, dass sich von der Seite Wolfhard näherte. Der richtete sich in seinem Paddelboot auf, um nach dem Ruder zu greifen, aber unvermittelt wurde er von einem Geschoss am Kopf getroffen. Vor Schreck ließ er das Paddel fallen: Lulu hatte ihn mit einem Apfel aus Oma Kakaos Proviant hart angeschossen. Es folgte eine ganze Salve wohlgezielter Apfelbomben auf die Hitlerjungen. Die versuchten, die Wurfgeschosse mit ihren Händen abzuwehren, verloren dabei das Gleichgewicht. Ein Kajak nach dem anderen kenterte, und unter wilden Flüchen landeten die Braunhemden prustend im trüben Grabenwasser. Wolfhard setzte mit einigen kräftigen Schwimmzügen nach, aber das Ruderboot war schnell außer Reichweite. Wütend klatschte er ein letztes Mal auf die Wasseroberfläche.

Johnny, Theo und Lulu rissen die Arme jubelnd hoch: »Swing Heil!«

Werner ruderte wie um sein Leben, bis er ans Ende des Kuhlsielgrabens kam. »Puuh, kann mich mal wer ablösen?« Er richtete sich erschöpft auf.

»Ich glaub, wir sind in Sicherheit, Werner, du kannst langsamer machen!«, sagte Johnny, der sich umschaute.

»Ich hätte auch keine Äpfel mehr gehabt.« Lulu griff lachend in die leere Tasche.

»Gute Würfe übrigens«, stellte Werner bewundernd fest. »Machst du das öfter?«

»Na ja«, erklärte Lulu mit einem verschmitzten Grinsen. »Wenn du einen kleinen Bruder hast, musst du dich ja bei einer Schneeballschlacht verteidigen können.«

# ABTANZBALL

Den zahlreichen nächtlichen Luftalarmen in diesen Wochen zum Trotz organisierte Inge Hausa am Ende des Tanzkurses einen kleinen Abtanzball. Nicht zu vergleichen mit den berühmten Winterbällen vor dem Krieg, als die Tanzschüler von Emmy Schipfer stets im Parkhaus mit einer richtigen Musikkapelle gefeiert hatten. Aber immerhin ein Fest in ihrer Schule, mit Vorführungen, Musik von einem Quartett und einer Prüfung für die jungen Leute. Auch die Eltern der Jugendlichen waren eingeladen.

Die Swing-Clique hatte zuvor einige Male privat geübt. Einmal trafen sie sich mit Theos Tanzdame Margret bei Werner im Wohnzimmer. Wenn man den Flügel in die Ecke schob, war dort Platz genug. In einer der Pausen bat Lulu Johnny, einen Boogie-Woogie zu spielen. Erst hob er abwehrend die Hände, er habe ja gar keine Noten. Aber das ließen die anderen nicht gelten. Schließlich setzte er sich auf den Schemel und spielte aus dem Kopf, wie er es auf einer Platte von Art Tatum gehört hatte. Die Jungs feuerten ihn an, Hetty schaute ihm bewundernd zu, und Lulu sprach aus, was alle dachten: »Mensch, ich wusste gar nicht, dass du so ein Naturtalent bist!«

Später zogen sie um in Theos und Lulus Haus. Der verstorbene Mann von Tante Magda, ein Zahnarzt, hatte im Keller ein Labor hinterlassen, das halb leer stand. Der glatte Fliesenboden eignete sich besser zum Tanzen als der Wohnzimmerteppich bei Werner, und die Akustik war vom Feinsten. Am Ende klappten Walzer, Foxtrott und sogar Tango unfallfrei, aber am meisten Spaß hatten sie bei den schnelleren Liedern, die zackiger gespielt wurden und bei denen schon mal die Füße in die Luft flogen.

Kurz vor den Sommerferien war es so weit: Für die Feier hatte Hetty ihrer Freundin und sich feine Chiffonkleider genäht. Lulus Mutter hatte aus Hamburg echte Seidenstrümpfe für die beiden Mädchen geschickt. Hettys lange Haare waren kunstvoll zu einer Hochsteckfrisur aufgetürmt, Lulu hatte ihren kurzen Pony ins Gesicht gezupft. Auch die Jungs hatten sich in Schale geworfen. Johnnys maßgeschneiderter und geflickter Anzug kam erstmals zum Einsatz, und Theo und Werner hatten beim Trödler original Vorkriegshosen gefunden, extra weit, dazu lange Jacketts und weiße Seidenschals. Die Haare waren hinten schon fast wieder bis zum Hemdkragen gewachsen, so dass sie die Stirnlocken mit Pomade nach hinten kämmten.

Abends schlenderten alle zusammen zu Fuß zur Contrescarpe, an ein Taxi war nicht zu denken, und die Luft war mild. Die Mütter von Johnny und Werner unterhielten sich mit der Tante von Lulu und Theo. Hettys Mutter ließ ausrichten, sie müsse auf die Kleinen aufpassen.

»Ich glaub aber, sie traut sich nicht«, vermutete Hetty. »Schade, ich hätte ihr so gern etwas Hübsches genäht, aber sie wollte einfach nicht.«

Da keine Luftangriffe angekündigt waren, strahlte die Tanzschule einladend wie ein hell erleuchteter Diamant, während die wohlhabenden Schwachhauser Familien in die freistehende Villa strömten. Die Jugendlichen wechselten ihre Schuhe und versammelten sich in dem kleinen Ballettraum im Souterrain. Derweil empfing Inge Hausa oben mit freundlichen Worten die anwesenden Verwandten und stellte das Programm vor. Nach einer Darbietung des Rheinländers und den Prüfungen der Kursteilnehmer in Langsamem Walzer, Foxtrott und Wiener Walzer versprach Inge Hausa eine weitere Überraschungsvorführung, die sie selbst mit ihrem Partner aufs Parkett bringen wollte.

In einer Ecke des Saales war ein Tresen mit Getränkeausschank aufgebaut. »Wein und Sekt wird es für die Erwachsenen auch geben, dafür hat ein bekannter Bremer Weinhändler gesorgt, dessen Tochter heute ihre Prüfung haben wird.«

»Ein Applaus dem edlen Spender«, rief jemand in der Menge, alle klatschten.

Dann legte die Kapelle los mit einem Aufmarsch, das Signal für die Tanzschüler im Untergeschoss, hinaufzukommen.

Jedes Paar wurde bei den Prüfungen von Inge Hausa und ihrem Partner bewertet, unter den strengen Blicken von manchen Eltern. Johnnys Mutter nickte ihm mit unbewegtem Gesicht zu, als er Hetty mit einer Verbeugung zum Tanz aufforderte. Sobald ihre Hand sich in seine schmiegte, durchfuhr ihn ein Stromschlag, sein ganzer Körper kribbelte, und sein Kopf war leer. Er fürchtete, die Tanzschritte vergessen zu haben. Die ersten Takte waren schon verstrichen, die anderen Paare bewegten sich bereits. Hetty schaute ihn auffordernd an und drückte seine Hand. Dann ergriffen seine Füße das Kommando, und er schob seine Partnerin über das Parkett. Als er einmal aus Versehen ihren Rücken streifte, kribbelte es wieder. Was war das? Er hatte sie doch schon oft beim Tanzen berührt. Heute war etwas anders, was er sich nicht erklären konnte.

Die drei Pflichttänze absolvierten sie fehlerfrei. Nach dem letzten Takt beugte er sich vor und hauchte ihr einen formvollendeten Kuss auf den Handrücken. Als er die Augen aufschlug, sah er, dass Hetty errötete, aber seinem Blick nicht auswich. Ein zarter unsichtbarer Faden hing zwischen ihnen, der sie beide fesselte. Erst die Stimme der Tanzlehrerin weckte sie aus ihrer Regungslosigkeit, und sie stellten sich wieder in gebührendem Abstand nebeneinander.

Nach der offiziellen Bekanntgabe der Prüfergebnisse – alle hatten bestanden – konnten die Jungen und Mädchen ein wenig entspannen. Unterdessen bereitete sich Inge Hausa für die letzte Vorführung an diesem Abend vor: Sie gab einem der Musiker ein Zeichen, der ein Grammophon in den Ballsaal brachte, eben jenes, das bei den Privatstunden der Swing-Freunde unten im Ballettraum die heißen Rhythmen geliefert hatte.

»Meine Damen und meine Herren, die Tanzschüler des diesjährigen Tanzkurses haben Ihnen eben gezeigt, was sie hier gelernt haben, gute deutsche Tanzkunst. Ich bemühe mich stets, ihnen die Grundlagen für heitere, unbeschwerte Stunden mitzugeben, natürlich immer zeitgemäß und modern und gleichzeitig den gesellschaftlichen Werten entsprechend. Jetzt möchte ich Ihnen zeigen, wie man heutzutage nicht tanzen sollte, ich betone, nicht! Wir sind weder im Dschungel noch bei den Hottentotten, und die Systemzeit haben wir ja auch überwunden. Aber die schnellen Rhythmen haben es mittlerweile auch in die deutsche Unterhaltungsmusik geschafft. Diese Vorführung dient also der Abschreckung – Sie mögen mir die Übertreibung verzeihen.«

Inge Hausa nickte dem Musiker zu, der den Tonabnehmer auf die rotierende Platte legte. Eine Klarinette begann in raschem Tempo, im Hintergrund waren die Fanfarenstöße einzelner Trompeten zu hören, bevor ein klimperndes Klavier die Melodie wiederholte. Die Tanzlehrerin und ihr Partner zuckten mit den Beinen, wippten schnell auf den Vorderfüßen, fassten sich an den Händen und ließen los, schüttelten die Hüften und schwangen sich gegenseitig im Kreis. Zwischendurch steppten sie wie Eleonor Powell und Fred Astaire in ›Broadway Melody‹, dann wieder bockten sie übermütig wie junge Fohlen auf dem Parkett.

Johnny raunte ungläubig: »›Henderson Stomp‹ von Benny Goodman?«

»Mensch, die hottet ja!« Werner bekam seinen Mund nicht mehr zu. »Vor allen Leuten hier! Die traut sich was.«

»Na, als abschreckendes Beispiel macht sie das sehr gut«, stimmte ihm Theo lachend zu. »Da kann keiner was sagen.«

Mit dem Schlusstakt brandeten frenetischer Applaus und heiteres Gelächter auf. Nicht nur die Swingboys und ihre Sweeties schätzten diese angeblich abstoßende Darbietung entarteter amerikanischer Tanzkunst. Auch im feinen Schwachhauser Publikum amüsierten sich offensichtlich manche Ältere über die wilde Ausgelassenheit dieser Musik, die von den Nazis als entartet bezeichnet wurde.

Am folgenden Wochenende schlug Johnny vor, die erlernten Tanzschritte in der Praxis auszuprobieren und gemeinsam im Atlantic zu hotten. Hetty winkte ab: Ihre Mutter ließ sie abends nicht ins Tanzlokal. Lulu lag mit einer Sommergrippe im Bett. So blieben die drei Swingboys unter sich. In bester Laune und standesgemäß englisch ausstaffiert schlenderten sie in die Knochenhauerstraße, wo sie sich mit Heini verabredet hatten. Mädels zum Tanzen würden sie schon finden, hatte der ihnen versprochen.

Kaum hatten die vier Jungen den Portier Siggi begrüßt, winkte der Heini zu sich.

»Der Herr Fritz möchte mit dir sprechen! Er ist in seinem Büro.«

Heini zuckte mit den Achseln: »Keine Ahnung, was der will. Geht doch mal vor, ich komm nach.«

Im Weggehen flüsterte er einem Kellner etwas ins Ohr, der die Swingboys zum besten Tisch direkt neben der Orchesterbühne geleitete, wo sie die Musik genießen und die Tanzfläche im Auge behalten konnten. Dann brachte er ihnen vier Gläser Molkebier.

»Das hat bestimmt Heini arrangiert, der olle Fuchs!« Theo grinste zufrieden und erhob sein Glas.

Die Jungen nippten abwechselnd und schauten sich im Publikum nach möglichen Tanzpartnerinnen um, da wurde der Einzeltisch neben ihnen vom Kellner neu besetzt. Johnny blieb fast der Mund offen stehen: Ein Mann mittleren Alters hatte dort Platz genommen, elegant im englisch geschnittenen Anzug und pomadigem Haar.

Johnny stieß die beiden Freunde unter dem Tisch an. »Schaut euch mal ganz unauffällig um – da ist der schöne Sir Bobby!«

Sir Bobby, eigentlich Robert Schmitt, war der Englischlehrer der Jungen am Alten Gymnasium. In den ersten Jahren des Dritten Reiches war er wegen angeblich undeutscher Haltung aus dem Dienst entlassen worden. So sollte er sich an Hitlers Geburtstag wiederholt geweigert haben, eine Hakenkreuzfahne aus seinem Fenster zu hängen, obwohl allgemeine Beflaggung vorgeschrieben war. Die parteitreuen Nachbarn zeigten ihn dafür an.

Bei Kriegsbeginn wurde Schmitt, der sich nun als Privatlehrer verdingte, wegen einer chronischen Erkrankung nicht eingezogen. Bald herrschte jedoch Lehrermangel, und an den Schulen konnte kaum mehr geregelter Unterricht stattfinden, weil viele andere Lehrkräfte an die Front geholt wurden. Notgedrungen griff die Stadt auf sogenannte unsichere Elemente zurück, die man zuvor vom Schuldienst ausgeschlossen hatte. Auf diesem Weg war Schmitt wieder ans Alte Gymnasium gekommen.

Hier unterrichtete er Johnny, Werner und ihre Klassenkameraden in feinstem britischem Englisch, wie es künftige Hanseaten für ihre Kaufmannsgeschäfte benötigen könnten. Dafür brachte er regelmäßig englische Zeitungen mit, die er aus unbekannten Quellen bezog. Gerüchte besagten, dass der stets elegant angezogene, unverheiratete Schmitt gelegentlich in Tanzlokalen gesehen wurde, wie er mit auffallend jungen Damen lässig tanzte. Unter den Schülern hieß er daher insgeheim ›der schöne Sir Bobby‹.

»Der schöne Bobby? Wo?« Werner, mit dem Rücken zum Nachbartisch, drehte sich abrupt um.

»Du Dösbaddel, nicht umdrehen«, zischte Johnny, aber der Gast nebenan hatte sie bereits bemerkt.

»Ach, da schau an, die Herren Donandt, Knigge und Stratmann, das hätte ich mir doch denken können!« Der Lehrer zwinkerte ihnen zu. »Hier treiben Sie sich also herum, wenn Sie nicht gerade für die Penne büffeln.«

»Ähm, ja, also guten Abend, Herr Schmitt«, fand Johnny seine Sprache wieder. Werner und Theo rutschten ein wenig tiefer auf ihren Stühlen. Es war ihnen unangenehm, dem eigenen Pauker an einem solchen Ort zu begegnen. Herr Schmitt schien sich aber nicht daran zu stören.

»Keine Bange, ich werde Sie nicht verpetzen«, beruhigte er die Jungen. »Wir wollen doch alle hier nur gute Musik genießen, wie ganz zivile Menschen, oder?« Wieder zwinkerte er ihnen freundlich zu.

Das Orchester begann mit rhythmischen Swingstücken, und langsam entspannten sich alle. Herr Schmitt prostete den Jungs einmal zu, dann lauschten sie den Klängen des Orchesters, wippten mit den Füßen und nickten mit den Köpfen. Nach dem zweiten Lied kam Heini in den Tanzsaal und steuerte den Tisch neben der Bühne an. »Freunde, endlich Feierabend, jetzt kann das Vergnügen beginnen!«

Da fiel Heinis Blick auf den Nebentisch. »Hey, Bobby-Boy, was für eine nette Überraschung, Sie hier zu sehen.«

Der streckte ihm lächelnd die Hand entgegen. »Ja, sehr schön, Henry, ich wollte mich längst bei Ihnen gemeldet haben.«

»Sie – ihr – kennt euch?«, stotterte Johnny. Heini stutzte.

»Moment, ihr kennt Bobby auch?«

»Bobby? Das ist Herr Schmitt, unser Englischlehrer«, stellte Werner klar.

»Aber woher kennst du ihn denn, Hein-, nee, Henry?!«, wollte jetzt Theo wissen.

»Ach, Kinners, dascha 'ne nette Runde!«, rief Heini aus und ließ sich auf einen Stuhl zwischen den beiden Tischen nieder. »Dem Bobby hab ich schon so viele Zigarren verkauft, der ist ganz allein ein Großabnehmer.«

Der Lehrer zog schmunzelnd eine Zigarre aus seiner Innentasche. »Ja, Henry ist mein Stammverkäufer. Und er ist euer Freund?«

»Wir nennen ihn Heini, aber ja, er ist unser Freund«, antwortete Johnny, immer noch etwas verwirrt.

»Tja, Bremen ist eben klein!« Robert Schmitt zuckte mit den Schultern, zündete die Zigarre an und blinzelte der Rauchwolke hinterher. »Solange sich in diesen Zeiten immer die Richtigen finden …«

# JOHNNY UND HETTY

Seit dem Abtanzball hatte Johnny Hetty nicht mehr gesehen. Angeblich hatte sie zu viel zu tun, aber er vermutete, dass ihre Mutter sie nicht rausließ. In Gedanken hatte er sich schon oft überlegt, wie er sie ansprechen und ins Kino einladen könnte, doch nach dem Ärger beim ersten Mal ahnte er, dass ein Besuch bei ihr zu Hause ihr nur Scherereien einbringen würde. Als er ihr dann unvermittelt auf der Straße begegnete, setzte sein Herz erst vor Überraschung aus, um dann in rasendem Tempo weiterzuschlagen. Sie trug Wäsche für ihre Mutter aus.

»Hallo, Hetty! So ein Zufall ... Kann ich dich begleiten? Komm, gib mal her, der Korb ist doch viel zu schwer für dich.«

Sie zögerte einen Moment, dann nickte sie. Schweigend trotteten sie nebeneinander unter den Kastanienbäumen der Wachmannstraße entlang. Hetty guckte immer wieder verstohlen zu Johnny, der sie ebenfalls heimlich anschaute. Einmal begegneten sich ihre Blicke, da lachten beide kurz auf und schauten weg. Johnny ärgerte sich: Warum fielen ihm die Worte jetzt nur so schwer? In der Tanzschule oder bei Theo und Lulu hatten sie sich stets unbefangen unterhalten. Aber irgendwas war beim Abschlussball in ihm passiert, das er selbst noch nicht genau verstand.

Er räusperte sich, doch jedes Mal, wenn er etwas sagen wollte, begegneten ihnen Nachbarn von Johnny oder Freundinnen seiner Mutter, die er grüßte. Hetty murmelte ein »Guten Tag« hinterher und verstummte wieder. Endlich, nachdem sie den letzten Auftrag ausgeliefert hatte, war weit und breit niemand zu sehen.

»Sag mal, Hetty ... du ... ich würde gern mal mit dir spazieren gehen.«

»Na, tun wir jetzt doch gerade.«

»Nein, ich meine, so richtig, nur du und ich – und ohne Wäschekorb.« Johnny hielt den leeren Weidenkorb in die Höhe.

»Ich muss meiner Mutter oft helfen.« Sie guckte auf das Pflaster.

»Aber irgendwann hast du doch auch mal Zeit, oder?« Hetty schien zu überlegen. Johnny versuchte es erneut: »Ich würde dich eben gern sehen. Allein. Natürlich nur, wenn du auch möchtest.«

Hetty inspizierte verlegen ihre Schuhe. Nach einer gefühlten Ewigkeit fasste sie sich ein Herz, blinzelte ihn schräg von unten an und nickte: »Ja, würde ich auch schön finden!« Dann fügte sie eilig hinzu: »Aber das muss heimlich bleiben, weißt du? Meiner Mutter passt das ganz und gar nicht.«

»Denkst du etwa, meiner Mutter würde das gefallen?«, erwiderte Johnny. »Du hast doch ihre Blicke gesehen, als du mir den Anzug vorbeigebracht hast. Sie glaubt ja, dass die Tochter einer Schneiderin nicht der richtige Umgang für ihren Sohn sei. Aber weißt du was? Das ist mir egal! Wir müssen es unseren Müttern ja nicht auf die Nase binden.«

Hetty lächelte. »Meine Mutter ist überzeugt, dass ich noch zu jung für Jungs bin. Dabei war sie selbst erst 17, als sie mich bekommen hat.«

Jetzt verzog er verlegen sein Gesicht. »Na ja, wir wollen doch nur spazieren gehen … oder wie wär's mit Kino?!«

»Kino? Das mag ich gern«, ihre Augen leuchteten. »Vielleicht gleich am nächsten Wochenende? Da muss ich meiner Mutter nicht helfen.«

»Dufte, da soll der neue Film mit Ilse Werner im Metropol laufen. Und hinterher können wir noch im Bürgerpark spazieren gehen«, schlug er vor.

Inzwischen waren sie wieder im belebteren Teil der Wachmannstraße angekommen. Vor dem Krämerladen verabschiedete sie sich knapp: »Tschüs, nech? Ich muss hier noch rein.«

Johnny hob die Hand zum Gruß und raunte ihr verschwörerisch zu: »Ich hol dich am Sonntag um zwei ab, in Ordnung?«

Sie lächelte leise. »Aber meine Mutter darf dich nicht sehen.«

Überpünktlich trippelte Johnny in Hettys Straße von einem Fuß auf den anderen. Sein langes Sakko über dem Seidenhemd war zu warm für das Sommerwetter, der Schweiß rann ihm bereits den Rücken herunter.

»Nützt ja nüscht, wer schön sein will, muss leiden«, murmelte er. Der kleine Blumenstrauß in seiner Hand strahlte mit der Sonne um die Wette. Klingeln konnte er nicht, so postierte er sich schräg gegenüber von Hettys Haus, ein wenig verdeckt von den Bäumen, und wartete darauf, dass sie herauskam.

Endlich öffnete sich die Haustür, und Hetty erschien in einem kurzen geblümten Kleid und einem flotten Hütchen auf ihren blonden langen Zöpfen. Johnnys Herz schlug schneller.

Suchend schaute sie sich um, da trat er hinter dem Baumstamm hervor und winkte. Sie zwinkerte ihm strahlend zu, dann marschierte sie in die andere Richtung, von ihm weg. Johnny wunderte sich, folgte ihr auf seiner Straßenseite. An der Ecke blieb Hetty stehen.

»Tut mir leid, aber meine Mutter stand noch am Fenster, die hätte uns gesehen«, erklärte sie, als er zu ihr herübergeschlendert kam. »Ich glaub, die hat sowieso Lunte gerochen. Sie hat heute so komische Bemerkungen gemacht.«

»Was hast du ihr gesagt, wohin du gehst?«

»Dass ich mit Lulu ausgehe. Wenn die dabei ist, ist für Mutter alles in Ordnung.« Hetty kicherte leise. »Sie ist so was wie meine Anstandsdame. Wenn meine Mutter wüsste!«

»Ja, ausgerechnet die wilde Lulu als Anstandshündchen«, Johnny lachte laut auf. Dann schlenderten beide über Nebenstraßen in die Innenstadt zum Metropol-Kino.

In der Nachmittagsvorstellung lief ›Wir machen Musik‹ mit Ilse Werner und Victor de Kowa. In dem großen Kinosaal war es dunkel, nur vereinzelt saßen Pärchen in den Sesseln und schienen mehr mit sich beschäftigt zu sein als mit den Nachrichten der Wochenschau.

Johnny und Hetty suchten sich einen Platz in der letzten Reihe. Er bemerkte, dass sie aufmerksam die anderen Besucher musterte. Erst nachdem sie sicher war, dass sie niemanden kannte, sank sie auf ihren Kinositz und legte den Blumenstrauß auf den Schoß.

Während der Wochenschau starrten beide scheinbar konzentriert auf die Leinwand, aber irgendwann kribbelte alles in Johnny, und seine Gedanken flogen auf Abwegen. Insgeheim hatte er ja gehofft, dass sie sich an ihn lehnte, sobald der Film begann. Aber sie guckte weiterhin nur geradeaus.

Schließlich tastete er in der Dunkelheit vorsichtig nach ihren Fingern. Als er sie zart umfasste, zog sie ihre Hand zunächst zurück und warf ihm einen Blick zu, den er im Dunkeln nicht deuten konnte. Er versuchte es erneut, und schließlich ließ sie ihn gewähren. Nach einer Weile fühlte er, ihre Hand entspannte.

Später, als sich auf der Leinwand die Schlagersängerin Anni Pichler und der erfolglose Opernkomponist Karl Zimmermann näherkamen, schaute Johnny sehnsüchtig zu Hetty hinüber, die seinen Blick erwiderte. Sie beugte sich langsam zu ihm. Wollte sie ihm etwa als erstes einen Kuss geben? Er war verwundert, so hatte er sie gar nicht eingeschätzt. Er drehte sein Gesicht zu ihr, und ihre Lippen berührten sich fast, da bremste sie ab und flüsterte ihm scharf zu: »Denk nicht daran, mich küssen zu wollen, ich bin ein anständiges Mädchen!«

Er erstarrte, wie eine Ohrfeige brannte die Scham in ihm, er wollte die Hand wegziehen. Jetzt umklammerte Hetty seine Finger und lächelte ihm verschmitzt zu. *Okay*, dachte Johnny, *da verstehe einer die Frauen.*

Nach der Vorführung versuchte er weiterhin Händchen zu halten, sie aber nahm den Blumenstrauß fest in beide Hände, als sie rausgingen. Seinem fragenden Blick wich sie aus und schüttelte kurz den Kopf. Stattdessen redete sie über den Film: »Unglaublich, was für eine tolle Musik die Kapelle von Ilse Werner gemacht hat. Das war ja schon hot, oder?«

»Immerhin sehr rhythmisch«, stimmte ihr Johnny zu. Er gab seine Pläne auf, zumindest fürs Erste, und genoss einfach, dass sie bei ihm war. »Für echten Jazz war es ein wenig zu brav, aber so was ganz Hottes könntest du heute ja auch nicht mehr in deutschen Kinos spielen. Und weißt du, wer am Ende beim großen Finale das Damenorchester unterstützt hat?«

»Nee, keine Ahnung.«

»Das war Fud Candrix und seine Band. Von denen hab ich zu Hause auch eine Platte. Der kann noch ganz anders. Ein Belgier, der echt den Swing raushat. Wenn du willst, spiel ich dir den mal vor.«

Hetty nickte. »Ich versteh nicht so viel von Musik, ich weiß nur, wenn es mir in die Beine fährt, dann will ich tanzen.«

»Das haben wir ja bei Schipfer-Hausa gesehen.«

»Ich würd' das ja gern mal ausprobieren, so im Tanzlokal mit euch. Aber ich muss 'ne gute Ausrede haben, sonst lässt meine Mutter mich nicht gehen.«

»Wir können ja mal wieder einen privaten Tanztee machen, vielleicht bei Theo und Lulu im Labor, wenn die Tante weg ist.«

Inzwischen waren sie im Bürgerpark angekommen und bummelten unter den schattenspendenden Bäumen entlang.

Zu Johnnys Ärger waren sie bei diesem strahlenden Sommerwetter nicht allein. Immer wieder kamen ihnen Spaziergänger entgegen: alte Herren mit ihren dicken Dackelhunden, junge Mütter mit Kindern, schnatternde Damen, die zum Kaffeesieren im Parkhaus waren. Bis zur Meierei schlenderten sie, genossen den Blick auf den Dom in der Ferne und suchten sich eine Bank im Schatten zweier Ulmen, etwas abseits der Laufwege. Johnny wagte einen neuen Versuch und griff nach Hettys Hand, doch sie entzog sich erneut. »Lass mal, hier sind einfach zu viele Leute. Ich will keinen Ärger kriegen.«

Er schwieg enttäuscht. »Ich dachte, hier geht es.«

»Johnny, nein, es geht nicht«, schüttelte Hetty heftig ihren Kopf. »Nicht in der Öffentlichkeit! Das schickt sich nicht. Und überhaupt …«

Er runzelte die Stirn, bevor sich sein Gesicht aufhellte. »Dann müssen wir jetzt wohl jeden Tag zusammen ins Kino gehen!«

Sie knuffte ihn in die Seite. So langsam entspannte sie sich. Sie plauderten über Schule, Filme und Musik und alberten herum. Manchmal schwiegen sie und guckten sich lange in die Augen, doch dann zerriss Hetty den unsichtbaren Faden wieder mit Geplapper. Keiner von ihnen bemerkte die dicke Gewitterwolke, die sich bedrohlich vor die Sonne geschoben hatte. Mit dem ersten Blitz sprang sie erschrocken auf. »Ich glaub, ich muss schnell nach Hause!« Achtlos fiel der Blumenstrauß zu Boden.

»Ich bring dich natürlich zurück.« Johnny stand ebenfalls auf. Sie rannten die urplötzlich verwaisten Wege entlang, doch die ersten dicken Tropfen klatschten bereits auf die staubigen Blätter der Bäume, bevor sie am Bunker an der Benquestraße ankamen. Er zog sein Jackett aus und hielt es über ihre Köpfe, aber sie hatten die Wachmannstraße noch nicht erreicht, da waren sie trotzdem bis auf die Haut durchnässt, und Donner und Blitze folgten immer schneller aufeinander.

»Komm, lass uns zu mir laufen, da können wir wenigstens das Gewitter abwarten.« Johnny zog Hetty an der Hand weiter. »Dann kann ich dir auch noch die Platte von Fud Candrix vorspielen.«

»Du hast auch nur eines im Kopf, Johann Donandt!« Hetty schüttelte lachend ihre nassen Strähnen, aber sie kam mit. »Nur kurz, sonst macht sich meine Mutter Sorgen.«

Als Johnny die Haustür aufsperrte, rief er laut, doch niemand antwortete. »Meine Mutter ist wohl mit Ida weg. Na, umso besser, dann sind wir ungestört.« Er zwinkerte ihr zu.

»Na hör mal, was denkst du denn? Ich bin nur wegen dem Gewitter mitgekommen!«, protestierte Hetty. »Ich bin ein …«

»… anständiges Mädchen, ich weiß!« Er reichte ihr grinsend ein Handtuch. »Na dann komm, trockne dich erst einmal ab. Sonst erkältest du dich noch.«

Nachdem sie ihre langen blonden Haare getrocknet hatte, griff Johnny wieder nach Hettys Hand. »Solange es noch regnet, spiel ich dir jetzt die versprochene Platte vor.« Er zog sie langsam die Treppe hinunter in sein Zimmer. »Nur für ein Lied!« Sie folgte ihm zögernd.

Er suchte die Fud-Candrix-Platte mit ›Anticipate That Rhythm‹ heraus und legte sie auf seinen Plattenspieler. Eng in eine karierte Wolldecke gekuschelt, hockte sich Hetty auf den einzigen Stuhl, als könne er zerbrechen, gegenüber auf der Bettkante saß er. Gemeinsam lauschten sie dem swingenden belgischen Orchester einige Takte lang. »It's a happ, happ, happy day«, sang eine Frau. *Wie passend*, schoss es ihm durch den Kopf.

»Hetty, sag mal«, fing er an.

»Johnny, du«, sprach sie gleichzeitig. Verlegenes Lachen, Schweigen, dann ein neuer Versuch: »Hetty, ich frag mich …«

»Ja?« Ihr Blick brachte ihn aus dem Konzept.

Er schluckte. Sie zu fragen, ob sie seine Freundin sein wollte, erschien ihm zu forsch. »Ich fand das einen schönen Nachmittag heute, und ich frag mich, ob wir das wiederholen könnten?« Hetty schien zu überlegen, dann nickte sie vorsichtig. Johnnys Herz schlug einen Trommelwirbel wie der Drummer von Fud Candrix.

Kaum hüpfte die Nadel kratzend in der letzten Rille, als draußen Sirenen zu hören waren. Hetty wurde blass. »Schnell, ich muss nach Hause!« Sie sprang erschrocken auf. In dem Moment hörten sie, wie oben die Haustür aufging.

»Johann, bist du zu Hause?«, rief seine Mutter. Johnny bedeutete Hetty sitzen zu bleiben. In die anschließende Stille hinein sagte Martha Donandt im Flur über ihnen: »Der ist wohl noch nicht da, ich hoffe, er macht sich selbst auf den Weg zum Bunker. Komm, Ida, jetzt müssen wir uns sputen. Hier dein Koffer, ich nehm' den großen.«

Regungslos verharrten die beiden Jugendlichen, bis die Haustür oben ins Schloss fiel. Die Sirenen waren mittlerweile verstummt, ein Brummen lag in der Luft. Johnny lief an die Tür zum Garten und öffnete sie.

Die englischen Flugzeuge waren direkt über der Stadt. Von der nahen Flakbatterie am Bürgerpark donnerte und zischte es so laut, dass Hetty aufschrie. »Johnny, komm rein und mach die Tür wieder zu.«

»Wir schaffen es nicht mehr in den Bunker«, stellte er fest, »wir können aber hier bleiben, da sind wir auch sicher. Das Haus hat dicke Wände, und die Kellerdecke wurde verstärkt.« Aus großen Augen schaute sie ihn an, bevor sie zögernd nickte.

Er schnappte sich die Wolldecke und zog Hetty hinter sich her. Unter der Treppe war eine kleine Tür zu einem fensterlosen Raum. Es war staubig und roch nach Kohle. Johnny zündete eine Sturmlaterne an, die neben der Tür auf dem Boden stand, und führte sie im Dämmerlicht zu einer

Bank an der Wand. In dem Kohlenkeller lagen einige Stapel Briketts, eine geschlossene Luke darüber ging auf die Straße. In dem Moment erbebten die Mauern. Hetty klammerte sich erschrocken an Johnny. Die Flamme der Laterne zitterte, und ein Luftstoß drückte durch die Klappe in den Kellerraum.

»Verdammt, das war nahe!« Johnnys Beine wurden weich, dennoch versuchte er, sie aufzumuntern: »Aber dieses Haus ist stabil, da kann so schnell nichts passieren.«

Sie saßen eng beieinander auf der Bank, hielten sich an den Händen und zählten die Sekunden bis zur nächsten Explosion. *Das könnte jetzt meine Chance sein*, schoss ihm in den Kopf, dann schimpfte er sich selbst aus: *Wie kannst du jetzt nur an so etwas denken …*

Irgendwann jammerte Hetty: »Meine Mutter wird vor Sorge sterben, sie weiß ja gar nicht, wo ich bin.« Er nahm sie in den Arm, froh, dass er sie bei sich hatte, und sie schmiegte sich zum ersten Mal an ihn.

Als nach einer halben Ewigkeit endlich Entwarnung kam, stand Hetty abrupt auf. Plötzlich wieder schüchtern, bedankte sie sich eilig bei ihm und verließ schnell das Haus. Sie wollte vor ihrer Mutter zu Hause sein. Johnny musste bleiben, denn auch seine Familie würde jede Minute heimkehren. Beseelt von der Erinnerung an die letzten Stunden, legte er sich aufs Bett. Er hatte sie im Arm gehalten, wie weich und warm sie war …

In der Zeitung las Johnny am nächsten Tag, dass bei diesem Angriff einige Sprengbomben im Bürgerpark heruntergekommen waren, eine von ihnen wenige Meter neben der Bank, auf der er und Hetty am Nachmittag gesessen hatten. Was dort nicht zu lesen war: Der Blumenstrauß, den er ihr an diesem Tag geschenkt hatte, lag verschüttet im tiefen Bombenkrater.

# JAMMEN IM ASTORIA

»Du musst am Mittwoch unbedingt mitkommen!« Werner überfiel Johnny morgens vor der ersten Unterrichtsstunde. Die Sommerferien waren zu Ende, das letzte Schuljahr für die Freunde hatte begonnen.

»Mal langsam mit den jungen Pferden«, wehrte Johnny lächelnd ab. »Wohin und was ist da?«

»Am Mittwoch gehen wir alle ins Astoria. Ich hab da einen Auftritt.«

»Du hast – was?«

»Hatte ich noch gar nicht erzählt? Heini hat mich neulich mal zu ein paar Kumpels von ihm mitgenommen, Neustädter Jungs, die alle Musik machen. Hot Music, versteht sich. Mit Schlagzeug, Trompete, Saxophon und Klavier. Und sie brauchten noch genau einen Rhythmus-Gitarristen. Du weißt ja, so toll bin ich nicht an der Gitarre, aber dafür reicht es. Und mein Gitarrenlehrer Klaus Buhé hat mir einige rhythmische Stücke beigebracht, das geht ganz schön ab.«

Johnnys Augen wurden immer größer. »Ach, deshalb hattest du in den letzten Wochen so oft keine Zeit. Und ich dachte, du fängst plötzlich an, fürs Abi zu büffeln?!«

»Ach nee, ich doch nicht ... aber das hab ich meiner Mutter auch gesagt, sonst hätte sie mich doch gar nicht so oft rausgelassen.« Werner zwinkerte verschwörerisch.

»Aha, und am Mittwoch kann man das Ergebnis hören?«

»Genau. Heini hat doch gute Beziehungen zu dem Emil Fritz, weißte doch, und der lässt uns an dem Abend so um sieben unten im Spiegelsaal auftreten. Ich glaub, ihm ist 'ne Band ausgefallen, und da ist sowieso nicht viel los, das ist unsere Chance.«

»Das ist ja großartig, Werner! Was spielt ihr denn so?«

»Wir versuchen uns an allem, was wir selbst mögen. Richtige Noten haben wir ja nicht, aber der Ernst am Klavier notiert die Lieder nach Gehör, was er so im Radio oder als Platte zu hören kriegt. Gershwin, Cole Porter, Dorsey, Shaw, Goodman, aber eben alles mit unserer mickrigen Besetzung. Eine Klarinette wäre toll, oder ein paar mehr Bläser, aber wir fangen erst mal klein an.«

»Genial! Und? Hast du Muffensausen?«

»Ach nee, sind ja nur Freunde da. Du kommst doch auch, oder?«

»Na klar, erste Reihe! Wissen Theo und die Sweeties schon Bescheid?«

»Nee, du bist der Erste, den ich einlade. Nur Lulu weiß es schon.«

Johnny schaute verwundert.

»Wusstest du das nicht?« Werner druckste herum. »Na, bei Heini und Lulu, da hat's wohl gefunkt!«

»Echt? Ich dachte, du bist in Lulu verschossen?«

»Ach nee, Lulu ist 'ne nette Deern, und in der Tanzschule war es dufte mit ihr, aber sie ist nicht mein Kaliber!«

Werner hatte seine Stimme gesenkt, aber Theo, der in diesem Moment um die Ecke kam, hatte gute Ohren: »Was ist mit Lulu? Was für ein Kaliber?«

»Wir haben gerade gesagt, dass du mit Lulu am Mittwoch unbedingt dabei sein musst, wenn ich mich im Astoria blamiere«, grinste Werner, »bei unserem ersten Konzert, die Hot Boys of Bremen! Ich spiel mit Heini und seinen Kumpels aus dem Buntentor Hot Jazz, dass die Haare fliegen!«

Johnny schmunzelte. *Wenn Lulu ihrem Bruder nicht von dem Gig berichtet hatte, was hatte sie ihm sonst noch verschwiegen …*

Lulu hatte dafür gesorgt, dass Hetty am Mittwochabend mitkommen durfte, aber sie hatten vereinbart, dass Johnny sie heimlich abholte, um mit ihr zusammen zum Astoria zu bummeln. Die Sonne stand schon tief über der Altstadt, und die Wallanlagen lagen menschenleer vor ihnen, als er vorsichtig versuchte, den Arm um sie zu legen. Doch sie wich ihm wieder aus. In diesem Moment stürmte jemand von hinten mit lauten Schritten durch das Bischofstor auf sie zu. Erschrocken drehte sich Hetty um, suchte kurz nach Johnnys Hand, ließ sie aber gleich wieder los: Es waren Lulu und Theo, die lachend um die Wette zu den Freunden rannten. Johnny warf seinem Mädchen einen letzten langen Blick zu und begrüßte dann die Zwillinge. Gemeinsam schlenderten sie in die Katharinenstraße, wo das Astoria wegen der Verdunkelung nur mit abgedeckten Luftschutzlampen beleuchtet war.

Heini hatte dafür gesorgt, dass die Clique auf der Gästeliste notiert war, so kamen sie schnell und ohne Alterskontrolle hinein. Sie gaben ihre Mäntel und Hüte an der Garderobe ab und stiegen dann durch ein verwirrendes Labyrinth aus Gängen und Treppen an dem Varieté und verschiedenen Gesellschaftsräumen vorbei, hinab zum Spiegelsaal im Kellergeschoss.

Dort empfingen sie Heini am Schlagzeug und Werner auf einem Schemel mit seiner Gitarre. Ein weiterer Junge, der aussah, als sei er gerade erst konfirmiert, hantierte mit seiner Trompete herum, und ein vierter stand mit seinem Saxophon neben dem Drumset, das fast größer war als er selbst. An den Tischen saßen nur wenige Gäste, die sich leise unterhielten.

Werner begrüßte die Neuankömmlinge: »Da seid ihr ja, wir haben schon auf euch gewartet.«

»Hattest du nicht sieben gesagt?«, fragte Johnny erstaunt.

»Ja, aber wir haben ein Problem: Unser Klaviergott Ernst ist krank geworden und kann heute nicht spielen.«

»Dann muss das Konzert ausfallen?« Hetty wirkte enttäuscht.

»Na, hängt davon ab …« Werner guckte Johnny an. »Ehrlich gesagt, hatten wir darauf gehofft, dass du einspringst!«

»Ich?« Johnny holte erstaunt Luft. »Aber ich kann doch gar nicht Swing spielen.«

»Das klang aber neulich anders«, klopfte ihm Theo auf die Schulter. »Dein Tiger Rag war elefantös!«

»Ja, aber das war was anderes …« Er hob die Hände abwehrend hoch. »Das war ja nur für uns, und auch nur ein einfacher Ragtime.«

Werner nahm ihn beiseite. »Schau mal, Johnny, Ernst hat uns seine Noten gegeben, die er von den Songs selbst verfasst hat. Und Noten lesen kannst du doch, oder?«

»Na, so einfach ist das nicht …« Er blätterte in den Papieren auf dem Notenpult.

Hetty trat von hinten an ihn heran. »Ich glaub schon, dass du das kannst, Johnny!« Als sie mit einem scheuen Lächeln leicht seinen Rücken streifte, durchfuhr ihn wieder dieser Stromschlag. Mit glühendem Kopf nickte er stumm, setzte sich auf den Hocker und studierte die Noten genauer.

»Übrigens, das hier ist Peter am Saxophon und Gerry, also Gerhard, der die Trompete spielt.« Die Angesprochenen nickten den Freunden zu.

Theo und die beiden Mädchen setzten sich an einen Tisch nahe der kleinen Bühne, wo sie einen direkten Blick auf die Band hatten. Lulu schaute die ganze Zeit zu Heinrich am Schlagzeug, und der zwinkerte oft zurück. Johnny fragte sich, wann es seinem Freund endlich auffallen würde. Aber entweder stellte der sich dumm, oder er war tatsächlich blind dafür zu sehen, dass seine Schwester einen Verehrer hatte.

Sehnsüchtig schielte er zu dem Tisch. Wie gern würde er dort sitzen, neben Hetty, und vielleicht im schummrigen Licht heimlich ihre Hand suchen. Aber jetzt konnte er keinen Rückzieher machen. Er schlug die ersten Töne an und versuchte, sich zu erinnern, wie das auf den Swingplatten geklungen hatte.

Das Gemurmel des Publikums wurde lauter und unruhiger, bis Johnny schließlich Heini und den anderen zunickte.

Heini kündigte ihre Version von ›Begin the Beguine‹ an und legte im langsamen Viervierteltakt am Schlagzeug los. Werners Gitarre begleitete den Rhythmus, die beiden Bläser setzten ein, und nach zwei, drei Takten hatte auch Johnny den Swing raus. Ernst hatte die Noten bis ins Detail notiert, und so ließ er sich mitziehen in die immer schnelleren Songs seiner Lieblingsbands. Am liebsten wäre er manchmal sogar aufgesprungen, hätte auf die Tasten gehauen und im Stand gehottet.

Auch Theo und die Sweeties zuckte es in den Füßen, aber dank ›Operation Barbarossa‹ war seit ein paar Wochen wieder jegliches Tanzen untersagt. Emil Fritz hatte seine Kellner angewiesen, genau darauf zu achten, dass das Verbot eingehalten wurde. So wippten sie nur mit Kopf und Oberkörper, bis die Gläser mit Molkebier bedenklich wackelten, und Theo unterstützte den Trommler mit vollem Einsatz seiner Fingerknöchel auf der Tischpatte.

Einmal schaute der Direktor persönlich im Saal vorbei, hörte ein paar Minuten zu, ging zu Heini und flüsterte ihm etwas zu. Dann verschwand er wieder. »Was hat er gesagt, Heini?«, wollten die anderen wissen.

»Wir sollen mal halblang machen, sonst beschwert sich wer.«

»Wer soll sich denn hier beschweren?«, meinte Peter am Saxophon leichthin. Aber Johnny erinnerte sich noch genau an die Erlebnisse im Atlantic vom April. So blieben sie besser bei den langsameren, melodiösen Songs. Spaß hatten sie trotzdem.

Um halb zehn war Feierabend. Ohne Ankündigung wurde das Deckenlicht angemacht, und ein livrierter Kellner bat die Gäste, sich nach Hause zu begeben, die Sperrstunde beginne gleich. Nach einem warmen Applaus für die gesamte

Band wurde vor allem Johnny von seinen Freunden umjubelt, und er strahlte bis über beide Ohren. Dann packten die Jungs ihre Instrumente und Noten ein.

»Wir warten schon mal draußen«, rief Theo, der vom Saaldiener sanft, aber bestimmt nach draußen gedrängt wurde.

»Ja, wir treffen uns vor der Tür.«

Fünf Minuten später kamen die Hot Boys of Bremen durch den Seiteneingang auf die Straße. »Ihr wart wirklich fantastisch«, begrüßten ihre Fans sie begeistert.

»Das müssen wir wiederholen, du warst wirklich klasse!« Heini klopfte Johnny erfreut auf die Schulter. »Danke, dass du eingesprungen bist. Jetzt hab ich aber Durst! Ihr nicht auch?«

»Ja, aber hier kriegen wir nichts mehr.« Werner schaute sich enttäuscht in der dunklen Straße um. »Sperrstunde eben!«

»Tja, Leute, dann müssen wir wohl rüber in die Neustadt. Im Buntentor kriegen wir noch was!«, rief Peter aus, und die Jungs johlten.

Hetty zupfte Johnny am Ärmel. »Ich glaube, ich kann nicht mehr mitkommen, es ist schon spät, und in die Neustadt ist es weit.«

»Och, Hetty, echt? Nu lass doch mal Spaß haben!« Lulu hakte sich bei ihr unter und zog sie weiter. Aber die Freundin blieb standhaft.

»Nein, besser nicht. Johnny, bist du so lieb und bringst mich nach Hause?«

Der schluckte. Einerseits wäre er gern mit den anderen gegangen, hätte noch ein Bier auf seine gelungene Premiere als Swing-Pianist getrunken und mit Heini endlich mal die Neustadt erlebt. Andererseits war ein Spaziergang ganz allein mit Hetty ebenfalls verlockend, und wenn sie ihn schon so lieb bat … Nach kurzem Zögern siegten seine gute Erziehung und sein verliebtes Herz.

»Tut mir leid, Jungs, Lulu, ihr müsst leider ohne mich feiern, ich bringe diese schmucke Deern hier nach Hause.«

Werner schlug sich die Hand theatralisch vor die Stirn. »Ich fass es nicht, Johnny, du lässt dir das hier entgehen?«

Sein Kumpel nickte lachend und zuckte entschuldigend die Schultern.

»Dann sieh zu, dass du es nicht bereust«, riet ihm Theo und lief schnell hinter Werner, Heini, Lulu und den Neustädter Jungs her, die schon Richtung Weser vorgegangen waren.

Johnny drohte ihm im Spaß mit ausgestrecktem Zeigefinger, drehte sich zu Hetty um und fasste sie leicht an die Schultern. »Denn man tau.«

Da fiel ihm eine Gestalt in einem nahen Hauseingang auf. Er konnte sie nicht genau erkennen, aber er spürte die Bedrohung mit seinem ganzen Körper. Schnell zog er Hetty weiter, den spärlich beleuchteten Schüsselkorb hinunter zur dunklen Bischofsnadel. Der Strahl von ihrer Taschenlampe zitterte auf dem Weg.

Die Figur folgte ihnen in einigem Abstand, blieb dabei immer im Dunkeln. Johnny überlegte fieberhaft. Wer war das? Polizei? Ein Dieb? Er wollte Hetty keine Angst einjagen, deshalb schwieg er, aber der Mann im Schatten beunruhigte ihn. Unauffällig schaute er sich immer wieder um. An einer Stelle, die der Verfolger nicht einsehen konnte, bückte er sich, als binde er sich die Schuhe. In diesem Moment brach der Mond hinter den Wolken hervor und beleuchtete die Person: Wolfhard Groth. Er sagte nichts, starrte die beiden nur an und drehte dann auf dem Absatz um. Aber Johnny ahnte, Wolfi hatte ihn immer noch im Auge.

# DIE GARTENFEIER

»Na, min Jung, da haste aber Glück, echtes Kaiserwetter, passend zu deinem Geburtstag!« Oma Kakao strahlte von einem Ohr zum anderen, als sie ihren duftenden Butterkuchen auf die gedeckte Kaffeetafel im Garten der Familie Donandt stellte. »Hier, mit echte Botter!«

Johnny umarmte seine ehemalige Kinderfrau. »Willst du nicht doch hierbleiben? Die anderen müssten gleich kommen.«

»Nee, nee, lass man, ist doch deine Feier, da hab ich Olle nix zu suchen.« Sie drückte ihn fest an sich und wandte sich zum Gehen. »Viel Spaß, min Pöks!«

Johnny freute sich, dass seine Mutter einer Gartenfeier zugestimmt hatte. Der Vater konnte zwar leider nicht aus Paris kommen, aber wenigstens durften seine Freunde mit ihm feiern. Sogar Hetty hatte er eingeladen, obwohl seine Mutter nicht gern sah, dass er ›Umgang mit diesem einfachen Mädchen‹ hatte, wie sie sich ausdrückte, doch nach einiger Diskussion hatte er sich durchgesetzt.

Pünktlich zur Kaffeezeit klingelte es. Vor der Tür standen zwei elegant gekleidete junge Männer in zweireihigen Anzügen und Seidenhemden, die längeren Haare mit Zuckerwasser nach hinten gekämmt, und zwei ebenso elegante junge Damen, die eine im Tüllkleid mit kleinem Fohlenpelzkragen, die andere im Hosenanzug mit breiten Beinen. Ida, die mit zur Tür gelaufen war, riss bewundernd ihre Augen auf:

»Oh, wie schick seht ihr denn aus? Geht ihr zum Maskenball?«

Johnny strich seiner Schwester über den Kopf: »Nein, sie haben sich für meine Geburtstagsfeier so schön gemacht.«

»Jawohl, sweet sixteen war einmal, mein Hotboy, jetzt wirste alt!« Werner klopfte ihm auf die Schulter. »Schnieker Anzug!«

Von Lulu gab es ein Küsschen auf die Wange, Theo umarmte ihn, nur Hetty reichte ihm die Hand, als sei nie etwas zwischen ihnen gewesen, und blickte an Johnny vorbei: Hinter ihm war seine Mutter im Hausflur aufgetaucht und beobachtete die Begrüßung kühl.

Werner bemerkte die Anspannung und fragte flapsig: »Ich hoffe, es gibt echten Kaffee aus Paris, Frau Donandt?«

»Wo denkst du hin, Werner!«, reagierte die empört.

»Mein Vater ist jetzt doch nicht gekommen«, erklärte Johnny mit einem enttäuschten Kopfschütteln. »Aber meine Mutter hat tatsächlich Bohnenkaffee organisiert, und Oma Kakao hat mir ihren berühmten Botterkoken gebracht, der ist noch warm.«

Werner hob schnuppernd die Nase in die Luft, dann ergriff er Martha Donandts Hand mit seiner großen Pranke: »Stets zu Diensten, Frau Donandt, ich kümmere mich schon mal um die Verpflegung.«

Johnnys Mutter schüttelte missbilligend den Kopf, dann wandte sie sich an Theo und Lulu: »Schön, euch heute hier zu sehen, Johann verbringt ja viel Zeit mit euch.«

»Ja, hallo, Frau Donandt, ich glaube, wir hatten noch keine Gelegenheit, uns richtig vorzustellen. Ich bin Theo Stratmann, und das ist meine Zwillingsschwester Lulu.«

»Ah, Sie sind aus Hamburg, ist das richtig? Schrecklich soll es da mittlerweile aussehen, habe ich von meiner Cousine gehört, der ganze Hafen zerbombt. Aber wenn die Tommys so weitermachen, ist Bremen bald genauso in Schutt und Asche.«

»Da sagen Sie was, Frau Donandt, da sagen Sie was.« Theo nickte ernsthaft, um sich gleich darauf abzuwenden und Johnny zuzuzwinkern.

»Trägt man so etwas in Hamburg?«, wandte sich die Mutter jetzt an Lulu, die in ihrem Hosenanzug ein wenig wie Marlene Dietrich aussah.

»Nun, wer heutzutage Wert legt auf eine modische Erscheinung, muss sich etwas einfallen lassen«, Lulu warf ihren Kopf nach hinten, »und wir Hanseatinnen haben ja das gewisse Etwas, nicht wahr, Frau Donandt?«

Die nickte zögernd, wusste nicht, wie sie reagieren sollte. »Ach, und dich hatte ich ja neulich bereits kurz kennengelernt«, wandte sie sich an Hetty und schwieg. Bevor diese antworten konnte, drehte sich die Mutter wieder zu den anderen: »An den Tisch, Kinder, der gute Kaffee wird sonst kalt.«

Ida hüpfte der Gruppe voran, als sie nun den Garten betraten. Unter dem hohen Birnbaum, dessen Früchte langsam von Grün zu Gelb wechselten, war ein großer Tisch aufgebaut. Geschirr und Silberbesteck reflektierten die Sonnenstrahlen. Nachdem sich alle gesetzt hatten, schenkten Hetty und Lulu den Kaffee aus und verteilten den Kuchen. Sie plauderten über die Schule und ihre Pläne für die nächsten Wochen, genossen das Wetter und den seltenen Bohnenkaffee.

Einmal flog ein Flugzeug niedrig am Himmel, und alle schauten besorgt nach oben. Aber Johnny schien ein Glückspilz zu sein: An diesem Tag blieb der Luftraum über Bremen ruhig. Satt und zufrieden lehnte er sich in seinem Stuhl zurück: »Hach, Kinners, das ist ja wie im tiefsten Frieden!«

Später brachte Martha Donandt Ida ins Haus und ließ das Geburtstagskind und seine Freunde allein. »Aber seid nicht so laut, und spätestens wenn es dunkel wird, ist Schluss!«

Kaum war die Mutter ins Haus gegangen, stupste Theo den Gastgeber an. »Ich hab was bei Werner gebunkert, ist 'ne Überraschung, die holen wir gerade mal ab, alright? Machst du uns gleich die Tür auf?«

Johnny nickte verwundert. »Wisst ihr, was die vorhaben?«, fragte er Lulu und Hetty.

»Nei-iin.« Lulus gedehnte Antwort kam einen Moment zu langsam.

Johnny grinste. »Na gut, dann warte ich ab.«

»Ich muss mal eben euer Badezimmer benutzen, entschuldigt.« Lulu zwinkerte Hetty zu.

Kaum war sie im Souterrain verschwunden, wurde Johnny bewusst, dass er plötzlich allein mit Hetty im Garten saß. Er drehte sich zu ihr und sah, dass sie ihn anstrahlte. »Du, ich hab dir noch gar nicht mein Geburtstagsgeschenk gegeben.«

»Stimmt, aber wollen wir nicht warten, bis die anderen wieder da sind?«

Sie lachte auf. »Nee, nee, besser nicht! Ist auch 'ne Überraschung, mach mal deine Augen zu.«

Mit geschlossenen Augen wartete er. So viele Überraschungen heute ... Da senkten sich weiche Haare auf sein Gesicht und ein Lippenpaar berührte seinen Mund zart. Überrascht schlug er die Lider auf und blickte aus nächster Nähe in Hettys graublaue Augen, die ihn forsch und scheu zugleich anschauten. Ihr Kuss schmeckte nach Zuckerkrümel und Sonne. Er nahm ihre Hand, und sie drückte einen Moment seine Finger. Dann sahen sie sich lange in die Augen. Gerade als sich ihre Gesichter wieder näherten, hörten sie Geräusche aus dem Haus: Ihre Freunde kamen lärmend zurück. Hetty eilte an den dreien vorbei ins Badezimmer, um von ihren roten Wangen abzulenken.

Werner erfasste die Situation mit einem Blick. »Oh, haben wir euch Turteltäubchen gestört?«

»Turtel ... was?« Theo stutzte. »Echt jetzt? Na dufte!«

»So ein Quatsch«, murmelte Johnny halbherzig und konnte sich ein Grinsen dabei nicht verkneifen. »Aber jetzt zeigt doch mal, was ihr da mitgebracht habt.«

Es waren Theos Koffergrammophon, Werners Gitarre und ein flaches Paket, das sein Kumpel hinter seinem Rücken versteckte.

»Seid ihr verrückt? Ihr wollt doch nicht etwa hier im Garten den Hotkoffer anwerfen?«

»Na klar doch, wer sollte denn was sagen, wenn wir deinen siebzehnten Geburtstag ein wenig musikalisch untermalen?«

»Och, ich könnte mir vorstellen, dass zum Beispiel die liebe Frau Diehl nebenan nicht gerade auf unsere Musik steht.«

»Na, wir machen es ganz leise, das hatten wir ja auch deiner Mutter versprochen. Hab extra eine leise Nadel eingesetzt.«

Aber erst einmal wurde es laut: Die Freunde brachten Johnny ein Ständchen. Werner nahm seine Gitarre, und alle vier sangen ein herzhaft geschmettertes ›Viel Glück und viel Segen‹. Die Mädchen versuchten es sogar mehrstimmig, was unter großem Gelächter in einem disharmonischen Desaster endete. Anschließend stellte Theo den Koffer auf den Tisch, klappte den Deckel auf und drehte ein paar Mal an der Kurbel. Werner räusperte sich.

»Mein lieber Johnny, jetzt bist du ja fast ein alter Mann …«

»Hört, hört!«, warf Theo ein, die Mädchen kicherten.

»Ja, auch du wirst mal so alt werden!«

»Will ich doch hoffen!«, witzelte der Freund.

Werner fuhr fort: »Und weil das ja etwas Besonderes ist, und keiner weiß, ob wir im nächsten Jahr so nett zusammen feiern können, haben wir uns etwas Schönes für dich ausgedacht. Erst wollten wir dir ein rotes Seidenhemd holen, aber bei Dykhoff gab es gerade keine im Angebot. Dann hatten wir die Idee, dir einen Regenschirm zu schenken, so einen echten Anthony, mit dem du bei jedem Wetter wie ein englischer Sir spazieren gehen kannst. Aber auch Regenschirme waren aus, jedenfalls die schwarzen mit einer silbernen Spitze. Und dann …«

Theo fiel ihm ins Wort: »Dann sind Werner und ich neulich noch mal bei Radio Warnke gewesen und haben da die neuen Platten durchgestöbert. Jetzt rate mal, welchen Schatz wir dort für dich gehoben haben?«

»Keine Ahnung – Tommy Dorsey, Louis Armstrong, Glenn Miller?«

»Nahe dran, aber noch besser. Werner, zeig es ihm.«

Der Freund reichte ihm das in Papier eingeschlagene Paket. Mit einem vorsichtigen Ruck riss Johnny die Verpackung auf und fand eine Platte von Count Basie, dem von ihm hochverehrten Jazzpianisten.

Sein Gesicht leuchtete augenblicklich auf. »Ich glaub das nicht, woher kommt die denn? Swingin' the Blues von 1938 – das ist ja unglaublich, mitten im Krieg und mitten in Bremen«, Johnny stotterte fast vor Aufregung. »Die wollte ich schon immer hören.«

»Ich sag ja, das war ein Schatz, der da plötzlich vor uns blinkte. Da hat wohl irgendein Nazi-Aufpasser nicht richtig aufgepasst, und die Platte hat es in den Laden geschafft. Wir wussten beide sofort, die muss zu dir. Und hier ist sie.«

»Aber … unglaublich«, Johnny war sprachlos.

Theo und Werner grinsten über die gelungene Aktion.

»Ist ja wohl klar, welche Platte wir jetzt als Erstes spielen müssen?«, meinte Lulu. »Ich bin ganz gespannt.«

Johnny nahm die dicke Schellackplatte aus ihrer Papphülle heraus, ließ sie auf seinen ausgestreckten Fingerspitzen ein wenig tanzen und legte sie vorsichtig, fast zärtlich auf den Drehteller des Grammophons. Dann platzierte er den Tonabnehmer präzise auf den Anfang der Rille. Alle hielten den Atem an, als die ersten Klänge ertönten. Leise, aber glasklar hörten die Swingfreunde in der frühabendlichen Stille, wie ein Schlagzeug die Posaunen vor sich hertrieb, Trompeten schwungvoll juchzten, die Klarinette virtuos quietschte, bis das gesamte Orchester am Ende wieder flott zusammenspielte.

Der fliegende Rhythmus fuhr ihnen in die Glieder, so dass sie zunächst auf den Stühlen mit den Füßen wippten und den Schultern wackelten. Bald schon zuckte es sie in den Knien, und einzelne Schuhe flogen in hohem Bogen in die Luft. Dann sprangen alle auf, hopsten und hüpften zu den rasenden Klängen auf und ab. Dabei versuchten sie, möglichst wenig Geräusche zu machen, was nicht leicht war, denn sie kicherten und rempelten sich an. Theo und Werner hakten sich ein und tanzten schwungvoll eine Runde im Kreis, bis Lulu sich mit aller Kraft den Mund zuhielt, um nicht laut loszuprusten. Hetty und Johnny kamen sich inzwischen immer näher und landeten am Ende nach einem besonders übermütigen Sprung gemeinsam auf dem Rasen. Gleich darauf verklang der letzte Ton, und die anderen ließen sich ausgelassen lachend neben sie aufs Gras plumpsen.

»Kinners, wir sollten jetzt besser gehen, die beiden Verliebten wollen allein sein.« Theo deutete mit einem breiten Grinsen auf Johnny und Hetty. Erneutes Kichern war die Antwort. Als sich alle beruhigt hatten, bedankte sich das Geburtstagskind für das kolossale Geschenk, das genau seinen Geschmack traf, und trug seinen kostbaren Schatz vorsichtig in sein Zimmer, für den Fall, dass seine neugierige Mutter vorbeischauen würde. Morgen wollte er die Platte noch einmal in aller Ruhe genießen.

Werner hatte unterdessen leichte Unterhaltungsmusik à la Will Glahé aufgelegt, und Theo gab damit an, dass er und seine Hamburger Swingboys die Nazis öfter tüchtig geärgert hatten.

Lulu schaute ihren Bruder an. »Du meinst die Aktion mit dem Empfang für den Reichsstatistenführer?«

»Für wen?«, fragte Hetty nach.

»Die Geschichte muss ich euch unbedingt erzählen«, Theo holte aus. »Das war kurz bevor wir ausgebombt wurden, da hatte ich noch meine ganzen schnieken Klamotten. Wir hatten allen möglichen Freunden Bescheid gesagt, zu einer bestimmten Zeit am Sonntag zum Hamburger Hauptbahnhof zu kommen. Als der Zug aus Berlin einfuhr, stieg der Dieter aus, gekleidet wie ein englischer Gentleman, mit Stetson, Trenchcoat und Anthony, ganz großartig, und wir begrüßten ihn mit Blitzlichtgewitter und Swing-Heil-Rufen. Sogar einen roten Teppich hatten wir organisiert und eine Kutsche mit weißen Pferden, weiß der Himmel woher. Als die Passanten fragten, wer das denn sei, sagten wir nur: ›Ja, erkennen Sie den denn nicht, das ist doch Staatsrat von Möllendorf, der Reichsstatistenführer!‹ Das war ein herrlicher Spaß!« Theo klatschte in die Hände.

Werner und Johnny schauten ihn ungläubig an. »Und damit seid ihr durchgekommen?«

»Immerhin bis zur Alster sind wir gekommen, dann war die Gestapo hinter uns her, aber erwischt haben sie uns nicht!«, lachte Theo, verstummte plötzlich und setzte nach einer Pause etwas leiser hinzu: »Jedenfalls nicht an dem Tag …«

»Ihr seid ja verrückt!« Johnny zog anerkennend die Augenbrauen hoch.

»Wie seid ihr denn auf so 'ne bescheuerte Idee gekommen?«, wollte Werner wissen.

»Och, weißte, bei uns in Hamburg verdienen sich viele Swings als Statisten am Theater ein paar Mark dazu, und irgendwann kam der Spruch auf, wenn was nicht klappte: Dann beschwer dich doch beim Reichsstatistenführer. Ja, und der muss ja mal ordentlich begrüßt werden!«

»Ihr seid echt völlig verrückt«, wiederholte Johnny. »Kein Wunder, dass die Nazis euch auf dem Kieker haben.«

»Die haben es ja auch nicht anders verdient!« Theo lachte bitter auf. »Aber jetzt lasst uns lieber wieder Musik hören, ich hab hier noch so ein paar Schätzchen mitgebracht!«

Bald diskutierten die Jungs angeregt über Instrumentalisten, über Bandleader und über den Vergleich von deutschen, englischen und amerikanischen Kapellen. Lulu verstand ebenfalls einiges von Swing und Hot, während Hetty alles mit großen Augen und offenen Ohren aufsog.

»Was ist denn hier los?« Aus der Dämmerung war ein Polizist hinter ihnen aufgetaucht. Die Swingfreunde waren so vertieft ins Gespräch und ins Musikhören, dass sie ihn gar nicht bemerkt hatten. »Und was läuft denn hier für laute Negermusik?«

Johnnys Mutter trippelte aufgeregt hinter dem Beamten her und wedelte mit den Armen. »Johann, so geht das nicht. Die Nachbarn haben sich beschwert!« Ihre Stimme überschlug sich fast.

Der Polizist war ans Grammophon getreten und betrachtete die Platten, die außerhalb ihrer Schutzhülle lagen. »Aha! Ausländische Platten! Das hab ich mir gedacht.« Grimmig schaute er in die erschrockenen Gesichter. »Wem gehören diese Platten?«

»Ich weiß es nicht, Herr Wachtmeister«, antwortete Johnny, der direkt neben ihm saß.

»Stell dich nicht dumm! Also, wem gehört das Grammophon?«

»Ehrlich, Herr Wachtmeister, ich weiß es nicht, es könnte jedem von uns gehören.« Er probierte einen unschuldigen Augenaufschlag, aber der Polizist wischte ungeduldig mit der Hand durch die Luft:

»Wenn das so ist, dann kann ja auch jeder von euch mit auf die Wache!«

Martha Donandt versuchte zu vermitteln. »Tut das denn wirklich Not? Sie sind ja jetzt ganz leise, Herr Wachtmeister.«

»Das will ich auch hoffen. Aber ich muss trotzdem ein paar Fragen stellen. Also, wem gehören das Grammophon und die Platten?«

»Meinem Sohn hier nicht«, versuchte die Mutter Johann zu schützen. »Das kann ich Ihnen versichern, Herr Wachtmeister!«

Johnny stöhnte genervt auf und stellte sich näher zu seinen Freunden. Er hatte keine Ahnung, wie sie aus der Nummer herauskommen sollten, aber die Hilfe seiner Eltern wollte er dafür nicht. »Und was, wenn doch?«

»Ach, Unsinn, Junge. Mach dich doch nicht unglücklich.«

Der Polizist schaute etwas ratlos in die schweigende Runde. »Wenn sich keiner findet, dem der Plattenspieler gehört, werde ich ihn einfach so mitnehmen und alle eure Namen aufschreiben. Dann werden eure Eltern bald von uns hören.« Er zog ein Notizbuch aus der Jackentasche.

Theo zuckte kurz und wollte schon vortreten, da guckte Johnny ihn ernst an und schüttelte fast unmerklich mit dem Kopf. Gleichzeitig drückte er seinen Rücken durch und erhob den Blick: »Dann können Sie ja mit mir anfangen. Wie gesagt, mir gehören die Platten und der Koffer. Mein Name ist Johann Donandt hier aus der Lürmannstraße.« Seine Mutter schnappte hörbar nach Luft und versuchte, ihn zurückzuziehen, aber er ignorierte sie.

»Nein«, Werner trat vor. »Mir gehören die Platten und das Grammophon. Ich heiße Werner Knigge und ich wohne mit meiner Familie in der Georg-Gröning-Straße.«

»Stimmt nicht, das sind meine. Ich bin Theo Stratmann, derzeit wohnhaft in der Hartwigstraße.«

Lulu stand auf: »In Wahrheit ist das mein Eigentum. Ich heiße Luise Stratmann, gleiche Adresse wie Theo.«

Schließlich räusperte sich auch Hetty und erhob sich zitternd vom Stuhl. »Nee, ich glaube, dass die Sachen mir gehören. Hedwig Decker, Am Barkhof.« Mit einem tapferen Lächeln suchte sie Johnnys Blick.

Der Polizist guckte verwundert von einem zum anderen: Normalerweise drückten sich diese Knilche davor, Schuld zu haben. Hier wollten gleich alle die Verantwortung übernehmen. Aber er hatte nicht darüber zu urteilen, das übernahmen die Kollegen von der Staatspolizei. Er notierte nur die

Namen und Adressen in sein Büchlein. »Na gut, das werden wir noch rauskriegen. Ihr werdet von uns hören.« Dann packte er die Schellacks unsanft in die Hüllen, stopfte sie in den Koffer wie eine Beute. »Letzte Chance, Kinder, also, wem gehören die Platten und das Grammophon?«

Doch die Freunde schwiegen eisern. Swings hielten eben zusammen, schoss es Johnny triumphierend durch den Kopf.

# BEI DER GESTAPO

Nach diesem unerfreulichen Besuch war Johnnys Geburtstagsfeier schnell zu Ende. Die Swingfreunde saßen beklommen auf den Stühlen. Hetty war den Tränen nahe und wurde von Lulu beruhigt.

»Ihr müsst unbedingt eure Platten verschwinden lassen!«, zischte Theo. »Kann sein, dass die Gestapo eure Zimmer filzt. In Hamburg haben sie das so gemacht.«

Hetty schnappte erschrocken nach Luft. »Ich hab' doch gar keine Platten!«

»Na, umso besser, dann ist ja alles gut.« Lulu schaute sie aufmunternd an.

»Nix ist gut, meine Mutter wird mich tüchtig vermöbeln, wenn die Polizei kommt!«

Inzwischen war Johnnys Mutter wieder im Garten. Sie hatte den Polizisten zur Tür begleitet und versucht, ihn mit einem Cognac umzustimmen, aber ohne Erfolg. Jetzt schlug sie jammernd die Hände über dem Kopf zusammen: »Das fehlt mir noch, dass die Gestapo dich holt, Johann … Ach, wenn nur dein Vater hier wäre …« Schließlich breitete sie ihre Arme aus und scheuchte die Freunde ihres Sohnes resolut aus dem Garten. »So, nu' is' aber Schluss hier, genug Unheil für heute.«

Zwei Tage später standen sie am Wall beim Polizeihaus, alle hatten eine Vorladung der Gestapo zum Verhör in der Tasche.

»Kinder, wir verraten nichts, bei unserer Swing-Ehre, ist doch klar!« Werner versuchte, alle einzuschwören. »Die werden wir so richtig auflaufen lassen.«

»Na, abwarten«, murmelte Theo. »Die haben den längeren Hebel …«

Blass ließ Hetty die Schultern hängen. »Hoffentlich stecken sie uns nicht in den Knast … Meine Mutter hat gemeint, das sei der richtige Ort für so eine verlotterte Deern wie mich.«

»Ach Quatsch! Kopf hoch, die können uns gar nichts!« Johnny streichelte vorsichtig ihren Arm. Sein mulmiges Gefühl versuchte er mit einem Lächeln zu übertünchen.

Nachdem sie sich beim wachhabenden Polizisten gemeldet hatten, wurden sie in unterschiedliche Zimmer zum Einzelverhör gesetzt. Johnny dachte an Hetty, die so unglücklich ausgesehen hatte. Sie tat ihm leid, sie war ja am unschuldigsten von ihnen allen. Aber er bewunderte sie, dass sie bei der Party trotzdem zu ihren Freunden gehalten hatte.

Die Tür wurde geöffnet, ein Mann in hellbrauner Hose und grauem Sakko mit Parteiabzeichen am Revers kam herein. »Heil Hitler!«

Abschätzig nahm er Johnnys halbherzigen Versuch zur Kenntnis, den Deutschen Gruß möglichst lässig zu erwidern. Er stellte sich als Kriminalkommissar Winter vor und setzte sich auf die andere Tischseite, schaute Johnny schweigend an und öffnete dann eine dünne Mappe, die er mitgebracht hatte.

»Johann Donandt«, las er vor. »Etwa aus der Familie Donandt?« Er betonte das ›der‹ und guckte ihm ernst ins Gesicht.

Johnny schwieg. Als ob der Gestapo-Mensch das nicht wüsste.

»Wohnhaft in der Lürmannstraße, Primaner am Alten Gymnasium, HJ-Zugehörigkeit … ach, zu welcher Kameradschaft gehst du denn, Junge? Hier steht nichts …« Er ließ seine Frage im Raum stehen, doch Johnny antwortete nicht. Das konnten sie doch selbst herauskriegen.

»Bist du etwa ein Drückeberger, Johann? Aber beim Jungvolk warst du, steht hier … hm … bist du uns verloren gegangen, Johann? Hat es dir bei uns nicht mehr gefallen? Hast dich danach jedenfalls nicht mehr hervorgetan.«

Eine freche Antwort lag ihm auf der Zunge, aber besser schweigen, hatte ihnen Theo vorhin eingebläut.

»Hm, und jetzt bist du mit englischen Platten aufgefallen … Ach, war das deine Geburtstagsfeier, Johann? Du bist gerade siebzehn geworden, sehe ich … Gratuliere noch!«

Johnny blieb reglos.

»Du sagst, das waren deine Schallplatten und dein Koffergrammophon?« Winter erwartete keine Antwort, entrüstet fuhr er fort. »Ich hab da mal reingehört. Hottentottenmusik war das, Dschungelgestampfe. Ekelhaft! Aber du bist doch ein deutscher Junge! Du weißt doch, das ist wider das gesunde Volksempfinden!« Seine Stimme überschlug sich fast, dann stoppte er plötzlich und blätterte eine Weile schweigend in der Mappe. »Dein Vater ist Anwalt, Johann? Dann verstehst du ja was von Recht und Gesetz. Willst du vielleicht auch einmal Jurist werden? Wäre ja nicht der schlechteste Beruf. Verstehe ich. Aber was ich nicht verstehe, ist … wieso hört ausgerechnet so ein kluger junger Mann wie du so eine Affenmusik?« Bei dem letzten Wort hatte er mit der Faust auf den Tisch geschlagen. Johnny zuckte zusammen.

Der Polizist lehnte sich wieder zurück, schaute in die Mappe, fuhr mit der Zunge über die Lippen und schlug eine weitere Seite um. »Ach, da steht, du wurdest auch einmal von einer HJ-Streife aufgegriffen. Es mussten ›sanitätspolizeiliche Maßnahmen‹ durchgeführt werden … verstehe ich das richtig, deine Haare waren zu lang? Johann, Johann, das wird ja immer schlimmer …« Er schnalzte mit der Zunge. »Ich glaube ja, ich hab hier einen echten Swingheini vor mir … ausgerechnet du …«

Winters Stimme wurde bedrohlicher und lauter. »Wissen deine Eltern das? Und dein Onkel? Dass du so ein Volksverräter bist? Ein Volksschädling?« Jetzt schrie er: »Schämst du dich nicht, deine ganze Familie mit deinem undeutschen Verhalten in den Dreck zu ziehen?« Der Gestapo-Mann war aufgesprungen und beugte sich über den Tisch. Johnny sah, wie einige Spucketropfen auf die Tischplatte spritzten. Er rutschte tiefer in seinen Stuhl. Dann drehte sich der Polizist abrupt weg, trat ans Fenster und zündete sich eine Zigarette an.

Nach einigen Minuten hatte er sich gefasst und setzte sich wieder. Er schaute Johnny lange schweigend an. Der überlegte, ob er etwas sagen sollte. Sein Blick wanderte an dem Gestapo-Mann vorbei die Wand entlang und blieb am Führerbild über der Tür hängen. In die Stille hinein räusperte sich der Polizist und öffnete eine zweite Mappe, die unter der ersten steckte, und legte Johnny langsam Fotos vor. Vier Bilder von Jungen in seinem Alter, mit langen, nach hinten gekämmten Haaren, Seidenschals, Sakkos. Sie blickten ausdruckslos in die Kamera, manche mit blauem Auge, eine Nummer stand unten am Bildrand und ein Name – offenbar Ermittlungsfotos. Johnny erkannte niemanden von ihnen.

»Und? Schon mal gesehen? Die sehen doch so aus wie du, oder? Könnten deine Brüder sein. Bis auf dass die hier in Hamburg wohnen … oder besser, wohnten.« Er machte eine Pause, leckte wieder über die Lippen und fuhr dann leiser fort. »Weißt du, was mit denen passiert ist, Johann?« Johnny schluckte und dachte an Theos Bericht von seinen Freunden.

»Der hier und der«, Winter deutet auf die ersten beiden Fotos, »die lernen jetzt, was es heißt, ein deutscher Junge zu sein, im Wehrertüchtigungslager, und danach können sie sich gleich freiwillig melden. Dieser hier«, das nächste Foto zeigte einen Jüngling mit ebenmäßigen Zügen und lockigem Haar, »der hatte immer nur Mädels im Kopf, war wohl durch diese Musik weich in der Birne geworden. Das müssen jetzt erst einmal unsere Ärzte untersuchen.« Übelkeit stieg bei Johnny auf. »Und dieser dürre Junge hier, der war leider zu nix zu gebrauchen, und dann hat er noch eine Lungenentzündung bekommen, der Arme.«

Der Gestapo-Mann schwieg und schaute aus dem Fenster. Johnny vermied es, den Jungen auf den Fotos in die Augen zu schauen. Wut kochte in ihm hoch. Diese Nazi-Monster …

»Und warum das Ganze?« Der Polizist fragte ihn langsam und leise, als sei er müde. »Wegen 'n büschen Musik? Wegen 'n büschen Spaß haben? Das denkst du sicher, Johann, was? Aber nee, das ist mehr als 'n büschen Spaß. Das ist bitterernst.« Langsam ging seine Stimme wieder höher. »Wir sind im Krieg! Gegen die Welt, aber auch im Krieg gegen den Schlendrian, die Disziplinlosigkeit. Und dieser Bazillus des Schlendrians darf sich gar nicht erst verbreiten. Daran sind bereits ganze Völker erkrankt, aber das wird unserem großartigen deutschen Volk nicht geschehen. Deshalb müssen wir das Übel bei der Wurzel packen und ausreißen.« Er war wieder aufgesprungen und bewegte die geballte rechte Faust schnell wie beim Möhrenziehen nach oben, starrte dabei Johnny an. »Und das beginnt eben bei solchen Jungs wie denen.«

Der Mann ließ seine Worte im Raum stehen, fuhr erneut mit der Zunge über die Lippen, nickte dann zufrieden. »Nun sag mir, Johann, willst du wirklich so ein Junge sein?«

Johnny schaute zu Boden, damit der Polizist nicht die Angst in seinen Augen sah. Der sprach weiter, jetzt mit einer schmeichelnden Stimme. »Du bist doch nicht so dumm, oder? Bist eigentlich 'n ganz Plietscher, was? … Überleg doch mal. So'n büschen rumzulottern, was ist dir das wert? Dein ganzes Leben? Denk noch mal nach.«

Der Kriminalkommissar stand auf, ging zur Tür und ließ Johnny allein im Raum. Dem war schwindelig. Einerseits konnte er sich kaum vorstellen, dass dieser Nazi diesen Schwachsinn glaubte, den er erzählte, von wegen Schlendrian und so. Andererseits zweifelte er nicht daran, dass die Gestapo die Macht hatte, ihn und die anderen zu bestrafen, wie es ihr gefiel. Aber was wollte der Mann von Johnny? Dass er seine Freunde verriet, dem Swing-Dasein abschwor und ein guter deutscher Junge wurde? Da hatte er sich aber geschnitten.

Nach einigen Minuten öffnete sich die Tür wieder, und Winter kam hinein, setzte sich an den alten Platz. »Nun, hast du es dir überlegt, Johann?« Er wartete. »Ach, du ziehst es weiterhin vor, zu schweigen? Nun gut … wie du willst … aber ich gehe davon aus, dass du mich verstanden hast? Gut. Falls wir dich jetzt fürs Erste laufen lassen, dann kannst du dir sicher sein, dass wir dich im Auge behalten. Und ich erwarte, dass du dir eine Antwort auf meine Fragen überlegst, die deine Familie stolz macht. Ich hatte eben übrigens ein nettes Telefonat mit SS-Sturmbannführer Müller.« Johnny zuckte unmerklich zusammen. »Dein Onkel wird dir gern ein wenig helfen, um wieder auf den rechten Pfad der Bewegung zu kommen.«

Ausgerechnet Onkel Gregor … War das jetzt gut oder schlecht? Er blickte starr nach vorn und ließ sich seine Angst und Wut nicht anmerken.

»Und das fängt zum Beispiel damit an, dass du dich gleich morgen bei deiner HJ-Einheit meldest und sehr regelmäßig und gewissenhaft deinen Dienst an der Volksgemeinschaft ableistest. Und weil es deine Geburtstagsfeier war, habe ich mir etwas ausgedacht. Wir gehen davon aus, dass du ein Rädelsführer dieser komischen Swingheinis hier in Bremen bist. Daher wirst du dich beizeiten freiwillig beim Schnellkommando melden. Das ist eine prima Möglichkeit, deinen Mut zu kühlen und deiner Heimatstadt zu dienen. Du weißt ja nun, dass wir auch anders können. Haben wir uns verstanden?«

Er schluckte und nickte wortlos.

»Ich höre dich nicht!«, wurde der Gestapo-Mann lauter.

Übertrieben eifrig sprang Johnny auf, schlug die Hacken zusammen und schnarrte: »Jawoll, Herr Kriminalkommissar Winter, ich habe verstanden!«

Heiliger Bimbam, da hatte er aber noch einmal Glück gehabt! Johnny wurde schwindelig, als er wieder vor das Polizeihaus trat. HJ und Schnellkommando, das sollte machbar sein. Immerhin kein Gefängnis. Wie es wohl den anderen ergangen war? Er sah Lulu und Hetty gegenüber in den Wallanlagen stehen und ging zu ihnen.

Hetty, immer noch blass, umarmte ihn erleichtert. »Bin ich froh, dass du wieder da bist!«

»Hast du gedacht, dass sie mich standrechtlich erschießen?«, versuchte Johnny einen Witz, der ihm aber halb im Hals stecken blieb, als er Lulu ansah.

Sonst so vorwitzig, hatte sie jetzt Tränen in den Augen. »Haben sie dir auch die Fotos gezeigt?«

Johnny nickte stumm.

»Das waren Uwe und Günther, Detlef und Paul, mit denen …« Ihre Stimme brach. »Mit denen waren Theo und ich in Hamburg oft zusammen.«

Johnny schwieg. »Meinst du, die wussten das?«

»Die Bremer Gestapo? Die schienen bestens informiert zu sein … haben mich gefragt, was ich über die Hamburger Jungs weiß und ob wir euch infiziert hätten.«

»Ach ja, mit dem Bazillus des Schlendrians …« Johnny schnaubte bitter.

»Da kommt Werner!«, rief Hetty. Der hatte die schwere Holztür aufgeschoben und trat auf die Straße. Er, der sonst immer so eine große Klappe hatte, kam zu ihnen wie ein getretener Hund, wich den Umarmungen der Mädchen aus und guckte zu Boden. »Ich glaub, ich muss jetzt nach Hause«, murmelte er.

»Nun erzähl mal, wie haben sie es bei dir versucht?«, fragte Johnny vorsichtig.

»Was meinst du?« Werner schaute kurz hoch.

»Na, haben sie dir auch die Fotos aus Hamburg gezeigt? Und dich anschließend auch zum HJ-Dienst verdonnert wie mich?«

»Ja, da muss ich jetzt wohl hin. Dann lassen sie mich hoffentlich in Ruhe.«

Lulu nickte: »Bei mir wollen sie auch versuchen, noch ein deutsches Mädel aus mir zu machen – na denn viel Glück, meine Herren!«

Hetty, die bereits beim BDM gemeldet war, hatte keine Auflagen bekommen – nur eine: sich nicht mehr mit diesen ›Lotterjungs‹ herumzutreiben. »Aber ob ich das schaffe?«, lächelte sie traurig und sah.

Da stand Theo neben ihnen. »Puh, diese ekligen Braunhemden haben mir doch glatt den Tag versaut«, beschwerte er sich mit einem schrägen Lächeln auf geschwollenen Lippen. Seine Brille hing schief auf der Nase, eine Augenbraue war blutig, und seine Wange brannte knallrot.

»Theo!« Lulu trat schnell auf ihn zu. »Haben sie dich verprügelt?«

»Eher andersherum: Als sie mir die Fotos gezeigt haben, mussten sie mich zurückhalten, damit ich nicht sie verprügle!«

Während Lulu ein Taschentuch zückte und Theos blutige Braue abtupfte, schwiegen die Freunde betroffen. »Ach, kommt, lasst uns nach Hause gehen«, schlug Theo vor. »Hier stinkt mir das zu sehr.«

Sie setzten sich in Bewegung, die Wallanlagen hinunter Richtung Bischofsnadel, Theo hakte sich bei Lulu und Johnny ein, und Hetty nahm Lulus Hand. Mit jedem Meter, den sie sich vom Gestapo-Hauptquartier entfernten, bekamen ihre Schritte wieder diesen lässigen Swingtrott, und als Theo die ersten Töne vom ›Flat Foot Floogie‹ pfiff, war es um sie geschehen: Lachend drehten sie sich zum Polizeihaus um, streckten die Zungen raus und riefen im Chor: »Treudeutsch, treudeutsch, treudeutsch!« Nur Werner lief mit hängenden Schultern neben ihnen.

# NOCH MAL GUT GEGANGEN?

»Mensch, ich glaub, bei der Gestapo gestern haben wir noch mal Riesenglück gehabt. Auch wenn wir jetzt zur HJ müssen.« Werner wirkte fröhlich, wie ausgewechselt, als Johnny ihn in seiner Swinghöhle unter dem Dach besuchte. Eigentlich hatten beide Stubenarrest, doch sie hatten so lange gebettelt, bis sie wenigstens zusammen Hausaufgaben machen durften. Jetzt hörten sie gemeinsam ihre Lieblingsplatten durch, aber Johnny kam nicht so recht in Stimmung.

»Gab's noch Ärger bei dir zu Hause?«, wollte Werner wissen.

»Mein Onkel war jedenfalls not amused, dass er wegen mir von der Gestapo angerufen wurde. Der hat mir ganz schön die Leviten gelesen, sag ich dir. Von wegen Volksverräter und Ernst der Lage und so. Fehlte nur noch, dass er den Rohrstock rausgeholt hätte. Aber den krieg ich mit Sicherheit von meinem Vater zu spüren, wenn der das nächste Mal kommt. Das hat er mir schon angekündigt.« Johnny verzog das Gesicht und spielte nachdenklich mit seinem Glückspfennig in der Hosentasche.

»Eigentlich hatte ich ja jetzt das zweite Mal Glück. Beim HJ-Sportfest neulich hätte es ja auch schon schief gehen können. Wenn Wolfhard damals schon meinem Onkel erzählt hätte, dass ich ein Hotboy bin, wäre ich jetzt bei der Gestapo dran gewesen. Und dann goodbye, du schönes Lotterleben!«

»Ach, dreimal ist doch Bremer Recht!«, zwinkerte Werner ihm zu. »Ich hab mich heute jedenfalls gleich beim Fanfarenzug gemeldet, das ist besser als Fackelläufe im Bürgerpark. Macht sogar Spaß, die Kameraden sind schwer in Ordnung. Erst haben sie gemeckert, weil ich bislang noch nicht so richtig in der HJ war. Aber dann hab ich ihnen etwas vorgetrommelt, Preußens Gloria und Parademarsch und so.«

»Das kannst du?«

»Ja, im Gegensatz zum Swing sind das einfache Rhythmen.«

Da klopfte es an der Tür: kurz, lang, kurz, kurz, lang. »It Don't Mean A Thing!«, Johnny stieß Werner an, »mach auf, ist bestimmt Theo.«

Der Freund stand aufgelöst im Treppenhaus und stürmte fluchend an Werner vorbei ins Zimmer. »Oh Mann, so ein Scheiß!«

Johnny drückte ihn in einen Sessel und setzte sich auf die Armlehne. »Beruhig' dich erstmal, old boy, was ist denn passiert?«

»Die Gestapo«, stammelte Theo, »die hat mich …« Er versuchte wieder zu Atem zu kommen. Erst nach ein paar Minuten gelang es ihm, zu sprechen. Er berichtete, dass die Gestapo ihn im Morgengrauen zu einem weiteren Verhör abgeholt hatte. »Die haben irgendwie spitzgekriegt, dass es mein Grammophon war. Oder vielleicht war es auch nur ein Verdacht, weil ich aus Hamburg komme, und im Deckel stand der Name von einem Hamburger Musikhaus.«

Ihm war angedroht worden, dass er seine Swingfreunde in Moringen ›besuchen‹ dürfe, wenn er nicht zugab, dass ihm der Hotkoffer und die Platten gehörten.

»Die haben mich echt zappeln lassen, haben gedroht, meine Schwester noch mal vorzuladen, mich von der Schule zu nehmen, das ganze Programm. Scheiße, da konnte ich nicht mehr.« Er schwieg mit gesenktem Blick.

Werner klopfte ihm auf die Schulter und murmelte: »Kann ich verstehen.« Dann, nach einem längeren Nachdenken: »Und wieso haben sie dich gehen lassen?«

»Die haben sich eine neue Schweinerei ausgedacht«, lachte Theo bitter auf. »Zur Bewährung darf ich ins Schnellkommando, ich soll mich sozusagen freiwillig melden.«

»Schnellkommando? Da muss ich auch hin.« Johnny versuchte ein Grinsen, das ihm schief im Gesicht stehen blieb.

»Das ist wohl ihre Sonderbehandlung für die Rädelsführer …«

»Aber das SK ist doch …«, Werner brach entsetzt ab.

»Brandgefährlich ist das. Nach jedem Luftangriff musste durch die Straßen laufen, noch vor der Entwarnung, und Meldung machen, wo was brennt, Brände absperren, in die Häuser rein und der Feuerwehr helfen.« Theo ließ die Schultern sinken und guckte hilfesuchend seine Freunde an.

»Hm, aber immerhin müsst ihr beide dann nicht mehr zum normalen HJ-Dienst!«

Was aufmunternd gemeint war, rang Theo ein höhnisches Lachen ab: »Stimmt, keine Geländespiele, sondern echtes Abenteuer!«

»Na, wenigstens sind wir zusammen …« sagte Johnny leise. »Die kriegen uns Swingboys nicht klein!«

Theo drückte stumm seine Hand.

»Was ist eigentlich mit unseren Sweeties?«, wollte Werner wissen. »Müssen die Mädchen auch zu den Nazis?«

Theo nickte. »Lulu will sich jetzt freiwillig als Gesundheitsdienstmädel melden, bevor die sie auch noch zwangsverpflichten.«

»Und Hetty war ja sowieso beim BDM, wenn auch nur sporadisch.« Johnny zuckte die Schultern. »Jetzt haben sie uns alle gekriegt.«

»Übrigens, Lulu hat erzählt, dass Hetty dich und uns erstmal nicht mehr sehen darf.« Theo schaute zu Johnny. »Ihre Mutter hat sie wohl nach dem Verhör tüchtig verwamst, die ist stinkesauer.«

»Oje, die Arme! Alles meine Schuld!« Johnny biss sich auf die Lippen. »Ich wollte doch eigentlich … bald mal wieder mit ihr … ins Kino gehen und so.«

»Tja, fleitjepiepen, is' wohl nix mehr mit!« Werner zuckte mit den Schultern. »Aber Kopf hoch, gibt noch andere Deerns …«

Schweigend verschränkte Johnny die Arme. In ihm stieg Wut auf, Wut auf Werner, der sich das alles so leicht machte, auf Hettys Mutter, die ihrer Tochter verbot, was Spaß machte, auf die Nazis, die sie einfach nicht in Ruhe ließen.

Im Hintergrund spielte Glenn Millers Orchester ›Moonlight Serenade‹. Werner pfiff die Melodie verträumt mit. »Wie kann jemand, der so eine tolle Musik macht, ein böser Mensch sein?«

»Na, das ist ja auch Nazi-Quatsch«, stellte Theo fest. »Die Tommys, die Amis und auch die Russen, das sind alles auch nur Menschen, die Musik lieben.«

»Jetzt kommst du auch noch mit Lulus komischen Thesen, von wegen Entnazifizierung durch Jazz – Swing Heil!« Werner zog die linke Augenbraue hoch und salutierte.

Johnny grinste kurz. »Wenn die alle gleich ticken, dann müssen wir doch keinen Krieg führen.«

»Na, die Bolschewiken sind anders.« Werner suchte nach dem Wort. »Die sind schon eher …«

»Untermenschen? Das behauptet der Führer, ja. Aber das kann doch gar nicht sein. Denk doch mal nach: Wenn du Dostojewski oder Tolstoi liest, oder Tschaikowsky hörst, dann merkst du, wie gebildet die Russen sind.«

Theo nickte gedankenverloren: »Wusstet ihr übrigens, dass Tommy Dorseys ›Song of India‹ auf einem Stück des russischen Komponisten Rimski-Korsakow basiert?«

»Nee, wusste ich nicht.« Werner wurde nachdenklich. »Aber was können wir denn tun? Wir sind ja nicht mal in der Lage, uns vor der HJ zu drücken. Und nach dem Abi kommt für uns Arbeitsdienst und dann ab an die Front. Da ist nicht mehr viel mit dem Lotterleben.« Er hob resignierend die Hände. »Da sollten wir doch jetzt noch mal ordentlich Spaß haben, oder, Jungs?«

Johnny griente. Auf Werner konnte er nie lange wütend sein.

In diesem Spätherbst trafen sich die Swingheinis überwiegend ›im Privaten‹. Die Tanzlokale blieben wegen des Kriegsgeschehens an der Front oder Luftalarm meist geschlossen, und wenn sie geöffnet hatten, kontrollierten HJ-Streifen und Polizei die Musik und das Alter des Publikums gründlich und brutal. Um den ›Filzläusen‹ zu entgehen, hörte die Clique lieber in Werners Swinghöhle Platten oder tanzte im Labor von Theo und Lulu ausgelassen den Jitterbug. Manchmal kam Heini vorbei, mit Zigaretten und Schnaps, und dann wurde fröhlich musiziert.

So versuchten sie, ihre Tage zu genießen, obwohl sie ahnten, dass dies bald ein Ende haben würde. Johnny wünschte, Hetty wäre dabei. Aber seit der Gartenparty hatte er sie nur selten gesehen. Ihre Mutter war immer noch sauer, und sogar Lulu konnte sie nicht überreden, heimlich zu kommen.

An einem ungemütlichen Novemberabend hatten Heini und Werner in Theos Labor auf umgedrehten Töpfen das Schlagzeug von Gene Krupa imitiert, als Hetty plötzlich von außen an die Fensterscheibe klopfte. Als Lulu sie reinholte, wirkte sie verstört, hockte sich still auf einen Stuhl und sagte zunächst nichts. Auf die fragenden Blicke der Freunde reagierte sie nicht. Johnny setzte sich neben sie und legte seine Hand auf ihre, aber sie schüttelte den Kopf und verschränkte die Arme. Erst nach einer Weile begann sie zögernd:

»Ich hab heute Morgen eine alte Freundin gesehen, die …« Ihre Stimme wurde leise und verstummte.

Lulu guckte sie aufmerksam an: »Was ist mit der, Hetty?«

»Sie … also ich kenn sie aus der Mittelstufe. Rosemarie Anspacher, die war damals meine beste Freundin.« Hetty schaute vor sich auf den Boden, als stünde dort die Geschichte. »Wir waren beide neu in der Kleinen Helle, aber mochten uns sofort. Rosemarie war toll in Sprachen, sie wollte Dolmetscherin werden. Aber irgendwann kam sie einfach nicht mehr zum Unterricht. Ich dachte, sie ist weggezogen, die Lehrer hatten so was gesagt. Und ich …« Sie stockte wieder. »Ich hab nie nachgefragt.«

»Na, kann doch passieren!« Werner blickte verständnislos.

»Ja, aber … die war Jüdin, und eben hab ich sie wiedergesehen.« Hilfesuchend schaute Hetty in die Runde.

»Was hat sie gesagt? Wo war sie denn die ganze Zeit?«, hakte Johnny vorsichtig nach.

»Gar nichts hat sie gesagt, wir konnten nicht miteinander sprechen.« Die anderen guckten sie fragend an. »Also. Heute Morgen kam ich an der Schule am Barkhof vorbei, da sah ich 'ne Menge Menschen, Erwachsene und Kinder und auch ganz Alte. Ich war neugierig und ging näher. Um die Gruppe standen Polizisten mit Knüppeln herum, und keiner traute sich, aus dem Kreis zu treten. Alle standen dicht gedrängt, mit so 'nem Judenstern an der Jacke, und jeder hatte einen kleinen Koffer bei sich. Mittendrin stand die Rosemarie. Ich hab sie ja nun schon drei Jahre nicht mehr gesehen, aber wir haben uns sofort wiedererkannt.«

»Hast du sie gefragt, was sie da macht?«

»Ging ja nicht, auch ich kam nicht näher ran, die Polizisten haben mich gleich weggescheucht. Aber ich bin an der Ecke stehen geblieben und hab geguckt, was passiert.« Hetty schüttelte sich. »Rosemarie stand mit einer ganz dünnen Sommerjacke da, und auch ihre Mutter fror, die waren beide ganz dürr. Dabei ist das doch heut schon bannig kalt. Ab und zu kamen neue Familien dazu, die wurden gleich mit den Knüppeln in die Gruppe reingeschubst. Nach einer Weile haben die Polizisten dann irgendwelche Befehle gerufen, und alle stellten sich in Zweierreihen auf, die Koffer immer links und rechts. Manche Menschen waren so klapprig, dass sie ihren Koffer gar nicht allein tragen konnten. Die Polizisten haben sie dann mit den Stöcken vorwärtsgedrängt, Richtung Bahnhof. Wer stolperte, wurde geschlagen. Und als sie weg waren, meinte eine Frau, die neben mir stand, dass die Juden in den Osten umgesiedelt werden.«

Keiner der Jugendlichen sagte etwas, der Plattenspieler schwieg. Johnny spürte, wie Hetty zitterte, und zog sie tröstend zu sich.

»Ich hatte gedacht, dass die meisten Juden in den letzten Jahren ausgewandert sind«, vermutete Werner. »Der Bamberger, vom Kaufhaus Bambüddel zum Beispiel, der ist doch schon lange weg. Als ich klein war, haben wir da immer eingekauft, aber irgendwann standen da so viele SS-Leute vor und brüllten ›Kauft nicht bei diesem Juden!‹ Ab da sagte meine Mutter, wir gehen jetzt nach Karstadt. Und irgendwann war Bamberger weg.«

»Ich kann mich noch an die vielen kaputten Schaufensterscheiben erinnern und dass ich Ida durch die Sögestraße getragen habe, damit sie sich nicht verletzt. Und weißt du noch, Werner, bei dieser Reichskristallnacht vor ein paar Jahren, da konnten wir von der Schule aus die brennende Synagoge sehen.«

»Stimmt. Und stand am nächsten Morgen nicht so ein Haufen abgerissener Leute bei uns auf dem Schulhof? Die sind dann irgendwann weg …«

»Ja, solche Aktionen hatten wir in Hamburg auch«, sagte Lulu nachdenklich. »Und als die Nazis die Synagoge am Bornplatz anzündeten, soll die Feuerwehr zugeschaut haben, hat unsere Mutter erzählt.«

»Ich glaube, hier um die Ecke in der Rembrandtstraße ist ein Haus, da wohnen ganz viele Juden zusammen.« Werner kratzte sich am Kopf. »Aber man sieht die kaum.«

»Juden dürfen ja auch gar nichts mehr in der Öffentlichkeit tun«, gab Johnny zu bedenken. »Erst mussten sie ihre Geschäfte verkaufen, dann durften sie nicht mehr in der Straßenbahn fahren, und jetzt müssen sie alle den Judenstern tragen, damit man sie erkennt.«

Theo schlug mit der Faust in die flache Hand: »Der größte Führer aller Zeiten schimpft ja schon seit Jahren über die angebliche Judenplage.«

»Kein Wunder, dass die alle auswandern wollen.« Werner zuckte mit den Schultern.

»Bei Rosemarie war das jedenfalls nicht freiwillig«, protestierte Hetty.

»Pah, von wegen Umsiedlung in den Osten! Die kommen ins Konzentrationslager!« Heini, der bislang geschwiegen hatte, spuckte die Worte regelrecht aus. »Das weiß doch jeder! Das machen die Nazis mit allen Gegnern.«

»Oder die, die sie dazu machen. Unsere Hamburger Swingfreunde sind auch im KZ, weil sie 'n büschen gehottet haben«, erinnerte Lulu mit brüchiger Stimme.

»Und am Anfang dieses wundervollen Tausendjährigen Reiches haben sie die Sozis und Kommunisten geschnappt!« Leiser fügte Heinrich hinzu: »Wie meinen Vater.«

Johnny schaute ihn an. »Dein Vater war im Lager? Das hast du nie erzählt.«

»Ist ja schietegal und lange her. Ich sollte das auch gar nicht erzählen.«

»Nu' rück schon raus mit der Sprache«, forderte ihn Werner auf.

Heini zögerte und nahm einen Schluck aus seinem Flachmann. »Mein Alter war Kommunist, schon in den Zwanzigerjahren ganz aktiv, hat sich damals mit den Nazis gekeilt. Zumindest hat mir meine Mutter das später erzählt. 1933 dann, als die Nazis die Wahlen gewannen, haben sie gleich alle Kommunisten und Sozialdemokraten festgenommen, erst mal ins Polizeihaus und dann ins KZ nach Findorff.«

»Wusste gar nicht, dass in Findorff ein KZ ist.« Theo schaute erstaunt auf.

»An der Hemmstraße, Ecke Walsroder Straße. Früher waren da die Mißler-Auswandererhallen. Es hieß, die Nazis haben die Gefangenen da so übel behandelt, dass sich Nachbarn der umliegenden Häuser beschwert haben. Die Schreie der Männer waren zu laut.«

Lulu nickte: »Bei uns in Hamburg waren am Anfang auch ein paar Lager direkt in der Stadt, aber dann haben sie sie in die Vororte wie Neuengamme verlegt.«

Nach einem weiteren Schluck aus dem Flachmann fuhr Heini fort: »Ja, das haben sie hier auch gemacht. Die Kommis und Sozis wurden dann zur Zwangsarbeit auf ein Schiff an der Ochtum gebracht. Da konnten sie so laut schreien, wie sie wollten, da kam niemand vorbei. Nach ein paar Monaten kam mein Vater wieder zurück, aber er war ein anderer Mann. Er hat nie über das Lager gesprochen, aber er hat sich auch nie wieder bei seinen alten Kumpels blicken lassen. Als Tischler konnte er nicht mehr arbeiten, weil die Nazis ihm die Finger zertrümmert hatten, und zwei Jahre später …«, Heinis Stimme krächzte heiser, »… hat er sich umgebracht.« Die Freunde schauten betroffen zu Boden. Theo knabberte an den Fingernägeln.

Als Johnnys Blick zu Hetty wanderte, sah er sie mit den Tränen kämpfen. »Wenn die alten Leute, die ich da heute Morgen bei Rosemarie gesehen habe, in so ein Lager kommen …« Ihre Stimme versagte.

# SCHNELLKOMMANDO

»Wozu soll ich denn überhaupt noch Abitur machen?« Johnny schlug das Buch auf seinem Schoß zu. Er hatte mit Werner und Theo über dem Mathematik-Stoff des letzten Jahres gebrütet. Viel gelernt hatten sie nicht. Die häufigen Luftalarme nachts, die Müdigkeit tagsüber und die fehlenden Lehrer hatten oft dazu geführt, dass der Unterricht komplett ausfiel. Und jetzt für die Reifeprüfung lernen – ein sinnloses Unterfangen, wie Johnny fand. »Nach der Prüfung geht es für uns doch sowieso sofort zum Arbeitsdienst und anschließend zur Wehrmacht. Der Russe fragt nicht, ob ich Abitur habe, bevor er mich erschießt.«

»Na, was sind denn das für wehrkraftzersetzende Gedanken? Das lass man nicht den Führer hören – oder deinen Onkel!«, wandte Werner schmunzelnd ein.

Theo schüttelte den Kopf: »Ich hab ein ganz anderes Problem: Ich muss mich morgen bei der Polizei melden. Hab heute einen Brief bekommen.«

Johnny und Werner erstarrten. »Was? Wieso?«

»Na, das Schnellkommando ruft. Ich soll da jetzt endlich anfangen. Die vermissen mich schon. Die Überstellungspapiere aus Hamburg haben wohl etwas länger gedauert, aber jetzt kann es ihnen nicht schnell genug gehen.«

Johnny schluckte, nickte dann ernst. »Gut, lass uns morgen nach der Schule zusammen hingehen.«

Am nächsten Tag liefen die beiden zum Polizeihaus am Wall, ihre Haare ordentlich in den Nacken gekämmt.

»Fühlt sich an wie in der Höhle des Löwen«, murmelte Johnny, und Theo nickte leise. Beide rechneten damit, jederzeit von einem der Uniformierten als Swingheini erkannt und abgeführt zu werden. Aber keiner beachtete sie. Sie fragten sich durch, bis sie vor Hauptmann Hermann standen, einem kleinen dicken Mann, der für die Schnellkommandos zuständig war.

»Wir würden gern unseren Dienst am deutschen Volk erfüllen und in den Schnellkommandos helfen«, erklärte Johnny zackig.

Theo schob die Brille hoch: »Außerdem hat ein Kollege von Ihnen uns diesen ehrenvollen Einsatz dringend empfohlen.«

Der dicke Hauptmann blinzelte. »Name?« Er holte ein Formular aus einer Schublade. »In welcher HJ-Gruppe wart ihr denn vorher?«

»Ich bin aus Hamburg, bin hier einquartiert, weil wir ausgebombt wurden, daher musste ich meinen Dienst in meiner alten Gruppe beenden.«

»Und ich war bei der Ortsgruppe Mitte.« Johnny hoffte inständig, dass Hauptmann Hermann nicht überprüfte, wie fleißig er dort war. Doch der schien zufrieden zu sein. »Wie alt seid ihr eigentlich?«

»17, Herr Hauptmann.«

»Gut, dann kann ich euch zwei- bis dreimal die Woche in den Schnellkommandos einsetzen. Wo wohnt ihr?«

»In Schwachhausen, Herr Hauptmann.«

Der nickte und notierte die Adressen. Dann guckte er hoch und schaute ihnen in die Augen. »Aber die Arbeit beim SK ist nicht ungefährlich, das wisst ihr, oder?«

Theo salutierte. »Jawoll, Herr Hauptmann, aber uns ist keine Arbeit zu gefährlich, wir sind doch deutsche Jungs!«

Hermann musterte ihn aufmerksam, bevor er weitersprach. »Wenn die Bomben runterkommen, müsst ihr sehr schnell vor Ort sein und zusammen mit der Feuerwehr die Brandbomben löschen, bevor sie größeren Schaden anrichten.«

»Jawoll, Herr Hauptmann, kein Problem, wir sind schnell!«, erwiderte Johnny schneidig.

»Und ihr müsst auch in brennende Häuser rein und Leute rausholen, Mobiliar retten, oder Bombenkrater auf Straßen absperren.«

»Jawoll, Herr Hauptmann, kein Problem, wir sind kräftig!«, ergänzte Theo im gleichen Tonfall wie Johnny.

Der Hauptmann guckte von einem zum anderen, zuckte dann mit den Schultern. Er wusste nicht so recht, ob sie ihn auf die Schippe nahmen. Aber andererseits benötigten sie pfiffige Jungs bei der Truppe.

»Na gut, dann meldet euch morgen Abend um sieben bei der Luftschutzpolizei im Steintor bei Revierleiter Peters, da hat das Schnellkommando Verstärkung angefordert.«

»Jawoll, Herr Hauptmann, wir werden zur Stelle sein.«

»Lasst euch vorher noch in der HJ-Zentrale in der Bornstraße eure SK-Armbinde geben. Hier, gebt diesen Zettel dort ab. Einen Stahlhelm kriegt ihr im Revier. Eine HJ-Uniform habt ihr ja wohl, oder? Sonst gebe ich euch noch einen Zuweisungsschein, damit ihr euch eine besorgen könnt.«

»Nein, alles dabei, Herr Hauptmann.«

Kaum waren sie wieder draußen, prusteten die Jungen los. »Jawoll, Herr Hauptmann!«

»Ich glaub, der hat nicht gemerkt, dass wir ihn veräppelt haben.«

»Schade, ich hatte gedacht, wir kriegen eine richtige Feuerwehruniform.«

»Ja, aber immerhin haben wir mit der Armbinde am Braunhemd unseren Freifahrtschein!«, jubelte Theo und wedelte mit dem Zettel.

»HJ-Streife, klei mi an'n Mors! Damit lassen die uns in Ruhe.«

Am nächsten Abend meldeten sich Johnny und Werner beim 3. Polizeirevier in der Hemelinger Straße, in Braunhemd mit schwarzer Armbinde, schwarzen Wollhosen, die in die Ledersticfel gezwängt wurden, und Johnnys Glückspfennig in der Tasche.

Auf dem Revier begrüßte sie ein älterer Polizist, der sich mit Peters vorstellte und ihnen müde die Räume zeigte. »Heil Hitler und willkommen beim SK! Wenn ihr hier Dienst schiebt und es ist mal ruhig, könnt ihr oben unter dem Dach pennen, dann seid ihr gleich zur Stelle, wenn es losgeht. Normalerweise könnt ihr tagsüber heim.«

»Und was genau wird unsere Arbeit sein?«, fragte Johnny nach.

»Das zeigen wir euch dann«, brummte Peters. »Hier sind schon mal eure Luftschutzhelme, die werdet ihr brauchen. Und ansonsten kommt ihr einfach mit. Es gibt immer viel zu tun, und die guten Kameraden sind alle an der Front.«

Die ersten Nächte war es unheimlich ruhig. Die Jungs vertrieben sich die Zeit mit Kartenspielen. Am dritten Abend brachte Theo heimlich ein Koffergrammophon mit. »Nachdem die Gestapo mir meinen roten Hotkoffer weggenommen hat, brauchte ich ja Ersatz.« Er deutete auf die etwas abgestoßene Kiste. »Vom Flohmarkt, aber der Klang ist ganz passabel.«

Vorsichtshalber hatte er nicht die hottesten Platten mit, sondern deutsche Lieder, wie ›Nachtexpress nach Warschau‹ von Will Glahé und Theo Mackebens ›Fünf von der Jazzband‹.

»Come on, einen gewissen Swing haben die auch, musst du zugeben!« So hörten sie leise und vergnügt unter polizeilicher Aufsicht ihre geliebte Musik.

Doch die scheinbare Idylle wurde bald gestört, denn die Tommys wollten den Bremern keine friedliche Adventszeit 1941 gönnen. In den folgenden Nächten kamen Johnny und Theo kaum dazu, sich auf ihre Feldbetten zu legen. Immer wieder mussten sie mit zwei Männern der Luftschutzpolizei rausfahren, während der Himmel über der verdunkelten Stadt von ›Tannenbäumen‹ beleuchtet wurde, die den Bombern eine Orientierung für ihre Ziele gaben. Sie hockten hinten im Auto, sprangen als Erste raus, wenn sie eine Abwurfstelle erreichten, und suchten nach Stabbrandbomben, die wie Feuerwerkskörper Funken sprühten.

Peters, der Revierleiter, hatte ihnen gleich zu Beginn gezeigt, was sie mit diesen höllischen Stäben zu tun hatten: »Wenn ihr die seht, ganz schnell zugreifen, aber an der richtigen Stelle, und ab in den Sandeimer damit. Dann kann nix passieren.«

»Und wenn kein Sandeimer da ist?«

»Tja, dann holt euch fix einen. Sonst brennt sich das im Nu einmal durchs ganze Haus.«

Falls Brandbomben schon den Dachstuhl in Flammen gesetzt hatten, hieß es, auf die Spritzenwagen der Feuerwehr warten. Währenddessen schickten die Polizisten die beiden Freunde in das verwaiste Haus, um kostbare Möbel auf die Straße zu retten. Hinterher war es ihre Aufgabe, die bombardierten Bauten abzusichern und Schaulustige nach der Entwarnung davon abzuhalten, zu nahe an einsturzgefährdete Ruinen zu treten. Zwischendurch halfen sie der Feuerwehr, ihre Wasservorräte an der Weser aufzufüllen. Und wenn die Telefonleitung zusammengebrochen war, mussten sie noch während des Alarms Nachrichten per Fahrrad zur Feuerwehrzentrale bringen.

Was sich anfänglich wie ein Abenteuer angefühlt hatte, wurde nach kurzer Zeit zum Alptraum. Manchmal kamen die Retter zu spät. Das machte Johnny und Theo am meisten zu schaffen. Wie an jenem Abend, als sie ein Haus erreichten, das aus allen Fenstern heraus brannte. Die Hitze nahm ihnen den Atem, der Rauch biss in den Augen. Während sie auf die Brandschützer warteten, beobachteten sie blinzelnd das Feuer und suchten bei den Kellerfenstern nach einem Pfeil und den Buchstaben »LSR« auf dem Mauerwerk. Dahinter, so wussten sie, liegt ein Luftschutzraum, in dem möglicherweise Bewohner eingesperrt waren. Da öffnete sich die Haustür, und ein Mensch stolperte ins Freie, eine lebendige Fackel. Er schrie nicht mehr, wankte nur, kniete auf dem Bürgersteig nieder und fiel dann leblos hin. Der Phosphor der Brandbombe hatte seinen Leib zur Unkenntlichkeit verbrannt. Johnny und Theo standen reglos daneben und waren zum Nichtstun verdammt. In dieser Nacht schickte Petersen die beiden Jungs schon vor dem Morgengrauen nach Hause.

Eigentlich sollten sie nur zwei- bis dreimal die Woche eingesetzt werden, so zumindest hatte es Hauptmann Hermann angekündigt. Aber es fehlte an freiwilligen Hitlerjungen, die die Feuerschutzpolizei unterstützten. Daher hatten die beiden Freunde nächtelang Dienst, und an den Tagen dazwischen schliefen sie zu Hause wie tot. Keiner dachte mehr an Schulunterricht. Swingplatten zu hören wurde ein seltenes Vergnügen, und die Angst vor den HJ-Streifen hatten sie schon vergessen.

So vergingen mehrere Wochen. Weihnachten kam und mit ihm Johnnys Vater auf Heimaturlaub. Einige Tage durften die Jungs verschnaufen, doch gleich im neuen Jahr ging es weiter. Johnny bekniete seine Eltern, ein gutes Wort bei seinem Onkel einzulegen, damit sie nicht mehr zum SK mussten. Aber sein Vater, der immer noch verärgert war über die Gartenparty, stimmte ausnahmsweise dem Schwager zu. Der hatte jegliche Hilfe süffisant grinsend abgelehnt: »So ein Einsatz ist doch genau das Richtige für einen mutigen deutschen Jungen wie Johann! Da kann der kleine Stenz sich mal beweisen, und er kommt nicht auf dumme Gedanken!«

Lulu wurde in der Zwischenzeit fast verrückt vor Sorge um ihren Zwillingsbruder, und auch Hetty fragte jeden Tag in der Schule, ob die beiden Jungen endlich wieder vom SK zurück seien.

»Wir müssen doch irgendwas tun«, verlangte Lulu von Werner, als sie sich zum Musikhören trafen. »Tante Magda sagt, sie kann nichts machen.«

»Und Johnnys Onkel wird sicher dafür sorgen, dass seine Eltern sich nicht einmischen.«

»Vielleicht können wir euren Direktor bitten? Immerhin fehlen ihm zwei seiner Schüler.« Nachdenklich zupfte sie an ihrem Pony.

»Der Schaal?« Werner schüttelte den Kopf. »Nee, der soll selbst eine Halbjüdin als Frau haben, hab ich gehört. Der wird nichts machen, was ihn selbst in Gefahr bringen könnte. Aber warte mal, vielleicht hab ich eine Idee.«

Lulu schaute ihn erwartungsvoll an.

»Unser Englisch-Lehrer ist selbst ein alter Swingboy, vielleicht könnte ich den überreden, sich für die beiden einzusetzen.«

Lulu klatschte in die Hände. »Das wär doch famos.«

Sie verabredeten sich für den nächsten Tag nach dem Unterricht in der Dechanatstraße. Werner hatte vorgeschlagen, Herrn Schmitt zusammen zu fragen. »Ich glaub, deine holde Weiblichkeit könnte einen guten Eindruck auf Sir Bobby machen.«

Ob es an Lulus Augenaufschlag lag oder daran, dass Robert Schmitt ein Herz für Johnny und Theo hatte, er versprach, sich für die beiden einzusetzen. »Ich versuche, was ich kann, um die Jungs zurück auf die Schulbank zu holen – und aufs Tanzparkett.«

# ZURÜCK AUF DIE SCHULBANK

»Mein Name ist Schmitt, ich bin Lehrer am Alten Gymnasium, und ich habe einen Termin mit Bürgermeister Böhmcker.« Die Sekretärin im Rathaus schaute erstaunt auf den elegant gekleideten Mann, der selbstbewusst vor ihrem Schreibtisch stand. An seinem Jackenaufschlag blitzte das Parteiabzeichen.

»Sind Sie sicher, dass Sie einen Termin beim SA-Obergruppenführer Böhmcker haben?«

»Ganz sicher, werte Dame, ich bin Studienrat, ich kann ja wohl noch die Uhr lesen.«

Die Sekretärin guckte in ihren Kalender, dann wieder auf den hochgewachsenen Mann vor ihrem Schreibtisch und schüttelte den Kopf. »Ich kann Sie hier nicht finden, es tut mir leid.«

»Ist Herr Böhmcker denn in seinem Büro?«

»Das kann ich Ihnen leider nicht sagen.«

»Sie wissen es nicht oder Sie dürfen es mir nicht sagen?«

Die Vorzimmerdame schaute Herrn Schmitt nur an und antwortete nicht. Der drehte sich um und deutete auf die Sitzgruppe in der Ecke.

»Dann warte ich hier einfach, ich habe Zeit.«

Die Sekretärin versuchte das zu verhindern, aber Herr Schmitt blieb stur, setzte sich auf den niedrigen Sessel im Rathausflur und betrachtete die Kunstwerke an den Wänden. Zwar hatte er keinen Termin, da man als gewöhnlicher Mensch, auch als Studienrat vom Alten Gymnasium, nicht einfach so eine Verabredung mit dem Regierenden Bürgermeister von Bremen bekam. Aber er hatte ein dringendes Anliegen – und Geduld.

Nach zwei Stunden öffnete sich die Tür zum Amtssitz des Bürgermeisters, und ein dicklicher Mann in SA-Uniform kam heraus. Ein paar junge SA-Angehörige, die im Rathausflur warteten, salutierten eifrig: »Heil Hitler!« Schmitt stand schnell auf und eilte auf den Obergruppenführer zu.

»Herr Böhmcker, wenn Sie erlauben, mein Name ist Schmitt, Studienrat am hiesigen Alten Gymnasium. Wir sind uns schon einmal im Astoria vorgestellt worden.«

Der Angesprochene blieb erstaunt stehen und musterte sein Gegenüber.

»Wo bleiben denn meine Manieren? Heil Hitler, natürlich, Herr Obergruppenführer«, warf Schmitt eilfertig in den Raum und hob die Hand zum Gruß.

Böhmcker runzelte irritiert die Stirn. »Was wollen Sie, Mann?«

Seine Sekretärin versuchte, zu erklären: »Ich habe schon gesagt, dass Sie gar keine Zeit für ihn haben, Herr Obergruppenführer, aber er ließ sich nicht abwimmeln.«

»Altes Gymnasium? Na, Parteigenosse Schmitt, Sie haben eine Minute Zeit, mir Ihr Anliegen zu erläutern, während ich zu meinem nächsten Termin in den Ratskeller muss.«

»Zu freundlich, dann begleite ich Sie«, sagte Schmitt und folgte Böhmcker und seinem Adjutanten, die eilig Richtung Treppenhaus marschierten.

»Grundsätzlich begrüße ich es ja, dass auch junge Menschen bereits ihren Teil für die Verteidigung unseres Vaterlandes erbringen«, legte der Lehrer los. »Allerdings sollte nicht die schulische Karriere darunter leiden, zumal wenn es sich um brillante Köpfe handelt, die Deutschland sicherlich auch nach dem Sieg in einem wichtigen Feld weiterbringen würden.« Er musste kurz nach Luft schnappen, während er versuchte, mit dem Bürgermeister Schritt zu halten.

»Was reden Sie da?«

»Ich habe einige Schüler, Oberprimaner, die im kommenden Frühjahr Abitur machen sollen, die beim Schnellkommando der Feuerschutzpolizei eingesetzt sind. Allerdings sind sie dort seit mehreren Wochen fast jede Nacht im Einsatz, so dass an Schulunterricht tagsüber nicht zu denken ist.«

»Vielleicht ist es ihnen ja ganz recht, dass sie nicht in die Schule müssen, sondern sich sinnvoll für ihr Vaterland einsetzen können?«, fragte Böhmcker mit einem Zwinkern und lachte hämisch. Der Adjutant grinste ebenfalls.

»Das mag sein«, Schmitt wiegte den Kopf. »Aber ich als ihr Pädagoge sollte an das große Ganze denken, und da müssen die jungen Menschen manchmal zu ihrem Glück gezwungen werden.«

»Und Sie glauben, das Glück dieser tapferen Jungs liegt im Abitur statt im Dienste am Volk?«

»Den Dienst am Volk werden sie früh genug absolvieren, aber zunächst sollten sie die Reifeprüfung ablegen. Dann können sie Volk und Führer noch viel besser dienen.«

»Wie heißen denn diese Gestalten, für die Sie sich da so einsetzen?«

»Johann Donandt und Theo Stratmann, der letztgenannte zudem noch ein Ausgebombter aus Hamburg.«

»Donandt? Etwa aus der Linie meines Vorvorvorgängers?«

»Ich denke ja, außerdem der Patensohn von SS-Sturmbannführer Gregor Müller.«

»Ach, interessant. Und der ist im Schnellkommando?«

»Allerdings, und ich denke, nicht ganz freiwillig, zumindest nicht so lange. Es scheint jedoch nicht genügend tapfere Jungen zu geben, die dort ihren Dienst tun wollen, so dass er und sein Freund nicht abgelöst werden können.«

»Und da wenden Sie sich an mich und nicht an Müller?« Böhmcker stoppte und schaute ihn durchdringend an.

Lehrer Schmitt schwieg kurz und blickte zu Boden. »Ich wollte nicht den Anschein erwecken, dass hier jemandem eine familiäre Gefälligkeit erwiesen wird. Das wäre auch kein gutes Beispiel für die jungen Leute.«

Böhmcker überlegte kurz. Der Gedanke schien ihm zuzusagen. Mittlerweile waren sie durch eine hölzerne Tür in die untere Rathaushalle gelangt, aus dem hinteren Portal getreten und vor der Treppe in den Ratskeller angekommen. Schließlich nickte er seinem Adjutanten zu: »Notier dir mal die Namen«, und zu Schmitt gewandt: »Ich werde sehen, was ich tun kann.« Mit diesen Worten öffnete er die Tür zum Lokal und verschwand ins lärmende Dunkel. Verdattert blieb Sir Bobby zurück und murmelte ein Dankeschön.

»Macht euch die Arbeit bei uns Spaß, Jungs?« Revierleiter Peters hatte Johnny und Theo im Büro antreten lassen.

»Jawoll, macht es«, kam es automatisch zurück.

»Soso. Und jetzt noch einmal eine ehrliche Antwort?«

Die beiden zögerten. »Ganz ehrlich? Ziemlich hart«, gab Johnny dann kleinlaut zu.

»Wir haben schon lange nicht mehr nachts zu Hause geschlafen«, ergänzte Theo.

»Aber das nehmen wir natürlich gern in Kauf, wenn wir dafür dem deutschen Volk helfen können«, fügte Johnny schnell hinzu.

Der Polizist schmunzelte. »Was würdet ihr denn lieber tun?«

»In meinem Federbett ausschlafen!«, seufzte Theo aus tiefstem Herzen.

Mal wieder tanzen gehen, fiel Johnny ein, aber das behielt er besser bei sich. »Zur Schule gehen!«

»Schule? Wirklich? Ich dachte, ihr Jungs seid froh, wenn ihr einen Grund habt, nicht in die Penne zu müssen?«

»Na ja, wir sind ja nun schon fast fertig, in drei Monaten sind die Abiturprüfungen, und wir waren schon seit Wochen nicht mehr im Unterricht.«

»Wäre ja schade drum, wenn die letzten Jahre vergeblich gewesen wären, nur weil wir doch keinen Abschluss machen können«, grinste Theo.

Der alte Polizeiführer räusperte sich. »Nun ja, dann freut ihr euch bestimmt zu hören, dass ihr heute Nacht die letzte Schicht bei uns habt. Ihr Lausebengel solltet tatsächlich besser die Schulbank drücken. Wir kommen hier schon klar.«

»Ehrlich?« Ungläubig staunte Johnny.

»Und weil ihr so tapfer wart, gibt es sogar eine silberne Ehrennadel, die ich euch im Namen des Bürgermeisters, Obergruppenführer Böhmcker persönlich, verleihen soll.« Peters heftete beiden ein Abzeichen ans Braunhemd. »Aber jetzt macht, dass ihr wegkommt, sonst vergesse ich noch, dass ihr ab morgen gar nicht mehr zu kommen braucht.«

Johnny und Theo konnten ihr Glück nicht fassen. Und als ob der Himmel sie ebenfalls belohnen wollte, blieb es in dieser Nacht ruhig. Ein letztes Mal hörten sie unter Polizei-Schutz leise Swingplatten.

Vor dem Einschlafen murmelte Theo zum müde blinzelnden Johnny im Feldbett gegenüber: »Ich hätt nie gedacht, dass ich das mal sag, aber ich freu mich direkt auf die Penne.«

Zwei Tage später liefen die drei Freunde wieder zusammen zum Alten Gymnasium. Werner berichtete, dass einige Klassenkameraden inzwischen ihr ›Abgangszeugnis mit Reifevermerk‹ hatten: »Stellt euch vor, die haben ihr Abi einfach ohne Prüfung geschenkt bekommen.«

»Dafür sind die jetzt aber wahrscheinlich schon auf dem Weg an die Front«, vermutete Johnny.

Theo verzog sein Gesicht: »Na, da quäl ich mich doch lieber noch 'n büschen.«

»Ach, und noch was hat sich verändert«, erklärte Werner, »ich weiß nicht, ob du dich noch erinnerst, Johnny, aber früher hatten die Schüler vom AG solche Schülermützen. Das hatte mir mein Bruder erzählt. Die Nazis haben das natürlich sofort verboten – zu zivil. Dann wurden aus Protest Skimützen getragen. Irgendwann bin ich einfach mal mit meinem

Stetson in die Schule gekommen. Und was soll ich sagen? Der halbe Jahrgang unter uns macht es jetzt nach.«

»Gegen ordentliche bürgerliche Filzhüte können die Nazis ja wohl nichts sagen.« Johnny war begeistert.

»Genau, und so tragen die Schüler die Stetsons, Borsalinos und Homburgers ihrer Väter und Großväter wieder in Ehren. Ich möchte wetten, so mancher von den Alten freut sich, wenn er die Jugend so adrett gekleidet sieht.«

»Und wie es ist dir beim Fanfarenzug ergangen, Werner?«, erkundigte sich Theo.

»Ach, da ist es entspannt. Tagsüber kann ich zur Schule gehen, und an zwei bis drei Nachmittagen in der Woche geht es zum Trommeln. Ganz nach meinem Geschmack – auch wenn die Musik nicht immer meine Richtung ist, und das Marschieren nervt.« Werner grinste schief. »Aber manchmal müssen wir bei Veranstaltungen für die oberen HJ-Chargen spielen, und wenn da die älteren BDM-Mädels eingeladen werden, dann geht das rund. Ich sag dir, je mehr Bier fließt, desto besser können die hotten, du glaubst es nicht!«, feixte Werner. »Dann macht es richtig Spaß!«

Johnnys Gedanken wanderten zu der menschlichen Fackel zurück, und er murmelte: »Ich bin froh, dass der Mist für uns zu Ende ist.« Theo nickte stumm.

»Ach, wisst ihr eigentlich, dass ihr eure Befreiung Lulu, dem schönen Sir Bobby und mir zu verdanken habt?«

»Dem ollen Schmitt?« Johnny zog erstaunt die Augenbrauen hoch. »Wie das denn?«

»Ich hatte die Idee, Lulu den überzeugendsten Augenaufschlag und Schmitt den Mumm, bei Böhmcker für euch vorzusprechen.«

»Was?« Theo und Johnny rissen ihre Augen auf.

»Die Story kann euch Sir Bobby am besten selbst erzählen.«

Nach dem Unterricht warteten Theo und Johnny am Fahrradständer auf ihren Englisch-Lehrer. Der kam freudestrahlend auf sie zu: »Hat es also geklappt?«

»Herr Schmitt, Werner hat uns erzählt, dass Sie sich für uns eingesetzt haben. Vielen Dank.«

»Ich kann es nun mal nicht leiden, wenn meine besten Schüler daran gehindert werden, am Unterricht teilzunehmen«, zwinkerte der Lehrer ihnen zu.

»Aber wie haben Sie das nur gemacht?«, war Theo neugierig.

»Ein Zauberer verrät seinen Trick nicht.«

»Na, kommen Sie«, bettelte Johnny, »Werner sagte, dass Sie beim Bürgermeister waren?«

»So, hat er Ihnen das erzählt? Tja, da muss wohl mein Freund Henry, Ihr Freund Heini, geplaudert haben.« Er schaute sie ernst an. »Aber ja, es stimmt wohl.«

Theo und Johnny waren sprachlos. Mit einem spitzbübischen Grinsen berichtete der Lehrer von seinem Gespräch mit Böhmcker, wie er sich vorher von einem Nachbarn das Parteiabzeichen »ausgeliehen« hatte, wie er dem Bürgermeister aufgelauert war, und wie er ihn dann überredet hatte, dass junge gebildete Menschen dem deutschen Volk in Zukunft mehr dienen können als beim Schnellkommando. »Das war ganz schön heikel«, Schmitt schaute sich vorsichtig um. »Immerhin ist Böhmcker nicht bekannt für seine Intellektualität.«

Johnny und Theo konnten sich ein Kichern nicht verkneifen.

»Manchmal muss man den herrschenden Herren ein wenig erklären, welcher Stellenwert die humanistische Bildung auch für ihr Menschenbild und ihr Reich haben sollte. Das reichte hier offensichtlich schon.« Zufrieden nickte Schmitt. »Ich freue mich wirklich sehr, Sie wieder an dieser Lehranstalt zu sehen! Tatsächlich haben ich und Ihre anderen Lehrer Sie vermisst.« Die beiden Jungen grinsten etwas gequält. »Und natürlich haben Ihre Freunde Sie vermisst – das Atlantic war einfach nicht mehr dasselbe.«

Er räusperte sich. »Aber nun wollen wir uns Ihrer Zukunft widmen.« Um den verpassten Stoff aufzuholen, schlug er ihnen einen Nachhilfelehrer vor: Herbert hatte vor zwei Jahren ein gutes Abitur gemacht, konnte aber aufgrund einer Gehbehinderung nicht zur Wehrmacht. »Ich bin sicher, er bringt Ihnen alles Nötige bei, damit Sie die Reifeprüfung schaffen.«

»Vielen Dank für Ihren Einsatz und Ihre Hilfe. Wir werden versuchen, ein gutes Abitur zu schaffen, Herr Schmitt.«

Theo boxte Johnny in die Seite: »Nun übertreib mal nicht!«

# KINDERLANDVERSCHICKUNG

»Kaum ist Johann wieder zurück in der Schule, wird mir meine Ida genommen!« Martha Donandt beklagte sich bei Oma Kakao, die an diesem Sonntagnachmittag Mitte Januar 1942 mit einem ihrer berühmten Sandkoken vorbeigekommen war. »Mit der ganzen Klasse und der Lehrerin soll sie in ein kleines Dorf in Sachsen.«

»Wat? So'n Tünkram. Machen die jetzt ernst mit diese Kinderlandverschickung?« Die alte Frau runzelte die Stirn, dann nickte sie nachdenklich. »Nuja, is vielleicht auch besser so. Hier in Brem wird's ja auch jümmers gräsiger.«

Die Bomben der Engländer hatten in manchen Stadtteilen schon große Lücken in die Häuserreihen gerissen. Überall waren Zwangsarbeiter in ihrer grauen und zu dünnen Lagerkleidung damit beschäftigt, die Trümmer von den Straßen zu räumen. Nach einigen schrecklichen Vorfällen, bei denen Erdbunker und Kellerluftschutzräume zu Todesfallen geworden waren, drängten immer mehr Menschen in die wenigen festen Bunker. An Normalität war nicht zu denken, und obwohl der Führer und sein Propagandist Goebbels vom Endsieg sprachen, hatten nicht nur Johnny und seine Freunde angesichts des stockenden Vormarsches in Russland heimliche Zweifel daran.

»Ja, mag sein, aber mir gefällt das gar nicht.« Frau Donandt ließ die Schultern sinken. »Mein Mann ist bereits weg, und demnächst muss Johann auch zum Arbeitsdienst, dann bin ich ganz allein hier.«

»Und wie lang' muss die Lütte weg?«

»Tja, das konnte mir keiner sagen. Erst einmal sechs Monate, heißt es. Aber wie es danach in Bremen aussieht, weiß ja kein Mensch.«

»Was ist mit 'em Jung?«

»Der bleibt erst mal hier und macht sein Abitur, jetzt, wo er wieder an der Schule ist. Hoffentlich kann er zum Arbeitsdienst auch in der Nähe bleiben. Ich werde versuchen, ob mein Bruder Gregor da was organisieren kann für sein Patenkind. Aber ich seh ihn kaum, er ist so beschäftigt.«

»Gräsig, dat die jung Lüe gleich eingezogen werden. Die sollten doch ma' besser wat Ordentliches machen. Und stattdessen sind die bald alle mausetot!«

»Sag sowas doch nicht!« Johnnys Mutter schlug sich auf den Mund. »Wenn das einer hört!«

Oma Kakao schüttelte nur den Kopf und murmelte leise: »Aber so isses doch!«

»Was ist denn so, Oma?«, kam Ida hüpfend ins Zimmer und sprang auf den Schoß ihrer alten Kinderfrau.

»Ach nix, nur dat du 'ne grote Deern wor'n büst. Nimm noch'n Stück Koken, muss wech! Hab gehört, dat du bald nach Sachsen geihst?«

»Ja, Oma Kakao, stell dir nur vor, die ganze Klasse kommt mit, wie eine Ausfahrt, nur länger – ganze sechs Monate kann ich Mutti nicht sehen und dich auch nicht!« Sie kuschelte sich an den dicken Busen von Oma Kakao. »Ich weiß gar nicht, wie das gehen soll!«

Wenige Tage später brachten Johnny und seine Mutter bei eisigem Ostwind die Kleine samt Gepäck zum Hauptbahnhof. Von dort fuhr ein Sonderzug mit den Kindern und ihren Lehrerinnen von Bremen nach Sachsen. Vor dem Bahnhofsgebäude trafen sie auf Johnnys Patenonkel, der sich von seiner Nichte verabschieden wollte.

»Pass gut auf, kleine Ida, die Leute da werden sich ganz bestimmt prima um dich und deine Klassenkameradinnen kümmern. Und wenn du wiederkommst, will ich, dass du deinem Bruder mal zeigst, was so ein richtiges deutsches

Jungmädel ist.« Er zwinkerte ihr zu. Dann wandte er sich an sein Patenkind. »Und sag mal, Johann, was ist mir da zu Ohren gekommen?«

Johnny erstarrte. Was meinte Onkel Gregor? Das mit der Gestapo wusste er doch schon. Und in den letzten Monaten hatte er wegen des Schnellkommandos kaum mehr an Swing gedacht.

Gregor schlug ihm auf die Schulter und lachte jovial. »Du willst bald dein Abitur machen, Johann? Ich hoffe, ich kann stolz auf dich sein.«

Johnny atmete erleichtert auf und antwortete knapp: »Ich denke, das schaffe ich.«

Seine Mutter sprang ein: »Wir würden uns sehr freuen, wenn du zu seiner Entlassungsfeier kommst!«

»Ich kann nichts versprechen, du weißt ja, ich bin immer im Einsatz für den Führer, aber ich werde es versuchen. Übrigens, wenn du mal Hilfe brauchst, sag bitte Bescheid, dann sehe ich, was ich für dich tun kann!« Der SS-Offizier legte seiner Schwester einen Arm um die Schulter.

»Tatsächlich, Gregor, habe ich eine Frage«, hoffnungsvoll schaute sie ihn an, »oder besser, eine Bitte, ob du etwas bewirken kannst.«

»Nur raus damit!«

»Nach dem Abitur wird Johann ja vermutlich schnell zum Reichsarbeitsdienst einberufen. Wenn du dich dafür verwenden könntest, dass Johann seinen Dienst vielleicht in Bremen oder umzu machen könnte«, sie zögerte, »dann ist er nicht ganz so weit weg von mir und kann an seinen freien Wochenenden leichter nach Hause kommen. Wilhelm, dein Schwager, ist schon so lange fort, und jetzt ist Ida auch noch weg, und ich ganz allein ...«

Gregor winkte ab: »Ich verstehe genau, was du da meinst, und in meiner Brust schlägt ja auch ein väterliches Herz für Johann. Aber ob ich da etwas für ihn tun kann, weiß ich nicht. Es wäre ja vielleicht auch kein gutes Zeichen für die Volksgemeinschaft, wenn die Anführer zuerst an ihre eigene Familie und nicht an ihr gesamtes Volk denken, nicht wahr, liebes Schwesterherz?«

Johnnys Mutter zuckte zurück und senkte den Blick. »Natürlich, Gregor, du hast ja recht. Ich hab ja nur gedacht, wenn es dir möglich wäre.«

Ida zog an ihrer Hand. »Mutti, wir müssen jetzt zum Gleis! Die anderen sind schon alle da!« Martha Donandt nickte und griff nach dem Gepäck. Enttäuscht verabschiedete sie sich von ihrem Bruder und stieg langsam die Treppen zur Plattform hoch, während Johnny mit seiner Schwester an der Hand ohne ein weiteres Wort wütend vorweg lief. Ihm war, als höre er Oma Kakaos Stimme: So'n Torfkopp!

Oben auf dem Gleis standen zahlreiche Mütter, Tanten, Omas, Geschwister, um die Kleinen zu verabschieden. Gepäckstücke wurden in den überfüllten Zug gestopft, letzte Ratschläge gegeben, Beutel mit belegten Broten durchs Fenster gereicht. Einige Kinder weinten laut, andere winkten fröhlich aus den Abteilen und freuten sich auf das Abenteuer Kinderlandverschickung. Ida sah ihre Freundinnen und wollte zu ihnen laufen, hielt sich aber an Johnnys Hand fest. Der nahm seine Schwester in den Arm: »Ich versprech dir, ich pass ganz gut auf Oma Kakao auf, und auf die Mutti.«

»Ja, und ich schreib dir ganz oft, wie es mir geht!«

Die Mutter presste Ida kurz an sich, dann stieß sie sie abrupt von sich weg: »Du musst jetzt einsteigen!« Sie schob ihre achtjährige Tochter in Richtung Zugtür, wo die Lehrerin sie in Empfang nahm. Johnny sah, dass Abschiedsschmerz ihr Gesicht verzerrte, und sie drehte sich schnell weg, um nicht vor Ida in Tränen auszubrechen.

»Man kann doch nicht ständig lernen!«, beklagte sich Johnny, nachdem er und Theo von der Nachhilfe kamen. Das dritte Mal in dieser Woche hatte sie ihr Nachhilfelehrer Herbert mit lateinischen Vokabeln und mathematischen Formeln getriezt. »Der Mensch braucht auch mal Entspannung!«

»Genau! Lass uns mal zu Werner und fragen, was am Wochenende ansteht.«

Der ließ sich nur zu gern vom Lernen abhalten. Sie verabredeten sich endlich einmal wieder zum Hotten. In diesen Märztagen, die einen ersten Hauch von Frühling mit sich brachten, waren die Lokale geöffnet, und die Gastwirte gestatteten ihren Gästen zu tanzen. Die Nazis wussten, dass gute Laune ›kriegswichtig für die Kampfkraft‹ war. Und so herrschte an jenem Wochenende auf der Bremer Vergnügungsmeile zwischen Bahnhof, Knochenhauerstraße, Schüsselkorb und Katharinenstraße Hochbetrieb. Viele Soldaten liefen mit ihrem Mädchen auf den Bürgersteigen, als die drei Hotboys im legeren Swingtrott die Straße entlangschlurften.

Seitdem Johnny nicht mehr beim SK war, kam Hetty wieder häufiger zu den Treffen. Als sie ihm gestand, wie groß ihre Angst um ihn gewesen war, nahm er sie überrascht und dankbar in den Arm. Der anschließende Kuss wurde von den anderen johlend kommentiert, ab da waren sie ein Paar.

Diesmal war Hetty mit ins Astoria gekommen, und sie erlaubte Johnny, mit ihr verstohlen Händchen zu halten. Sie saßen in großer Runde auf der Balustrade und wippten mit den Füßen zur swingenden Musik des Orchesters unten auf der Bühne. Heini hatte sich zu ihnen gesellt und ließ seinen Flachmann kreisen, mit dem jedes Molkebier seiner Meinung nach zu einem ›echten Getränk‹ wurde.

»Kein Vergleich zu Benny Goodman, aber schon ganz in Ordnung«, urteilte der erfahrene Kaufmannslehrling über die Bremer Version des ›Tea for Two‹, die unten gespielt wurde. Dann wandte er sich wieder Lulu zu, mit der er zum Leidwesen Theos heftig flirtete.

»Ihr glaubt es nicht«, erzählte Werner am anderen Tischende hinter vorgehaltener Hand, »aber ich hab neulich beim Musikhaus Fischer Am Wall eine Platte ergattert. Auf dem Etikett stand was von Marika Rökk, aber als ich sie mir auflegen ließ, erkannte ich sofort, dass das eine Version von ›Bei mir bist du schön‹ war! Und garantiert nicht von der Rökk, eher von der Zarah Leander!«

»Was? Haben die Nazis das Lied nicht verboten, weil der Komponist jüdisch ist? Und dann liegt das einfach so im Plattenladen – unglaublich, wie dumm die sind!«, lachte Johnny. »Du hast die Platte hoffentlich gekauft?«

»Was denkst du denn? Sonst kommt da noch irgendwer und reißt sich diesen Schatz unter den Nagel.«

Theo schnalzte mit der Zunge und wies mit dem Kinn auf das Geschehen im Tanzsaal. Dort schoben sich fünf, sechs Männer in Hut und Mantel durch die Tanzenden und steuerten auf die Bühne zu. Sie warteten kurz, und einer gab dem Bandleader ein Zeichen. Nach wenigen Takten brachte dieser das Stück zu Ende und trat an den Bühnenrand vor. Oben auf der Balustrade hörten sie nur Bruchstücke der Unterhaltung: »Beschwerde … englische Lieder … zu schnell … unsittlich … Noten … Arbeitserlaubnis …«

»Oh, gleich gibt's Ärger.« Hetty duckte sich besorgt hinter das Geländer, als sie die Kontrolleure sah. »Sollten wir uns nicht besser verdrücken?«

Der Orchesterleiter gab seinen Musikern ein paar knappe Ansagen. Die zückten ihre Mitgliedskarten der Reichsmusikkammer und sortierten ihre Noten, um sie den Prüfern vorzuzeigen.

»Nee, keine Bange«, beruhigte Heini, der das Geschehen entspannt zurückgelehnt beobachtete. »Diesen Herren hier geht's nur um die Musik, nicht um das Publikum. Aber die Musiker kennen das schon, die sind vorbereitet. Guckt mal, die Notenblätter auf den Ständern sind teilweise oben knapp über der obersten Linie abgeschnitten, damit man den Titel nicht sehen kann. Und bei anderen sind es sowieso handgeschriebene Noten, da haben sie harmlose deutsche Titel drüber gekritzelt.«

»Aber kriegen die Kontrolleure das nicht mit?«, wunderte sich Hetty.

»Dazu müssten sie ja Noten lesen können und Ahnung von Musik haben!«, lachte Heini. »Aber diese Strolche sind so dumm, dass es kracht.«

Inzwischen hatten die Männer unten alles untersucht und offensichtlich nichts zu beanstanden gefunden. Genervt kritzelte der Anführer etwas auf einen Zettel und übergab ihn dem Bandleader. Eine Verwarnung, vermutete Heini. Doch der Orchesterchef ließ sich nicht beeindrucken: Sobald die Mitarbeiter der Reichsmusikkammer den Raum verlassen hatten, knüllte er den Zettel in seine Hosentasche, nahm den Taktstock und eröffnete den nächsten Marschwalzer mit einer lässigen Bewegung.

Dieser Abend sollte für einige Zeit das letzte gemeinsame Treffen der Swingfreunde im Tanzlokal sein. Öffentliches Tanzen wurde kurz darauf wieder verboten, und die Jugendlichen versuchten, sich stattdessen auf ihre Abiturprüfungen zu konzentrieren. Gleichzeitig bombardierten die Engländer Bremen und andere deutsche Städte massiv.

Johnny freute sich über jeden Brief, den Ida aus ihrem beschaulichen sächsischen Dorf schrieb. Es schien ihr gut zu gehen, auch wenn er ihr Heimweh zwischen den Zeilen ahnen konnte. Er vermisste die Kleine ebenfalls. Noch mehr fehlte ihm allerdings Hetty. Gern wäre er öfter allein mit ihr, aber es gab nur selten die Möglichkeit. Ihre Mutter bewachte jeden Schritt ihrer Tochter und ließ ihr neben dem Lernen kaum Zeit. Um sie überhaupt zu sehen, half er ihr manchmal, die Wäsche auszutragen. Dadurch hatten sie wenigstens etwas Gelegenheit zu reden.

»Ich freu mich schon, wenn wir unser Abi in der Tasche haben. Dann haben wir hoffentlich wieder mehr Zeit füreinander!«

»Du meinst, bevor wir dann zum Arbeitsdienst müssen«, seufzte Hetty traurig. »Ach, ich wünschte, dieser blöde Krieg wäre aus.«

Johnny starrte düster vor sich hin. »Und ich erst, dann müsste ich nicht mehr an die Front. Das Schnellkommando hat mir schon gereicht. Überall Tod.« Er stoppte und sah Hetty ernst an. »Ich will nicht für diesen Hitler mein Leben lassen!«

»Ach, sag doch so was nicht.« Hetty riss die Augen auf.

Besorgt beugte sich Johnny zu ihr. »Entschuldige, ich wollte dich nicht erschrecken.« Dann griff er nach Hettys Händen und schlenkerte sie übermütig hin und her wie beim Jitterbug. »Weißt du, was ich lieber täte? Viel lieber würde ich mit dir in einem schicken New Yorker Tanzlokal hotten.« Er bemühte sich, ein Lächeln in ihr Gesicht zu zaubern, aber an diesem Tag blieb eine Schwere zwischen ihnen.

Kurz nach Ostern begannen die Abiturprüfungen. Am Morgen der ersten Klausur liefen die Jungen zusammen zum Gymnasium.

»Wie habt ihr geschlafen?«, fragte Werner munter.

»Geht so«, Johnny wirkte zerstreut, »immerhin konnten wir in den Betten bleiben.«

Theo gähnte: »Ich hab fast kein Auge zugemacht. Lulu war so aufgeregt, dass sie dauernd zu mir ins Zimmer kam und mich störte. Und irgendwann wurde ich auch nervös.«

»Das kann doch einen Seemann nicht erschüttern …« Werner trällerte den bekannten Schlager von Heinz Rühmann. »Ich werd die Prüfungen einfach mit meinem üblichen Improvisationstalent versuchen. Hat bislang noch immer geklappt.«

»Das trau ich mir nicht zu«, erwiderte Johnny, »wenn ich das Abitur vergeige, dann werden meine Alten echt fünsch.«

»Ach komm, als ob das wichtig für dich wäre«, neckte ihn Werner, »oder willst du wirklich Jura studieren und in die Kanzlei deines Vaters eintreten?«

»Wenn ich ehrlich bin«, Johnny schaute zum Himmel, als sähe er dort seine Zukunft, »na, du weißt ja, ich träum davon, wegzugehen, nach Amerika, wo die Städte nicht zerstört und die Bands großartig sind.«

»Ja, weg von Bremen, raus aus Nazi-Deutschland, da komm ich mit.« Theo nahm seine Brille ab und putzte sie umständlich.

»Das kann ich mir gar nicht vorstellen.« Werner öffnete die Eingangstür der Schule. »Wenn der Krieg mal vorbei ist, würd ich gern in die Firma von meinem Vater einsteigen. Klar, Stefan wird den Laden übernehmen, aber ich bin dann Frühstücksdirektor, hab nicht viel zu tun und genieß mein Leben – mit 'nem dicken Auto, 'ner Villa an der Marcusallee und jeden Tag Partys mit Schampus.«

»Aber auch dafür solltest du erst einmal das Abitur schaffen«, frotzelte Johnny.

»In Hamburg haben meine Freunde schon letzte Woche die ersten Prüfungen gehabt«, berichtete Theo. »Ich glaub, die Lehrer haben auch so'n büschen Mitleid mit denen gehabt. Vielleicht sind unsere auch nicht allzu streng mit uns.«

»So viel Themen wie mein Bruder damals vor dem Krieg haben wir ohnehin nicht durchgenommen«, zuckte Werner die Schultern. »Je weniger Butter auf dem Brot, desto weniger Stoff zu pauken!«

In diesem Moment kam Mathe-Meier in den Klassenraum. Die Gespräche stoppten augenblicklich. Alle Augenpaare starrten auf den Stapel Papiere, den er mitgebracht hatte. Aber bevor er die Aufgabenzettel verteilte, wurde er ungewohnt redselig: »Auf dem Weg zur Reife liegen nur noch diese Prüfungen vor Ihnen, dann können Sie die Schule verlassen und behaupten, es geschafft zu haben. Ich wünsche Ihnen, dass Sie es wirklich schaffen, sowohl hier als auch später im Leben. Und dass Sie diese Woche ohne unliebsamen Besuch von oben ganz konzentriert zeigen können, was Sie gelernt haben.« Ein kurzer Blick in den grauen Himmel, dann nahm Meier wieder Haltung ein. »Sieg Heil!«

Auch die Mädchen an der Kleinen Helle mussten sich in dieser Woche den Prüfungen stellen. ›Königin Mathilde‹, die Direktorin, hielt zu Beginn eine kurze Rede vor den versammelten Schülerinnen und wünschte ihnen Erfolg. Hetty war so aufgeregt, dass sie den Worten nicht folgen konnte. Ihre Gedanken sprangen wie Kaninchen in der Frühlingssonne. Das änderte sich auch nicht, als die Aufgaben für die Deutsch-Klausur vor ihr lagen. Alles Wissen schien dahin, und als sie die Arbeitsblätter schließlich abgeben musste, rannte sie heulend auf die Toilette, Lulu folgte ihr.

»Ich hab einfach nichts mehr gewusst!«, jammerte Hetty und putzte sich die Nase lautstark.

»Mein Gehirn war auch wie leergefegt!«, bestätigte ihre Freundin. »Wenn das so weitergeht diese Woche, dann rassle ich durch die Prüfungen!«

Hetty guckte resigniert zu Boden. »Immer wieder schoss mir in den Kopf, wozu wir uns jetzt hier so quälen, und dann konnte ich an nichts anderes mehr denken.« Die Freundin versuchte sie zu umarmen, aber Hetty schüttelte den Kopf. »Wir haben hier Latein, Bio und Mathe gelernt, aber nachher kommen wir sowieso zum Arbeitsdienst auf 'nen Bauernhof, da brauchen wir das Ganze nicht mehr. Und danach kommt der Kriegshilfsdienst, und dann müssen wir malochen und Kinder kriegen, dafür brauchen wir auch kein Latein.«

»Wolltest du nicht mal Medizin studieren?«, stutzte Lulu.

»Ja, wollte ich.« Hetty wischte sich die Tränen von der Wange. »Aber ehrlich gesagt, ich glaub nicht mehr daran. Ein Studium kostet Geld, und das haben wir nun wirklich nicht.«

Lulu schwieg nachdenklich, während ihre Freundin weitersprach: »Ich hab überlegt, nach dem Arbeitsdienst kann ich ja Krankenschwester lernen, das ist immerhin auch fast Medizin.«

In dem Moment wurde die Tür zum Toilettenraum aufgeschoben und die Direktorin stand im Türrahmen. »Hab ich da eben richtig gehört?«, schaute sie Hetty streng an. »Du willst dein Lebensziel aufgeben? Und das, bevor du es überhaupt probiert hast?«

Das Mädchen schüttelte traurig den Kopf. »Ach, Frau Plate, es macht ja keinen Sinn, von etwas zu träumen, was in so unerreichbare Ferne gerückt ist. Der Krieg hat alles verändert.«

Die Direktorin nickte ernst. »Ja, der Krieg hat alles verändert. Er hat viele Lebenswege beeinflusst, und zahlreiche Pläne sind geplatzt. Aber ich sag euch, ihr dürft nicht aufgeben!« Sie baute sich vor den Mädchen auf und stach drohend mit dem Zeigefinger in die Luft. »Wenn dieser Krieg vorbei ist, werden uns leider etliche junge Männer in der Arbeitswelt fehlen. Gleichzeitig brauchen wir Ärzte und auch Ärztinnen, die das nämlich genauso gut können. Deshalb müsst ihr jetzt euer Abitur machen, so gut ihr eben könnt, um dann nach dem Krieg bereit zu sein. Eure Stunde wird kommen! Daran glaube ich fest. Enttäuscht mich nicht.«

Mit erhobenem Kopf drehte sich die Direktorin auf dem Absatz um und verließ die Mädchentoilette. Überrascht blieben die Mädchen zurück.

»Hast du das gehört, Lulu?«

»Sie will, dass wir unser Abitur machen. Natürlich will sie das. Je mehr durchfallen, desto schlechter war wohl der Unterricht.«

»Das meine ich nicht. Wenn dieser Krieg vorbei ist, werden uns viele junge Männer fehlen, hat sie gesagt. Das klingt nicht gerade nach Siegeswillen.«

»Eher nach Durchhalteparole. Meinst du, dass es wirklich so schlimm wird?«

»Ich weiß nicht. Ich versteh nichts von Kriegsführung, aber meine Mutter sagte neulich, man sollte sich nie mit zu vielen Leuten gleichzeitig anlegen.«

Die Mädchen fielen schweigend ins Grübeln. Dann strich sich Lulu den Rock glatt.

»Weißt du was? Ich glaub, die olle Plate hat recht. Wir sollten uns jetzt ganz besonders anstrengen. Hetty, unsere Stunde wird kommen, keine Frage!«

# TANZ AUF DEM VULKAN

»Gehen wir heute Nachmittag mit den Sweeties zum Strandbad?« Werner stand erwartungsvoll vor Johnnys Haus. Die Prüfungen lagen hinter ihnen, jetzt hieß es abwarten, bis die Ergebnisse vorlagen. Und endlich hatte sich das Aprilwetter entschlossen, die Jugendlichen mit Sonnenschein zu belohnen.

Nachdem sie die Zwillinge abgeholt hatten, schlug Johnny vor, auch Hetty mitzunehmen. Da er ahnte, dass ihre Mutter Nein sagen würde, wurde Lulu vorgeschickt, um die Freundin mit ihren besten Überredungskünsten von zu Hause wegzulocken. Als die beiden Mädchen schließlich aus dem Haus stürmten, fiel Hetty Johnny um den Hals.

Das Hottophon mit Theos Platten hatten sie sorgfältig auf einen Gepäckträger geschnallt, Werner trug eine Tasche mit Handtüchern und Badeanzügen, und Johnny balancierte Hetty auf seiner Fahrradstange. So radelten sie lachend zum Osterdeich. An der Weser ging es hoch her. Offenbar genossen alle Jugendlichen der Stadt gleichzeitig das sonnige Wetter, belagerten die Sand- und Rasenflächen oder kühlten sich im Fluss ab.

Auch viele Freunde der Hotboys waren dort. Kaum hatte Theo sein Koffergrammophon aufgestellt und die erste Platte aufgelegt, bildete sich eine kleine Traube um sie. Jungs mit längeren Haaren und Mädchen mit Nagellack hockten oder legten sich auf den Rasen rundherum und lauschten der leisen Musik. Sie schwatzten über Swing und die neuesten Filme, lästerten über ihre Lehrer, die sie bald nicht mehr sehen würden, und spritzen sich gegenseitig kreischend nass.

Manchmal guckten andere Gäste finster zur Gruppe hinüber, wenn sie allzu laut lachten. Einmal wurden sie von einem älteren Mann angeblafft: »Macht mal diese Negermusik leiser!« Theo wollte schon etwas erwidern, da spürte er Johnnys Hand beruhigend auf seinem Oberarm: »Lohnt nicht!« Stattdessen schluckte er seinen Ärger runter und legte eine andere Platte auf.

Später breitete sich ein Trupp HJ-Jungs unter einem Baum in der Nähe aus. Sie übten mit einer Gitarre voller Inbrunst ›Unsere Fahne flattert uns voran‹ und schauten immer wieder provozierend zu den Swingfreunden. Aber die zogen ein paar Meter weiter. Niemand hatte in diesem Moment Lust auf Ärger. Die Jugendlichen wollten nur die Musik, die Sonne, den friedlichen Augenblick inmitten dieser unfriedlichen Zeit genießen.

Als sie die Ergebnisse ihrer Abschlussprüfungen bekamen, atmeten alle fünf erleichtert auf: Sie hatten bestanden, die Strapazen waren vergessen. Der Abiturball, der in Friedenszeiten üblich war, war kriegsbedingt abgesagt, aber immerhin wurden die Zeugnisse in einer festlichen Stunde in den Schulen übergeben.

Feierlich gelaunt trafen sich die Jungen vor dem Alten Gymnasium, gefolgt von Johnnys und Werners Müttern, Onkel Gregor sowie Oma Kakao. Die Väter ließen Grüße ausrichten, sie seien unabkömmlich, und die Mutter der Zwillinge hatte es wegen miserabler Zugverbindungen für Zivilisten nicht geschafft, aus Hamburg anzureisen. So besuchte Theos Tante die Abschiedsfeier von Lulu und Hetty an der Kleinen Helle, die am gleichen Vormittag stattfand.

In der Aula des AG trat Direktor Schaal nach einem Fahnenappell und einem kurzen Mozart-Stück am Klavier auf die Bühne und bedankte sich bei allen Familienmitgliedern für ihre Anwesenheit.

»Sie geben dieser Feier den richtigen Rahmen, denn ohne Familie wären wir nichts. Familie kann uns eine Stütze sein, zu der wir in herausfordernden Zeiten kehren können. Diese jungen Menschen erleben herausfordernde Zeiten. Der Bombenkrieg auf unsere schöne Heimat hat das Lernen für die Schule aufs Äußerste gestört. Wenigstens blieb die Woche der Abiturprüfungen ruhig, das war gut. Ansonsten hatten es die jungen Männer hier wirklich schwer, die Liebe zur Antike, die sich dieses Bildungsinstitut als Vermittlungsaufgabe gesetzt hat, auch im Bunker zu kultivieren.« Er wandte sich direkt an die ersten Reihen, in denen die Abiturienten saßen. »Heute erhalten Sie alle Ihr Reifezeugnis von mir ausgehändigt, und Sie können stolz sein auf die Leistung, die Sie erbracht haben. Eine strahlende Zukunft wartet auf Sie.« Schaal zögerte einen Moment. »Und ich wünsche mir von Herzen, dass viele von Ihnen diese strahlende Zukunft erleben werden.«

Ein Gemurmel im Publikum erhob sich. Aber der Direktor ließ sich nicht irritieren und sprach weiter: »Das Deutsche Reich wartet auf Ihre Köpfe, die wir hier hoffentlich gut ausgerüstet haben mit Wissen aus der Alten und der Neuen Welt. Damit werden Sie überall zurechtkommen, egal wie sehr sich die Welt um Sie herum ändert. Denn eines haben wir Ihnen beigebracht: Non scholae, sed vitae discimus.«

Die Schüler wurden ungeduldig. Sie kannten die Liebe ihres alten Direktors für lange Reden.

»Aber damit will ich es auch für heute belassen. Ich merke, wie einige schon unruhig auf den Stühlen rutschen. Ich möchte Ihnen gratulieren, Sie sind feine junge Männer geworden. Einen letzten Spruch allerdings habe ich noch für Sie aufbewahrt, und den möchte ich Ihnen dringend ans Herz legen, denn hier hat Horaz wie immer recht: Egal was passieren mag – carpe diem!«

Applaus erfüllte die Aula, Mütter, Tanten, Omas mit feuchten Augen schauten gerührt auf ihren Nachwuchs. Die Jungen erhoben sich einer nach dem anderen und nahmen auf der Bühne ihr Zeugnis vom Direktor entgegen. Als Johnny vor Herrn Dr. Schaal stand, zwinkerte dieser ihm wissend zu, schüttelte seine Hand nachdrücklich und flüsterte: »Carpe diem, Johnny, carpe diem!«

Nach der Feier besuchten die drei Freunde mit ihren Familien das Essighaus in der Innenstadt. In dem ›besten Restaurant Bremens‹ trafen sie Lulu und Tante Magda. Nur Hetty fehlte in der Runde. Ihre Mutter hätte darauf bestanden, dass sie mit ihr und den Schwestern nach Hause kommen müsse, erklärte Lulu. Johnny war enttäuscht. Andererseits konnte Onkel Gregor dadurch nicht seine Freundin über Herkunft und Gesinnung ausquetschen, wie er es jetzt mit den Zwillingen tat.

Trotz kriegsbedingt eingeschränkter Speisekarte wurde es ein Festmahl, und alle unterhielten sich vergnügt. Onkel Gregor und seine Schwester gaben einige Anekdoten aus ihrer eigenen Schulzeit zum Besten, Tante Magda berichtete von einer furios gescheiterten Studienprüfung ihres verstorbenen Mannes und Oma Kakao lachte von allen am lautesten. Als aber der Onkel nach den Plänen der jungen Leute fragte, legte sich ein unbehagliches Schweigen auf die kleine Gesellschaft. Welche Zukunft sollten sie sich erträumen?

Nachmittags trafen sich die Jugendlichen in einer Eisdiele, um zu feiern. Diesmal war auch Hetty dabei, Lulu hatte sie extra von zu Hause abgeholt. Alle ahnten, dass ihre gemeinsamen Tage gezählt waren.

Johnny hatte beim Mittagessen eine günstige Gelegenheit abgewartet, um seinen Patenonkel zu bitten, ein gutes Wort für ihn einzulegen. Noch war sein Gestellungsbefehl zum Reichsarbeitsdienst nicht da, noch konnte er vielleicht etwas drehen, damit er seinen Dienst möglichst in der Nähe von Bremen absolvieren könnte. Aber der SS-Sturmbannführer ließ sich nicht erweichen.

»Der Ehrendienst am Deutschen Volk ist da zu leisten, wohin dich der Führer stellt, und nicht da, wo du nahe am

Rockzipfel deiner Mutter bleiben kannst.« Damit war das Thema für Onkel Gregor beendet.

Theo hatte schon vor einigen Tagen den Brief vom RAD bekommen. In der Eisdiele wedelte er mit dem Umschlag: »Hier, Kinder, ich hab Glück im Unglück: Weil ich bereits ausgebombt wurde und meine Tante verwitwet ist, setzt man mich an der Flakbatterie in Bremen-Farge ein. Da kann ich nach Feierabend fast noch im Atlantic swingen gehen.«

»Na, wenn da noch irgendjemand ist, mit dem du swingen kannst«, warf Johnny ein. »Wer weiß, wohin es uns alle verschlägt. Lasst uns die letzten Tage in Bremen noch genießen.«

Jeden Tag unternahm die Clique etwas zusammen: Sie fuhren ins Strandbad, machten Ausflüge nach Tarmstedt, wo sie praktischerweise auch Kartoffeln und Äpfel bei den Bauern vor Ort kauften, oder paddelten auf der Wümme. Koffergrammophon und Hot-Platten waren immer dabei.

Hetty begleitete sie manchmal. Aber zu ihrem und Johnnys Leidwesen hatte sie jetzt noch weniger Zeit als zuvor. Einmal lagen sie alle an der Weser im Schatten großer Pappeln, da platzte es aus ihr heraus: »Mutter sagt, wenn ich jetzt nicht mehr für die Schule lernen muss, soll ich ans Geldverdienen denken. Sie will, dass ich vor dem Arbeitsdienst noch in der Tuchfabrik schuften gehe. Aber ich glaube, sie will nur nicht, dass ich mit euch zusammen bin. Sie sagt immer wieder, ich passe nicht zu euch.« Hettys Stimme überschlug sich vor Wut. »Sie fragt nie, was ich will. Wenn es nach ihr geht, hätte ich das Abitur gar nicht machen müssen. Aber ich will doch irgendwann einmal Medizin studieren!« Tränen schossen ihr in die Augen.

Lulu nahm sie in den Arm. »Aber wenn du dich nach dem RAD freiwillig zum Kriegshilfsdienst im Krankenhaus meldest, bist du immerhin schon mal dort, wo du später hinwillst, und deine Mutter kann nichts mehr sagen!«

»Alles besser als Fabrik!«

Lulu selbst hatte Befehl, an der gleichen Flakbatterie wie ihr Zwillingsbruder zu dienen. »Ich glaube, die hatten Mitleid mit uns und wollten Brüderchen und Schwesterchen nicht trennen.« Sie lachte hell auf. »Eigentlich sollte ich den Flakscheinwerfer bedienen, um die feindlichen Bomber im Anflug zu beleuchten. Aber als die hörten, dass ich ganz gut Englisch kann, haben die mir einen neuen Auftrag gegeben. Ist geheim«, sie senkte die Stimme, »ich soll die Funksprüche der Tommys im Anflug abhören und übersetzen. Und wer weiß, vielleicht hören die da an Bord ihrer Maschinen auch mal Swing!«

Einige Tage später bekamen Johnny und Werner ihre Gestellungsbefehle. Sie mussten beide nach Wilhelmshaven, um den Hafen der Kriegsmarinewerft und Bunker für die Zivilbevölkerung auszubauen. Kaum hatte Johnny seinen Brief geöffnet, lief er aufgebracht zu Hetty und bat sie auf einen Spaziergang im Bürgerpark.

Er raufte sich die Haare und packte sie zitternd an den Schultern: »Ich will nicht so weit weg von Bremen … und vor allem nicht so weit weg von dir!«

Beruhigend streichelte sie seine Hand: »Vielleicht können wir uns einmal besuchen. Mit dem Zug sind es ja nur ein paar Stunden.«

»Tja, wenn denn überhaupt ein Zug für Zivilisten fährt«, schüttelte er zweifelnd den Kopf. »Außerdem, wer weiß, ob wir den Schlamassel überleben. Arbeitsdienst ist kein Zuckerschlecken. Und ich hab gehört, Wilhelmshaven soll eine beliebte Zielscheibe bei den Tommys sein.«

»Fang doch nicht wieder damit an!«, versuchte Hetty seine dunklen Gedanken zu verjagen und nahm ihn in den Arm. »Bis du weg musst, haben wir ja noch ein paar Tage zusammen.«

Bevor Arbeitseinsätze und Wehrmacht sie alle auseinandertrieben, schlug Theo vor, sich am Samstag ein letztes Mal im Atlantic zu treffen. Ein merkwürdiges Gefühl beschlich Johnny, als er sich für den Abend umzog. Einerseits freute er sich, denn sogar Hetty hatte zugesagt, und das aktuelle Orchester sollte famos sein. Aber was würde die Zukunft bringen? War dies ein Abschied für immer?

Sogar der sonst so fröhliche Werner war bedrückt, als Johnny auf ihn wartete, und so schlichen sie mehr, als dass sie swingten. Unterwegs holten sie Hetty ab, und in der Knochenhauerstraße trafen sie auf die Zwillinge. Siggi, der Portier, begrüßte sie mittlerweile wie alte Bekannte. Vom anderen Ende des Saales winkte ihnen der schöne Sir Bobby, der mit einer phänomenalen Blondine an einem Tisch saß. Gerade hatten sich die Freunde in ihrer Ecke neben dem Orchester ausgebreitet, da stand Heinrich in feldgrauer Wehrmachtsuniform und mit frisch gestutzten Haaren vor ihnen.

»Mensch, Heini, ich hätt' dich fast nicht erkannt, wie siehst du denn aus?«, staunte Theo. Lulu starrte ihren Freund sprachlos an.

Dafür redeten die anderen durcheinander: »Bist du jetzt eingezogen?« »Wohin musst du denn?« »Wann geht es los?«

Heini salutierte grinsend: »Jawoll, meine Herren! Morgen früh geht's los. Heute ist also mein letzter Abend in Freiheit.«

»Ich hatte gedacht, Lehrlinge müssen nicht an die Front?«, fragte Lulu traurig.

»Sie haben meine Lehre einfach vorzeitig für beendet erklärt und mir sogar die Abschlussprüfung geschenkt. Und den Arbeitsdienst musste ich auch nur drei Monate absitzen.« Er lallte leicht, dann zuckte er mit den Schultern. »Die Wehrmacht scheint wirklich Männer nötig zu haben, wenn sie schon uns Jungspunde einzieht.«

Die Jungs schwiegen. Ihnen war klar, was das für sie selbst bedeutete. Heini ließ sich auf den Stuhl sinken und stand gleich wieder auf.

»Na nu' guckt ma' nicht wie sieben Tage Regenwetter, lasst uns lieber feiern!« Und zu dem Kellner gewandt: »Ach, bringen Sie uns doch bitte was von dem Schampus!«

Der schaute irritiert: »Aber Herr Reuter, wenn wir den man noch hätten.«

»Dann eben was anderes, was auch immer. Ich zieh morgen in den Krieg und bin vielleicht übermorgen mausetot, da will ich heute noch mal Spaß haben mit meinen Kumpels hier!«

An diesem Abend ließ Heini es krachen. Er tanzte abwechselnd mit Lulu und mit Hetty zwischen den Tischen, gab seinen Freunden und den Musikern des Orchesters Getränke aus und reichte immer wieder seinen Flachmann herum. Johnny war bald etwas angetrunken, aber Heini war außer Rand und Band. Alle versuchten, ihren Abschiedsschmerz und ihre Angst an diesem Abend zu unterdrücken und hielten sich krampfhaft an ihrer guten Laune fest. Dabei wurde es laut an ihrem Tisch, bis am Ende sogar Emil Fritz zu ihnen kam.

»Heinrich, du veranstaltest hier eine ganz schöne Sause, feierst du Geburtstag?«

»Nee, aber ich muss noch einmal das Leben feiern. Wer weiß, wie lange ich es noch habe!«, erklärte er dem Direktor und wandte sich leicht schwankend zu seinen Freunden, »den Krieg können wir doch gar nicht gewinnen! Swing Heil!«

Am Nachbartisch saß ein älteres Ehepaar, er mit abgetragenem Anzug, Nickelbrille und lichten Haaren und sie im braunen Kostüm, die blonden Zöpfe um den Kopf gewickelt. Beide hatten immer wieder naserümpfend zu den feiernden jungen Leuten geschaut.

»Diese Jugend, völlig verlottert!«, hatte der Mann mehrmals gut hörbar zu seiner Frau gesagt. Nach der letzten Bemerkung von Heini aber rumorte es an ihrem Tisch: »Das ist Wehrkraftzersetzung! Und so etwas sagt der auch noch in Uniform! Der ist die Uniform nicht wert, die er trägt«, schimpfte das Ehepaar abwechselnd und in zunehmender Lautstärke. An den Direktor des Atlantic gewandt: »Herr Fritz, jetzt tun Sie doch was! Sonst hole ich die Polizei.«

Emil Fritz versuchte, die beiden zu beschwichtigen. »Ach wissen Sie, die jungen Leute wollen sich doch auch mal amüsieren. So sind wir doch alle mal gewesen.«

»Aber diese unmögliche Person stellt mit seinen Äußerungen den Sieg unserer tapferen Soldaten infrage«, regte sich der Mann weiter auf, »das ist Defätismus! Den sollte die Wehrmacht mal so richtig schleifen.«

Der Direktor beugte sich zu Heinrich hinunter und bat ihn leise: »Immer langsam mit den jungen Pferden! Du erregst hier nur Aufmerksamkeit, und du weißt ja, wo das enden kann.«

Der aber antwortete unwirsch: »Ich halt ab morgen meinen Kopf für euch alle hin, da kann ich ja wohl heute noch 'n büschen Spaß haben! Und von euch erwarte ich 'n büschen mehr Verständnis.«

Johnny legte vermittelnd seinen Arm um Heinrichs Schulter, während Hetty sich in die Polster drückte – der ganze Saal schien zu ihrem Tisch zu gucken. Mit offenen Mündern saßen Werner und Theo da und beobachteten die Szene, Lulu versuchte derweil, Heinis Hand beruhigend zu tätscheln.

Aber der hörte nicht auf. »Eben noch habt ihr gern den Schnaps von meinem Geld getrunken, doch kaum sag ich die Wahrheit, soll ich die Klappe halten! Das wird ja immer schöner.« Heini war aufgesprungen, schwankte bedrohlich hin und her. Der Alkohol und der Ärger hatten ihm die Röte ins Gesicht getrieben.

Mit einem Mal trat Sir Bobby an ihn heran. »Henry, mein Freund, mach hier doch keine Szene!«, versuchte er ihn zu beruhigen. »Lass uns doch wie Gentlemen benehmen. Schau, deiner Freundin hier ist dein Benehmen ziemlich peinlich! Willst du ihr so in Erinnerung bleiben?«

»Das ist mir doch schietegal«, brüllte er jetzt. »Ich will einfach nur meinen Spaß haben!« Und zum Orchester hinüber gebeugt: »Hey, spielt mal richtige Hotmusik, nicht so 'nen deutschen Schlagerkram – was Tanzbares!«

Er probierte aus dem Stand heraus ein paar gewagte Tanzschritte, verlor dabei das Gleichgewicht und hielt sich am Tisch fest. Sir Bobby versuchte, Heinrich unter die Arme zu greifen, aber zu spät: Der Tisch fiel um, und einige Flaschen und Gläser zerschellten mit lautem Scheppern auf dem Boden. In diesem Moment starrte tatsächlich das gesamte Publikum zur Sitzecke mit den Swingfreunden. Sogar die Band vergaß kurzzeitig zu spielen und kam aus dem Takt.

Alle in der Nähe wichen einen Schritt zurück oder zogen die Beine hoch, um nicht bespritzt zu werden. Nur Sir Bobby Schmitt hielt Heinrich geistesgegenwärtig fest, bevor der weiteres Mobiliar umriss.

»Nu' ist aber genug!«, donnerte Direktor Fritz den jungen Mann an und drückte ihn auf einen Stuhl. Heinis Uniformhose war durchnässt von den Getränken und er schaute fassungslos an sich herunter.

Einige Kellner kamen und beseitigten mit Handfeger und Besen das größte Chaos. Doch aus dem angrenzenden Treppenhaus drohte weiterer Ärger: Der Mann vom Nachbartisch hatte das Durcheinander um den beschwipsten Heini genutzt und von der Straße vor dem Atlantic einige Polizisten mitgebracht.

»Was haben wir denn hier?«, brüllte ein Polizeihauptmeister in hellgrüner Uniform und Lederstiefeln. »Betrunkener Soldat, der sich daneben benimmt und die Ehre der deutschen Wehrmacht beschmutzt?«

Heini wirkte mit einem Schlag wieder nüchtern und saß wie ein begossener Pudel auf seinem Stuhl. Emil Fritz versuchte zu beschwichtigen. »Meine Herren, ich bitte Sie, können wir die Angelegenheit nicht ein wenig unauffälliger bereinigen?«

Aber der Polizist schüttelte energisch den Kopf. »Das muss ein abschreckendes Beispiel sein, Herr Fritz. Wo kämen wir denn daher, wenn hier jeder besoffene Soldat das Vaterland bespucken könnte und wir aus Rücksicht auf die Lokalität alles durchgehen ließen. Wir können Ihnen auch den ganzen Laden zumachen …« Er erhob den Zeigefinger, und Emil Fritz schüttelte erschrocken den Kopf.

Der Hauptmeister winkte seinen Männern zu, die den protestierenden Heini unter die Arme packten und ihn zum Ausgang schleppten. »Komm besser mit, Junge, sonst machst du es nur noch schlimmer!«

»Herr Hauptmeister, ich werde den jungen Mann auf die Wache begleiten, ich bin ein Freund seiner Familie«, beeilte sich Robert Schmitt der Gruppe zu folgen. Im Weggehen zwinkerte er Johnny kurz zu.

Entsetzt blieben die Freunde zurück. Die Erste, die sich wieder fasste, war Lulu: »Das können Sie doch nicht machen!«

Da kam der Polizist zurück, musterte erst sie und ließ dann seinen Blick aufmerksam in die Runde schweifen. »Ach, sieh an, und wer sagt das?«

»Luise Stratmann, und ich verlange, dass Sie ihn gehen lassen. Er hat nichts getan!«

»Soso, Fräulein Stratmann, für Nichts-getan liegt hier aber ganz schön viel zerschlagenes Glas!«

»Das werden wir selbstverständlich ersetzen«, warf Johnny ein und schaute zum Direktor. »Nicht wahr, Herr Fritz, lassen Sie das auf die Rechnung setzen.«

»Ach, der junge Herr fühlt sich wohl ganz besonders, was?«, ätzte der Hauptmeister. »Aber mit eurem feinen

Schwachhauser Geld kann man nicht alles kaufen. Zum Beispiel nicht die Ehre der deutschen Wehrmachtssoldaten, die euer Freund dort beschmutzt hat.«

»Ach, Herr Wachtmeister, unser Freund war einfach nur betrunken und wusste nicht, was er sagte«, versuchte Werner einzugreifen.

»Schlimm genug, dass solch ein junger Mensch sich so sinnlos betrinkt, aber dann auch noch wehrkraftzersetzende Sprüche klopfen, das sollte er besser sein lassen.«

Der Polizist ließ seinen Blick in die Runde schweifen. »Oder ist noch jemand hier der Meinung, dass der Krieg nicht zu gewinnen ist?« Alle guckten betreten zu Boden.

»Und was seid ihr hier überhaupt für ein verlottertes Pack? Das fällt mir ja jetzt erst auf.« Er runzelte die Stirn und musterte sie genau. »Ihr Jungs gehört schon lange mal wieder zum Friseur! Und diese Anzüge sind auch nicht gerade deutsche Mode! Na, wenn wir es hier mal nicht mit Swingheinis zu tun haben, was?«, höhnte er.

Theo und Werner duckten sich immer tiefer in ihre Sitze, Lulu tätschelte beruhigend Hettys kalte Hand, nur Johnny versuchte, dem Blick des Polizisten standzuhalten, wenngleich auch ihm mulmig war.

»Ihr wisst ja, was unser Reichsführer SS über die Swingheinis gesagt hat? ›Ausrotten mit Stumpf und Stiel‹ soll man euch. Wir können uns diese Verlotterung der Jugend nicht leisten. Diese ganze amerikanische Sülze macht eure Köpfe noch ganz weich.« Einzelne Spucketropfen spritzten ihm aus dem Mund.

»Ihr bleibt jetzt hier sitzen, und ich hole Unterstützung von meinen Leuten. Dann werden wir eure Personalien aufnehmen. Eure Eltern dürften nicht erfreut sein, wenn sie morgen von der Gestapo Besuch bekommen.«

Johnny guckte hilfesuchend zu Emil Fritz, doch der verschränkte die Arme und wollte sich offenbar nicht mit der

Polizei anlegen. »Tun Sie, was Sie tun müssen, Herr Wachtmeister, aber können Sie es wenigstens an einem stilleren Ort machen, damit meine anderen Gäste die Musik weiter genießen können? Ich kann Ihnen ein Separee zur Verfügung stellen.«

Der Polizist überlegte kurz. »Ja, dann sind wir auch ungestörter. Also aufstehen und mitkommen, ihr Kanaillen.«

Fritz wies ihnen den Weg durch das Treppenhaus ins Erdgeschoss und dort in einen kleinen dämmerigen Raum, in dem Stühle und Tische aufgestapelt standen.

Der Wachtmeister vergewisserte sich, dass der Raum abschließbar war, dann sperrte er die Jugendlichen in die Abstellkammer und ging, um Verstärkung zu holen.

Hetty hämmerte verzweifelt an die Tür, drehte sich dann mit weit aufgerissenen Augen um. »Was, wenn die uns auch ins Lager bringen, so wie deine Freunde in Hamburg, Lulu?«

»Wir haben nichts Verbotenes getan, nicht einmal gehottet. Die können uns gar nichts«, versuchte Johnny sie zu beruhigen und nahm sie in den Arm.

»Andererseits sind wir noch zu jung fürs Tanzlokal«, warf Lulu ein.

»Na, dann kriegen wir einen Verweis wegen Jugendschutz, mehr nicht!« Werner steckte seine Daumen in die Hosentaschen, schien seinem eigenen Beruhigungsversuch aber selbst nicht zu trauen.

»Dieser bescheuerte Heini!«, fluchte Theo. »Warum musste er auch so besoffen sein und dann laut werden? Ist doch klar, dass das die Aufmerksamkeit von denen auf uns zieht!«

»Ich kann ihn verstehen!«, gab Johnny zu. »Ich denk auch oft, warum sollten wir uns noch an irgendwelche Nazi-Regeln halten, wenn wir sowieso bald den Löffel abgeben?« Hetty schaute ihn entsetzt an. »Na, ist doch so.« Er zuckte mit den Schultern.

»Meint ihr, die verhaften uns?«, fragte Hetty mit leise zitternder Stimme in den Raum. Niemand sagte etwas.

Johnny, der sich in der kleinen Kammer umgeschaut hatte, trat an ein schmales Fenster, das zur Hälfte hinter einem Schrank voller Tischdecken verborgen war. Er winkte Werner und Theo zu sich, und gemeinsam schoben sie das Möbelstück einen halben Meter vor.

»Da wollen wir doch mal sehen …« Johnny ruckelte an dem Fenstergriff. Verriegelt. Oder doch nicht? Er rüttelte so lange weiter, bis der Griff tatsächlich nachgab. Mit einem Schwung zog er das Fenster auf.

»Wer sagt es denn!« Er hielt seinen Kopf aus der Fensteröffnung und rief dann in den Raum hinein: »Wie nett, der olle Fritz hat ja immerhin dafür gesorgt, dass wir schon im Erdgeschoss sind.«

Einer nach dem anderen kletterte über den Sims in den dunklen Hinterhof, der direkt unter ihnen lag. Durch die Innenhöfe benachbarter Gebäude stießen sie auf die Pelzerstraße, mischten sich unter die zahlreichen abendlichen Passanten und verschwanden unauffällig in der Dunkelheit.

Als Johnny ein paar Tage später Siggi aushorchte, erfuhr er, dass die Polizei nicht begeistert war über ihre Flucht. Aber Emil Fritz hatte glaubhaft versichert, die Jugendlichen nie zuvor gesehen zu haben und keine Namen zu kennen. Heini war nach Herrn Schmitts Informationen über Nacht in die Zelle gewandert, um am folgenden Tag, ausgenüchtert und eingeschüchtert, per Zug in seine Ausbildungskaserne zu fahren. Wohin die Reise ging, wusste Sir Bobby jedoch nicht. Sogar Heinis Kumpel aus der Jazzband hatten keine Idee.

»Wir können nur hoffen, dass er keine weiteren Dummheiten anstellt«, meinte Johnny, als er den Freunden davon berichtete.

»Und dass er heil wieder zurückkommt …«, fügte Lulu leise hinzu.

Die Stunden mit der Clique wurden immer öfter verkürzt durch Bombenangriffe, die die Menschen in die Luftschutzräume trieben. Und längst waren nicht mehr nur Werften, Fabriken und Hafenanlagen die Ziele der englischen Bomben. An einem frühen Abend, Johnny und Hetty hatten eine Fahrradtour ins Blockland gemacht, schafften sie es mit knapper Not in den Bunker an der Parkallee, bevor die Schleuse hinter ihnen geschlossen wurde. Johnnys Mutter, die bereits auf einer Pritsche saß, umarmte ihren Sohn erleichtert seufzend, verzog jedoch unwillig ihr Gesicht, als sie seine Freundin sah. Bevor sie etwas sagen konnte, erzitterten die dicken Betonwände. Hetty stolperte und fiel hart neben Johnny auf die Bank. Das Licht flackerte und erlosch, die trübe Notbeleuchtung erhellte kaum die Dunkelheit um sie herum, und eine dichte Staubwolke ließ die Leute husten. Das Bombardement dauerte Stunden, niemand konnte ein Auge zu machen. In einer Ecke saß ein alter Mann und murmelte das Vaterunser. Johnny hielt Hetty an den Händen, es war ihm egal, was seine Mutter dazu sagen würde.

Als der Bombenhagel langsam nachließ, gingen die beiden zum Bunkerwart in den Vorraum. Der hörte über Funk die Nachrichtenlage ab. Mit gerunzelter Stirn guckte er hoch: »Das hat ganz schön gekracht. Hier und auf der anderen Seite des Bürgerparks sind wohl ein paar Sprengbomben und Luftminen abgedriftet. Vor allem wohl entlang des Bahndamms. Nur gut, dass da nicht so viele Leute leben.«

Johnny schluckte. Eine sonderbare Unruhe ergriff ihn. Hoffentlich hatte Oma Kakao nichts abgekriegt. Sobald es Entwarnung gab und der Bunkerwart die Schleuse öffnete, drängte er hinaus.

»Ich muss nach Oma schauen!«, rief er seiner Mutter zu. Entschuldigend drückte er Hetty kurz an sich: »Sie geht nie in einen Schutzraum, ich muss dahin!« Er schnappte sich sein Fahrrad, das er neben dem Bunker in die Büsche gelehnt hatte, und radelte los.

Durch den Bürgerpark konnte er nicht fahren, in der Finsternis hätte er Bombenkrater oder Bäume auf den Wegen nicht erkannt. Daher raste er um den Park herum. Unterwegs kam er an Löscharbeiten beim SA-Hauptquartier an der Hollerallee vorbei. Hinter dem Bahnhof lag dicker Qualm in der Luft. Je näher er Findorff kam, desto heftiger trat er in die Pedalen. Vielleicht war es wegen des Rauches, vielleicht wegen der Geschwindigkeit, jedenfalls rannen ihm die Tränen aus den Augen. Am alten Torfhafen vorbei, bog er in Oma Kakaos Weg ab. Am Ende loderte der dunkle Nachthimmel orangefarben, und je näher er kam, desto deutlicher sah er: Es war ihr Häuschen. Er bremste scharf ab und warf das Rad in den Graben. Atemlos keuchend zog er sich den Pulli vor die Nase und versuchte, etwas zu erkennen: Der Dachstuhl der niedrigen Hütte brannte lichterloh, der Apfelbaum daneben war ein struppiges rauchendes Gerippe. Er versuchte, bis zur Haustür vorzudringen, aber die Flammen versengten ihm die Augenbrauen. Feuerwehr oder Schnellkommando waren nicht in Sicht.

Er lief um das Haus herum zum Brunnen, hangelte sich schnell einen Eimer Wasser und tränkte seine Jacke darin. Dann versuchte er, durch den Hintereingang zu gelangen. Er griff nach der Klinke und schrie auf: Sie war zu heiß. Kurzerhand trat er die Tür zur Küche ein.

»Oma Kakao? Oma! Bist du da drin?« Rauch nahm ihm die Sicht, und seine Augen tränten. Er blinzelte in die Hitze hinein, sah den Küchentisch, an dem er so oft Kakao und Kekse bekommen hatte, daneben zwei Stühle. Über dem einen hingen ein altes Bild vom Roland und Fotografien von ihm und Ida zur Einschulung. Jetzt rollten sie sich durch das Feuer auf. Direkt darunter erkannte er durch die flirrende Feuersbrunst schemenhaft eine kleine Gestalt, mit dem Gesicht auf der Tischplatte, als schliefe sie.

»Oma!« Er brüllte jetzt ins Flammenmeer, das immer heftiger toste. Vorsichtig tastete er sich näher. Als er einen

Schritt in die Küche wagte, krachte ein brennender Balken von der Decke und versperrte ihm den Weg. Er rief noch ein paar Mal, aber die alte Frau bewegte sich nicht. Wenige Minuten später hatte das Feuer die Stühle, den Tisch und die kleine Gestalt verzehrt. Entsetzt wich Johnny bis zum Brunnen zurück und wischte sich über die Augen. Die Tränen konnten seine heißen Wangen nicht kühlen.

Als die Sonne endlich aufging, war die Kate nur mehr ein qualmender Haufen. Verkohlte Balken ragten in den Himmel, ab und zu knisterte und knackte es, und eine Amsel sang ihr Lied wie an jedem anderen Morgen. *Wenigstens ist Oma mit den Sternen über sich gestorben.* Johnny saß immer noch wie erstarrt am Brunnen, als ein Feuerwehrkommando mit einem kleinen Spritzenwagen kam.

»Hat es hier gebrannt?«, fragte der eine Feuerwehrmann.

Johnny guckte ungläubig hoch und schluchzte. »Was denken Sie denn?«

»Nur Sachschaden, oder …?«

Johnny schaute auf die Reste der Hütte. »Nein, die Bewohnerin …« Seine Stimme brach.

»Wieso ist sie denn nicht im Bunker gewesen?« Der Mann schüttelte missbilligend den Kopf. »Ist da Wasser im Brunnen? Dann können wir die Reste löschen.«

Johnny nickte, stand mit hängenden Schultern auf und schlich zu seinem Fahrrad. Hier konnte er nichts mehr ausrichten. Langsam schob er sein Rad von der qualmenden Ruine weg. Es brach ihm das Herz: Oma Kakao war die engste Vertraute seiner Kindheitstage gewesen. Immer hatte sie ihn verstanden und in Schutz genommen, ihn aufgebaut, wenn er Ärger mit seinen Eltern hatte. Jetzt musste er allein klarkommen, wurde ihm deutlich: Seine Kindheit war vorbei.

# REICHSARBEITSDIENST

Zur Trauerfeier von Oma Kakao im Dom trug Johnny seinen Maßanzug. Seine Mutter hatte Recht gehabt, der Wollstoff war zu warm für diesen Junitag, aber er kannte seine Oma, sie hätte sein Aussehen wohlwollend mit ›dootschick‹ kommentiert. Und nur um seine Oma ging es heute. Stumm saß er in der Kirchenbank, knetete seinen geliebten Filzhut und starrte auf die Steinplatten vor sich. Den Worten des Pastors oder den Liedern der Orgel konnte er nicht folgen, stattdessen spukten ihm schleppende Töne in Moll im Kopf herum, die sich zu dem einmaligen Trompetensolo von Louis Armstrong verbanden: ›St. James Infirmary‹ – das hätte seiner Oma gefallen!

Am nächsten Tag rückten Werner und er zum Arbeitsdienst ein und tauschten ihre Swingklamotten gegen braunen Arbeitsdrillich. Frühmorgens begleiteten die beiden Mütter die Jungen zum Zug. Überall auf dem Bahnhofsvorplatz wurde gegraben und gehämmert. Ausgemergelte Arbeiter stellten zwischen Stationsgebäude und Post einen Tiefbunker fertig, andere bauten auf der Seite zum Kolonialmuseum eine große hölzerne Rampe.

»Was wird das denn?« Johnnys Mutter trat verwundert auf einen der Polizisten zu, der die Zwangsarbeiter bewachte.

»Das ist eine Straßenattrappe, die geht bis aufs Dach der Halle, damit die Tommys den Bahnhof nicht so schnell von oben entdecken.«

Johnny schüttelte den Kopf und grinste Werner zu. »Na, ob die sich davon verarschen lassen?« Ein strenger Seitenblick seiner Mutter ließ ihn verstummen.

Werner deutete auf eine Gruppe Gleichaltriger in Zivil, die sich auf dem Bahnhofsvorplatz in Reih und Glied aufgestellt hatte.

In diesem Moment brüllte ein drahtiger kleiner Mann mit RAD-Abzeichen: »Nach Rüstersiel geht's hier lang!« Der Truppführer machte deutlich, dass es keine Urlaubsreise würde: Wer nicht schnell genug spurte, wurde sofort auf Zack gebracht. Die Jungen umarmten kurz ihre Mütter, die mit feuchten Augen am Rand stehen blieben, versicherten ihnen, sich bald zu melden, und reihten sich mit aufgeschnallten Rucksäcken in die Gruppe ein.

Auf ein Kommando ging es im Laufschritt zum Gleis, wo eine Lokomotive ungeduldig hupte. Die Jungen wurden in einen der überfüllten Personenwaggons gedrängt, in dem bereits ein Trupp Soldaten saß. Ihre verschwitzten Gesichter, kaum älter als Johnny und Werner, blickten abwesend aus den Fenstern. Beim Einsteigen hatten die Freunde am Ende des Zuges einige verschlossene Viehwaggons gesehen.

»Na, da haben wir hier ja richtig Luxus.« Werner deutete auf die hinteren Waggons.

»Das sind Fremdarbeiter, die müssen auch zu ihrem Einsatz in Wilhelmshaven«, erklärte ein älterer Mann, der neben ihnen auf dem Gang stand. Johnny schauderte: Er hatte vorhin deutlich gesehen, wie sich dünne Arme durch die winzigen vergitterten Öffnungen streckten.

Auf einen Pfiff hin rollte der Zug langsam an und verließ Bremen. Johnny drängte sich ans offene Fenster, der Fahrtwind kühlte etwas in der Sommerhitze. Was würde ihn erwarten? Sehnsüchtig schaute er zurück, aber die Stadt war schon verschwunden. Von Zeit zu Zeit ruckelte es, wenn der Bahndamm beschädigt war. Immer wieder hielt der Zug, ohne dass sie in einem Bahnhof waren oder die Türen geöffnet wurden. So erreichten sie Wilhelmshaven, obwohl nur etwa hundert Kilometer von Bremen entfernt, erst einige Stunden später. Sofort nach der Ankunft dirigierte sie ihr Truppführer, der sich mit Sturmbannführer Bauer vorgestellt hatte, vom Bahnsteig zum Vorplatz.

»Jetzt geht's erst mal nach Rüstersiel, da sind eure Baracken. Bewegung!« Die Gruppe setzte sich eilig in Marsch. Gleich darauf ließ der Truppführer sie wieder anhalten.

»Was ist denn das für ein Affenhaufen? Wisst ihr nicht, wie man marschiert?« Er ließ sie in Vierer-Reihen aufstellen und dann, links-zwo-drei-vier, im Gleichschritt durch die Innenstadt von Wilhelmshaven laufen. Johnny schaute sich während des Marsches um: Viele Häuser hatten Bombenschäden, die Fenster waren mit Brettern vernagelt, die Straßen aufgerissen und notdürftig repariert. Überall beobachtete er Zwangsarbeiter bei Aufräumarbeiten.

»Das sieht ja hier aus wie'n Schweizer Käse.« Werner folgte seinem Blick. »Die Tommys üben wohl Zielabwurf auf die Werft.« Johnnys Magen zog sich zusammen: Und genau dort sollten sie eingesetzt werden.

Aber erst einmal liefen sie zu den Baracken. In den schlichten Holzschuppen schliefen jeweils zehn junge Männer in Doppelstockbetten. Johnny und Werner teilten sich eines dieser Betten. Der Truppführer wies sie an, ihre Rucksäcke in die Spinde zu räumen. »In drei Minuten seid ihr wieder draußen, dann geht's los!«

Viel hatten sie nicht auszupacken: frische Unterwäsche und Socken, ein zweiter Satz Arbeitsuniform, Seife, Handtuch und Zahnbürste. Kein Nadelstreifenanzug oder Filzhut für die nächsten Monate, dachte Johnny wehmütig.

Als sie wieder vor der Baracke standen, brüllte Bauer, sie sollten sich ordnungsgemäß aufstellen und den Deutschen Gruß präsentieren. Dann schritt der Truppführer die Reihen ab, schaute den Jungen in die Augen, nickte zufrieden oder schnauzte »Haltung!«, wenn einer zu nachlässig stand. Bei Werner angekommen, befahl er ihm vorzutreten und die Mütze abzunehmen. Dann musterte er ihn von allen Seiten.

»Ach, sieh an, hier haben wir einen sogenannten Stenz, Swingheini oder auch Tangojüngling. Diese Sorte Mensch, wenn sie denn überhaupt eine ist, repräsentiert die verweichlichte Stadtjugend. Zu erkennen an den langen Haaren, dem verlotterten Gang und dem undeutschen Getue.« Truppführer Bauer trat an Werner heran, griff sich eine Haarlocke und zog ihn daran in die Mitte des Platzes. Werner schrie auf. Dann drehte Bauer sich zu den anderen Arbeitsmännern um.

»Wer kann mir sagen, was wir Deutschen mit so einem Stenz machen?«

Ein übereifriger, kleingewachsener Knirps aus der ersten Reihe meldete sich und wurde mit einem Nicken aufgefordert zu sprechen. Er trat vor: »Die Haare scheren, Herr Truppführer!«

»Genau so ist es! Wie ist dein Name, Junge?«

Der Pimpf strahlte über beide Wangen. »Horst Hansmann, Herr Truppführer!«

»Gut, Hansmann. Gibt es hier noch weitere Stenze?« Er schaute sich um, und einige Jugendliche taten es ihm nach. Johnny versuchte, unsichtbar zu werden. Auch seine Haare waren wieder eindeutig zu lang für den Nazi-Geschmack. »Der da!«, rief ein vorlauter Junge und zeigte auf ihn.

»Richtig! Vortreten!« Johnny folgte Bauers Befehl zögernd. Jetzt standen beide Freunde vor den höhnisch grinsenden Arbeitsmännern ihres Trupps.

Der Truppführer grinste am breitesten: »Wie gut, dass ich für diesen Fall immer eine Schere dabei habe!« Er griff in eine kleine Werkzeugtasche an seinem Gürtel. »Dann wollen wir euch mal eine deutsche Frisur verpassen, wie es sich gehört.« Bauer fasste Johnny grob ins Haar und schnitt eine dicke Strähne ab. »Die Feinheiten macht nachher unser Lagerfriseur, aber die Matte muss ja erst mal ab. Und die anderen Flausen treiben wir euch hier auch schon aus!« Er schaute bedrohlich in die Runde: »Merkt euch eines: *Jatz* und Swing gibt's hier nicht!«

»Schöne Scheiße!«, schimpfte Werner flüsternd, als sie abends in ihren Betten lagen. »Ich seh ja aus wie ein gerupftes Huhn!«

»Ich hab richtige Löcher im Haar! So können wir uns in Bremen nicht sehen lassen!«

»Na, da kommen wir so schnell sowieso nicht hin!«, meinte Werner leicht resigniert. »Das hier ist wie Knast!«

Wie erwartet wurden die nächsten Wochen hart für die beiden Freunde. Die Arbeit an einem Bunker in Hafennähe war ungewohnte Knochenarbeit. Von morgens bis abends schleppten sie Steine oder rührten Beton, selbst die Ruhestunde mittags verbrachten sie auf der Baustelle. Nachts wurden sie oft durch Sirenen aus dem Schlaf und in die Bunker gerufen. Von Erholung keine Spur. Einzig die Verpflegung war besser als zu Hause, stellte der ewig hungrige Werner mit einem schiefen Lächeln fest.

Sie versuchten, sich trotzdem ihre Laune nicht verderben zu lassen. Wenn sie auf der Baustelle einmal mit schweren Beinen von der Materialausgabe zum Einsatzort schlurften, fing der eine ganz leise an, das Intro von ›Tuxedo Junction‹ von Glenn Miller zu pfeifen, immer nur eine Note, wie eine langsame Lokomotive, bis der andere in der Art der einsetzenden Trompeten die nächste hohe Note pfiff.

»Euch geht's wohl noch zu gut«, knurrte Truppführer Bauer einmal, aber ansonsten ließ er sie in Ruhe, solange sie ihre Arbeit erledigten – er hatte keine Ahnung, was sie dort pfiffen.

Am Wochenende stand ›wehrsportliche Ertüchtigung‹ auf dem Plan. Laufen, Werfen, Kriechen, immer mit einem Holzgewehr oder einem Spaten in der Hand, so sollten die Jungen fit gemacht werden für den anschließenden Wehrdienst. Auch Schießen und Staatskunde wurden unterrichtet, und wer sich wie Johnny und Werner nicht bei der HJ hervorgetan hatte, wurde hier ›bevorzugt behandelt‹.

Bauer liebte es, die beiden Swingfreunde vorzuführen. Immer wieder mussten sie vorturnen oder Fragen beantworten, und wenn sie etwas nicht schafften, brüllte er vor

Schadenfreude. Horst und andere überzeugte Jung-Nazis lachten laut mit und versuchten, sich so beim Truppführer anzudienen. In ihrer knappen Freizeit wurden Johnny und Werner von den Kameraden geschnitten. Kein gemeinsames Skat-Spielen, nicht einmal ein Gespräch, und in der Schlange bei der Essensausgabe wurden die beiden Bremer Jungs regelmäßig nach hinten gedrängt, so dass sie die fast leeren Töpfe auskratzen mussten. Bauer hatte sie zum Abschuss freigegeben, und das bedrückte vor allem Werner.

»Ich bin nur froh, dass wir hier zusammen sind«, stellte er erleichtert fest, »das wäre ja sonst nicht auszuhalten.«

In seiner Verzweiflung schrieb Johnny seinem Patenonkel und bat ihn darum, in ein anderes Lager verlegt zu werden, aber er bekam keine Antwort. Auch seine Mutter riet ihm in einem Brief, durchzuhalten. »Es wird schon nicht so schlimm sein, ein bisschen Arbeit wird dir ganz guttun!«

Sie erhielten auch Post von den Zwillingen, die an manchen Wochenenden nach Hause kamen und diese für Ausflüge ins Atlantic nutzten. Davon konnten Johnny und Werner nur träumen: Für sie fühlte sich der RAD wie ein Vorgeschmack auf die Hölle an, die auf sie wartete. Die gute alte Zeit in Bremen rückte weit weg.

Nur Hetty schrieb nicht. Johnny hatte ihr anfangs jeden zweiten Tag geschrieben, aber dann lauerte er ungeduldig auf ihre Antwort, die nicht kam. Schon bei ihrem Abschied kurz vor der Abreise war sie merkwürdig gewesen, erinnerte er sich. So zurückhaltend und gar nicht zärtlich wie sonst. Aber er hatte angenommen, dass sie nur schnell wegwollte, um nicht vor ihm loszuheulen.

Werner tat das mit leichtem Spott ab: »Ach lass, die hat längst ’nen Neuen, bestimmt ’nen Arzt aus dem Krankenhaus.«

Aber Johnny war nicht nach Lachen zumute. »Und was, wenn es sie erwischt hat?«

»Nee, das hätte Lulu uns geschrieben. Vielleicht hat sie einfach viel zu tun im Krankenhaus!«

Dann kamen an einem heißen Tag Ende Juli zwei Nachrichten für sie: von Werners Mutter und von Hetty. Johnny stopfte seinen Umschlag in die Hosentasche und rannte damit auf die Latrine, um den Brief in Ruhe zu lesen.

Mit zitternden Fingern riss er das Kuvert fast entzwei, bis er den dünnen Bogen Papier endlich herausbekam. Auf dem Plumpsklo war es düster, und er kniff die Augen zusammen, um die Schrift zu erkennen. »Mein lieber Johnny, lange habe ich überlegt …« Sein Herz stockte. »… ich weiß nicht, wie ich es sagen soll …«, seine Augen sprangen einige Zeilen weiter, »sind aus zwei verschiedenen Welten … war schön, aber … in diesen Zeiten … keine Zukunft … « Er brach ab und starrte vor sich hin. Tränen stiegen in ihm auf. Erst stopfte er den Brief zurück in die Hosentasche. Dann überlegte er es sich anders: Er blinzelte heftig, zerrte das Papier aus der Tasche, knüllte es zusammen und warf es in das Loch im Holzbalken.

»Da gehörst du hin, zu all der Scheiße hier!«, zischte er wütend. Im selben Moment, in dem der Brief im Lokus verschwand, hörte er wie durch Watte ein feines metallenes Geräusch und sah ein letztes Aufblitzen im Dunkeln: Sein Glückspfennig. *Na, das kann ja heiter werden!*

In der Baracke fand er Werner, der wie versteinert auf seinem Bett saß.

»Stefan ist gefallen!«

# GEFÄHRLICHE WITZE

Nach diesem Abend war nichts mehr wie zuvor. Johnny vermisste Hetty und sehnte sich danach, mit ihr zusammen zu sein. Ständig dachte er an sie, und in allen möglichen Situationen erinnerte ihn sein wundes Herz daran, dass sie nicht zu ihm zurückkam. Aber gleichzeitig ahnte er, dass er darüber hinwegkommen würde. Was ihm half, war die Wut, dass sie ihn verlassen hatte. Wut war besser als Traurigkeit.

Bei Werner sah das anders aus: Der war bis ins Mark erschüttert. Sein geliebter Bruder Stefan, der ihm alles beigebracht hatte, sein Vorbild, dem er immer nachgeeifert hatte, aber ihn nie erreichen würde, die Nummer Eins bei ihren Eltern sollte schlagartig nicht mehr da sein? Unvorstellbar. Tagelang schlich er wie ein geprügelter Hund durch die Gegend. Er weinte nicht, wirkte apathisch, und wenn der Truppführer ihn anschnauzte, schaute er kaum auf.

Johnny versuchte ihn aufzumuntern, aber ohne Erfolg. Werner wollte auch nicht darüber sprechen. Er wiederholte nur immer wieder leise den Spruch des römischen Dichters Horaz, den Schaal ihnen beigebracht hatte: »Dulce et decorum est pro patria mori.«

Irgendwann platzte Johnny der Kragen: »Jetzt hör doch mal auf mit diesem ewigen Geseier von wegen ›süß und ehrenvoll ist es, fürs Vaterland zu sterben‹ – du klingst ja schon wie die Nazis, für Führer und Vaterland und so! Ich vermiss ihn auch, aber ich möchte wetten, Stefan hätte lieber noch ein bisschen gelebt, als für diesen Scheiß hier sein Leben zu geben!«

Werner guckte hoch, schien ihn das erste Mal seit Tagen wieder wahrzunehmen. »Mann, du bist gut, na klar weiß ich das auch, aber …« Er stockte und schaute hilflos zum Himmel. Jetzt kamen endlich Tränen, und sie hörten gar nicht mehr auf. Johnny zog seinen Freund hinter die Baracken. Die anderen mussten ihn ja nicht gerade heulen sehen. Kaum saßen sie auf dem Gras, wurde Werner von Weinkrämpfen geschüttelt, und auch Johnny schluckte schwer. Der Tod von Oma Kakao und die Sache mit Hetty stiegen wieder in ihm auf. Behutsam legte er eine Hand auf Werners Rücken.

So saßen sie lange schweigend. Nach einer Weile verebbte Werners Schluchzen. Johnny überlegte, was er sagen sollte, da kicherte es hinter der Barackenecke. Als er aufschaute, sah er, wie dunkle Schatten weghuschten.

»Auwei, darüber werden sie sich das Maul zerreißen«, murmelte er.

Werner war aufgesprungen, wischte sich mit dem Handrücken über das nasse Gesicht und schnaubte in sein großes Taschentuch. »Du hast recht, Johnny. Stefan kommt nicht wieder, daran muss ich mich gewöhnen.« Er spuckte aus und stapfte zum Sandplatz, wo die anderen Jungen Fußball spielten. Johnny blickte ihm hinterher.

In den nächsten Tagen wirkte sein Freund immer noch in sich gekehrt, aber langsam erwachte er aus seiner inneren Erstarrung. Johnny nahm es als gutes Zeichen für den Anfang. Und weil Werner früher selbst die besten Witze erzählt hatte, musste Johnny jetzt nachhelfen.

»Kennst du den schon?« Er beugte sich zu seinem Kumpel hinüber. Sie saßen wie oft in der Mittagspause abseits der anderen auf einem Haufen Sandsäcke und warfen den Möwen kleine Brocken vom harten Brot zu.

»Na, hau schon raus«, forderte der ihn auf. Er schien an diesem Tag geradezu gut gelaunt zu sein.

Johnny schaute sich vorsichtig um. »Hitler hat echt sein Versprechen gehalten!«

»Wie meinst du das denn?«

»Na, er hat uns Brot und Arbeit versprochen. Von Butter hat er nichts gesagt!«

Ein müdes Grinsen, dann sagte Werner: »Und was gibt's noch für neue Witze?«

»Sechs Monate Lager!«

»Ach, den Witz hattest du schon mal erzählt!«

»Ja, aber immer noch gut – und wahr!« Johnny schmunzelte. »Aber hör mal, gerade ist mir einer eingefallen, den hatte mir einer in der Kirchengemeinde zu Hause mal erzählt: Was ist der Unterschied zwischen Christentum und Nationalsozialismus?«

Werner überlegte, schüttelte den Kopf. »Weiß ich nicht, sag du es mir!«

»Na, beim Christentum ist einer für alle gestorben ...«

Er stutzte und wieherte dann auf vor Lachen. »Oh Mann, der ist so gut, dass es wehtut.«

In diesem Moment bemerkte Johnny hinter ihren Rücken eine Bewegung: Der kleine Horst Hansmann lief über den Platz zum Truppführer und blickte sich kurz um. Er hoffte, dass der Pimpf ihre Witze nicht gehört hatte. »Pst, Feind hört mit!«, flüsterte er Werner zu und deutete auf Horst.

Nach der Mittagspause schoben die beiden Jungen eine schwere Schubkarre mit Steinen zur Baustelle. Da baute sich urplötzlich Truppführer Bauer vor ihnen auf und fragte lauernd: »Ich hab gehört, ihr habt euch amüsiert? Lasst mich mitlachen. Was ist denn nun der Unterschied?«

Sie sahen überrascht auf. »Was meinen Sie denn, Truppführer?« Johnny fing sich als Erster.

»Das weißt du doch ganz genau. Tu bloß nicht so unschuldig!«

»Ich weiß wirklich nicht, was Sie ...«, stotterte auch Werner.

»Ihr habt doch vorhin noch so viel Spaß gehabt!« Bauers Stimme war voller Hohn.

»Wir haben uns einfach nur Witze erzählt, ganz harmlos«, versuchte Johnny zu erklären.

»Ob das harmlos war oder nicht, das muss der Lagerkommandant entscheiden!«, donnerte Truppführer Bauer.

Werner wich die Farbe aus dem Gesicht. Johnny zischte seinem Freund zu: »Die können uns gar nichts!«

»Das werden wir ja sehen!« Bauer befahl ein paar Lagerwachen, die beiden in die Schreibstube mitzunehmen. Die Männer zogen sie unsanft zum Verwaltungsgebäude. Johnny steckten sie in einen leeren Besprechungsraum und schlossen ab. Gleich darauf hörte er eine weitere Tür zufallen. Werner saß nebenan.

Er machte sich Vorwürfe. Bei Flüsterwitzen hatten die Nazis keinen Humor, wusste Johnny, das galt als Wehrkraftzersetzung. Wenn sie jetzt wegen dieser blöden Späße bestraft würden, traf es bei Werner den Falschen. Er selbst hatte sie erzählt, sein Freund hatte nur gelacht. Aber letztlich spielte es keine Rolle – Bauer hatte sie beide auf dem Kieker, und so ein Scherz war ein gefundenes Fressen für ihn.

Nach einer Weile trat ein Oberfeldmeister mit breiten Schulterklappen an der braunen Uniform ein, Walter Schulze, der Leiter des Arbeitsdienstlagers. Johnny hatte ihn ein paar Mal aus der Ferne gesehen. Jetzt saß er ihm gegenüber.

»Wie heißt du?«, fragte der Mann freundlich lächelnd.

»Johann Donandt, Herr Oberfeldmeister.«

»Johann, möchtest du einen Tee haben?«

Johnny schüttelte den Kopf.

»Wir sind hier ganz in der Nähe von Ostfriesland, da trinken wir viel Tee – und es ist unhöflich abzulehnen.« In seiner Stimme lag jetzt ein ernster Unterton.

Johnny überlegte. Vermutlich war es klüger, den Lagerleiter nicht auch noch zu verärgern. Also stimmte er zu. Schulze ging zur Tür, rief einem der Wachen draußen etwas zu und kam wieder hinein. Während sie auf den Tee warteten, musterte er Johnny.

»Wo kommst du her, Johann?«

»Aus Bremen.« Der Tee wurde gebracht und dampfte in ihren Blechbechern.

»Eine schöne Stadt, da war ich früher oft. Und wo wohnst du da?«

»In Schwachhausen, in der Nähe vom Bürgerpark.«

»Schöne Gegend! Da wohnen doch viele Kaufleute – ist dein Vater Kaufmann?«

»Rechtsanwalt.«

»Und willst du einmal in seine Fußstapfen treten?«

»Weiß ich noch nicht.«

Schulze schaute ihn eindrücklich an. »Als Juristensohn sollte dir doch klar sein, welche rechtlichen Folgen es haben kann, wehrkraftzersetzende Witze zu erzählen, oder?«

»Aber wir haben doch nur Spaß gemacht, nur harmlose Witze erzählt.«

»Also, harmlos ist in dieser Zeit nichts mehr, Junge! Es geht immerhin um das Schicksal des deutschen Volkes, und da ist Ernsthaftigkeit angebracht.« Die Worte lagen wie eine Drohung in der Luft. Johnny schwieg und nippte an dem Tee.

Schulze lehnte sich auf seinem Stuhl zurück und schlug die Beine übereinander. »Auf welche Schule bist du in Bremen gegangen?«

»Aufs Alte Gymnasium.«

»Ahaaaa!« Schulze ließ den gedehnten Ausruf in der Luft stehen, und Johnny wunderte sich, was das zu bedeuten hatte.

»Kennen Sie das AG?«

»Man hört da so einiges drüber. Ist dieser Direktor Schaal noch immer da?«

»Ja, ist er, der war mein Lateinlehrer.«

»Und wen hattest du in Mathe?«

»Mathe-Meier, also Herrn Meier.«

»Ahaaaa!« Wieder dieser rätselhafte langgezogene Ausruf. Danach schwieg Schulze eine Weile, stand dann auf und verließ den Raum. »Bleib doch noch ein bisschen und trink deinen Tee, ich komme gleich wieder.«

Der Becher war lange leer, es dämmerte draußen, als die Tür aufging und der Lagerkommandant zurückkehrte.

»Johnny, wie schön, dass du noch da bist.«

»Ich sollte ja hier bleiben.« Er zuckte mit den Schultern.

»Ja, ja, schon recht. Ich soll dich grüßen.«

»Von Werner?«, fragte Johnny schnell.

»Werner? Heißt so dein Freund nebenan?«

»Ja.«

»Kennt ihr euch schon lange?«

»Seit der Mittelschule.«

»Ach ja, man hat mir erzählt, dass ihr ein sehr inniges Verhältnis habt, ihr beide … vielleicht etwas zu innig?«

Johnny schwieg. Was meinte der? Hatte der blöde Hansmann etwa gepetzt, dass Werner geheult und er ihn getröstet hatte?

»Ich persönlich glaub ja nicht, dass ihr zwei, wie man so sagt, warme Brüder seid, aber das sollten wir beobachten.« Schulze nickte kurz. »Aber nein, von Werner soll ich dich nicht grüßen.«

Johnny wartete weiter ab.

»Du sollst ein ganz guter Schüler gewesen sein, Johann.«

Schweigen.

»Obwohl du ein bisschen aufmüpfig warst.« Schulze stoppte. »Hast dich gerne schick gemacht, wie so ein Tangojüngling.« Wieder eine Pause. »Und der Deutsche Gruß kam bei dir auch nicht so richtig überzeugend rüber. Fast staatsfeindliche Tendenzen sollst du gehabt haben … Sagt zumindest mein alter Freund Heribert Meier, oder wie du ihn nennst, der Mathe-Meier.«

Johnny schoss das Blut ins Gesicht. *Das konnte doch nicht wahr sein: Der Oberfeldmeister des RAD-Lagers Rüstersiel kennt ausgerechnet den Ober-Nazi-Lehrer an meiner alten Penne persönlich.* Meier hatte ihn einige Male mit Extra-Aufgaben bestraft, wenn ihm Johnnys Verhalten oder Antworten nicht gepasst hatten. Dass er nicht sein Lieblingsschüler war, hatte Meier deutlich gemacht.

»Und ich hab auch gehört, dass du ziemlich lange Haare hattest, als du hier zum Arbeitsdienst gekommen bist. Dein Truppführer hat da nachgeholfen, damit du wie ein deutscher Junge aussiehst. Aber vielleicht weißt du auch gar nicht, was sich für einen deutschen Jungen gehört – immerhin bist du ja nie so richtig bei der HJ gewesen.«

»Ich war beim Schnellkommando, Herr Oberfeldmeister, hab sogar eine silberne Ehrennadel für meinen Einsatz bekommen«, warf Johnny schnell ein.

»Ja, das stimmt«, Schulze dehnte den Satz, als ob ein ›aber‹ folgen sollte. Dann, nach einer Pause, fühlte er ihm weiter auf den Zahn: »Was ist denn jetzt der Unterschied?«

»Hm?« Johnny schaute auf. Hatten die wirklich keine Ahnung, was er gesagt hatte, oder taten sie nur so?

»Na, dein Witz. Ich bin gespannt auf die Auflösung.«

Er hatte vorhin Zeit genug gehabt, sich eine Antwort zu überlegen. Nun musste er sie nur glaubhaft rüberbringen.

»Junge, halt mich nicht für blöd!«, drängte der Lagerleiter mit drohender Stimme.

»Ach, jetzt fällt es mir wieder ein. Ich glaub, ich hab Werner gefragt, was der Unterschied zwischen Gott und einem Lehrer ist.«

»Na, und?«

»Gott weiß alles, der Lehrer weiß alles besser!«

Schulze lachte laut auf. »Ha, der ist gut. Den muss ich mir merken!«

Erleichtert atmete Johnny auf. Hatte er den Kopf aus der Schlinge gezogen?

»Der Witz ist wirklich gut, Johann«, wiederholte der Oberfeldmeister, dann fror sein Grinsen ein, und er beugte sich vor. »Aber dein Kamerad Werner nebenan hat den Witz etwas anders erzählt.«

Mit einem Mal fühlte sich Johnny, als habe Schulze ihm einen Schlag mit der Keule verpasst. Er verstummte. *Kann es sein, dass Werner mich verpfiffen hat? Oder spielt der Nazi uns nur gegeneinander aus, wie es schon der Gestapo-Mann in Bremen versucht hatte?*

Schulze schwieg bedeutungsvoll, schaute ihm direkt in die Augen: »Was ist nur los mit dir, Johann? Geht es dir zu gut hier im Lager? Hast du Langeweile?«

Johnny räusperte sich. »Nein, Herr Oberfeldmeister.«

»Sonst können wir auch noch andere Arbeit für dich suchen. Damit du gar nicht erst auf dumme Gedanken kommst.«

Johnny befürchtete eine neue Finte des Lagerleiters. »Nein, nein, mir gefällt die Arbeit auf der Baustelle«, versicherte er schnell.

»Ja, die kannst du ja auch weitermachen. Und nach Feierabend kommst du zu mir in die Kaserne und putzt dort meine Bude, klar? Jeden zweiten Tag. Ich mag es gern sauber.« Schulze zwinkerte ihm zu, aber das Lächeln war aus seinem Gesicht verschwunden. »Ich überleg mir in der Zwischenzeit, ob ich deine wehrkraftzersetzenden Tendenzen weitermelde.«

Johnny schluckte, am liebsten wäre er ganz weit weg.

Der Lagerleiter stand auf. »Ach ja«, Schulze drehte sich zu ihm um, »die Gemeinschaftslatrine putzt du natürlich auch.«

Johnny nickte ergeben. Widerspruch war zwecklos.

»Ruh dich heute noch mal aus. Aber morgen nach dem Abendbrot sehe ich dich bei mir. Heil Hitler!«

Johnny sprang auf, hackenschlagend hob er die Hand zum Deutschen Gruß. »Jawohl, Herr Oberfeldmeister!«

# PUTZDIENST MIT KNALLEFFEKT

Das Licht war schon gelöscht, als Johnny in seine Baracke zurückkehrte. Alle lagen in ihren Kojen, Werner mit dem Gesicht zur Wand. Er hockte sich auf seine Bettkante, rief flüsternd seinen Namen, aber sein Freund reagierte nicht. Er beugte sich zu ihm, rüttelte leicht an der Schulter, versuchte es etwas lauter, doch keine Reaktion. Nur der Barackenälteste zischte ihn an, leise zu sein. Schließlich gab er auf und legte sich in sein Bett. Lange wälzte er sich schlaflos hin und her. Warum hatte Werner nicht geantwortet? Was hatte der Lagerkommandant ihm gesagt? Konnte es sein, dass sein bester Kumpel ein Verräter war? Plötzlich fiel ihm sein Verhalten nach dem Gestapo-Verhör ein. Da war er doch so merkwürdig einsilbig. Und später hatten die Nazis Theo ein zweites Mal mit härteren Bandagen verhört. Wie waren sie auf den Hamburger Jungen gekommen? Hatte Werner damit etwas zu tun?

Am nächsten Morgen erwiderte sein Freund nur kurz seinen Gruß, schien ihm ansonsten auszuweichen. Auf Johnnys Frage, wie denn das Verhör gestern war, ging Werner nicht ein und verdrückte sich direkt nach dem Frühstück. An diesem Tag wurden sie zu verschiedenen Arbeitskommandos eingeteilt, und beim Abendbrot setzte sich sein Freund zu einer Gruppe um den kleinen Hansmann herum. Johnny konnte hören, wie er am lautesten über die faden Witze des kleinen Pimpfes lachte. War das sein schlechtes Gewissen? Oder hatte der Schulze Werner so unter Druck gesetzt, dass der sich jetzt nicht traute, mit seinem Freund zu sprechen?

Als sie ihr Essgeschirr am Wasserhahn abspülten, versuchte Johnny es erneut. Er fasste Werner von hinten an der Schulter: »Nun bleib mal stehen!«

Doch dieser riss sich los: »Lass mich!«, zischte er. »Es reicht jetzt.« Werner schaute sich schnell um, packte Johnny und zog ihn beiseite. Leise, aber heftig redete er auf ihn ein: »Wir müssen alle unseren Mann stehen. Mir ist klar geworden, dass ich erwachsen werden muss. Stefan ist tot, und so viele andere tapfere deutsche Soldaten mit ihm. Und wir, wir wollen immer nur unseren Spaß? Es hat sich ausgeswingt für mich! Und du, du solltest auch endlich mal Vernunft annehmen!« Er ließ Johnny in der Ecke stehen und stampfte aus der Küchenbaracke.

Kalte Wut stieg in Johnny auf. Was hatten die Nazis seinem Kumpel nur angedroht? Wie hatten sie ihn rumgekriegt? Das war doch nicht Werner! Zu gerne hätte er mit ihm darüber gesprochen, so wie früher. Aber früher war lange her, spürte Johnny.

Mit gesenktem Kopf schlich er zu den Backsteinhäusern der Kaserne, in der die Unterkünfte des Lagerpersonals und einige Verwaltungsräume waren. Gleich neben dem Eingang schob ein alter Soldat Wache. Im Raum dahinter erkannte Johnny eine Telefonanlage, ein Radiogerät und einen Plattenspieler, an dessen Schalltrichter Kabel hingen. *Hier wird also die Musik für den Frühsport oder die Rundfunkansagen des Führers auf die Lautsprecher des Arbeitslagers übertragen.*

»Was glotzte so?«, blaffte der Wachmann, »und was willste hier überhaupt, Junge?« Johnny zuckte leicht zusammen und erklärte, dass er die Bude vom Lagerkommandanten Schulze putzen solle. Der Alte grunzte kurz und schickte ihn in den obersten Stock.

»Herr Oberfeldmeister?« Auf Johnnys Klopfen war keine Antwort gekommen, daher trat er vorsichtig ein. Die Bude, eine richtige kleine Wohnung mit Wohnzimmer, Schlafzimmer und Bad, schien aufgeräumt und sauber. Johnny wunderte sich, was es denn hier zu putzen gab. Aber eines hatte er mittlerweile gelernt: Befehle nicht hinterfragen, sondern ausführen.

Also suchte er im Badezimmer nach Eimer und Lappen, fand Scheuerpulver und fing an, die Toilette zu schrubben. Nachdem das Bad wie neu strahlte, war immer noch nichts zu sehen vom Lagerkommandanten. Dann eben den Rest der Wohnung reinigen. Johnny schnappte sich ein Staubtuch und fuhr im Wohnzimmer über die Möbel. Neben einem Sessel samt Leselampe standen ein kleiner Tisch, eine Kommode, ein weiteres Schränkchen und – Johnny stieß einen erstaunten Pfiff aus – ein hochmodernes Telefunken-Gerät. Je nachdem, von welcher Seite man den Deckel öffnete, kam ein Rundfunkempfänger oder ein Grammophon zum Vorschein. So etwas hatte er bislang nur bei Radio Warnke gesehen, aber durfte es damals nicht ausprobieren. Er näherte sich dem Gerät vorsichtig und hob die Abdeckung an, da hörte er ein Geräusch an der Tür. Eine Sekunde später stand der Lagerleiter im kleinen Flur. Johnny wedelte geschäftig über die hölzerne Oberfläche und sah sich beiläufig um.

»Ach, Herr Oberfeldmeister, ich bin hier auch gleich fertig«, beeilte er sich.

»Nicht anfassen, das ist kostbar«, warnte ihn Schulze mit einem knappen Blick.

»Natürlich nicht, nur Staub wischen. Ich geh dann mal wieder, muss ja noch die Latrinen schrubben. Bis übermorgen dann.« Johnny verdrückte sich, während der Leiter hinter ihm her starrte. Auf der Treppe hüpfte er pfeifend nach unten. Die Bude putzen war nicht wirklich dramatisch, überlegte er sich, die wahre Strafe kam jetzt bei den Gemeinschaftsklos.

Die nächsten Wochen vergingen für Johnny einförmig: tagsüber harte Arbeit auf der Baustelle am Hafen, jeden zweiten Abend die Bude vom Lagerleiter putzen – und natürlich die

Latrinen. Werner wechselte weiterhin kein Wort mit ihm, und die anderen Jungen mieden ihn ebenso. Ob das an dem strengen Geruch vom Plumpsklo lag oder ob Werner hinter seinem Rücken mies über ihn redete, konnte Johnny nicht sagen. Anfangs schmerzte es, aber er gewöhnte sich daran.

Ab und zu schrieb er sich mit Theo, der ihm von der Heimatfront berichtete: Dort war nichts mehr wie zuvor. Die Luftangriffe hatten weitere Schäden in der Stadt angerichtet, die Tanzlokale blieben geschlossen, und die Swingfreunde hatten keine Zeit, neben RAD, Kriegshilfsdienst und Wehrmacht Swing zu hören.

Anfang September 1942 bestellte Schulze Johnny ins Büro. Ein Becher Tee dampfte auf dem Tisch, als der Leiter auf den Stuhl deutete. Er blätterte in einigen Papieren. »Ich hoffe, du hast die letzte Zeit ein wenig zum Nachdenken genutzt?«

»Jawohl, Herr Oberfeldmeister.«

»Mit welchem Ergebnis?«

»Entschuldigung, Herr Oberfeldmeister?«

»Ja, eine Entschuldigung wäre auch angebracht, Johann, aber das meinte ich gerade nicht.« Er guckte Johnny ausdruckslos an. »Hast du dein Unrecht eingesehen?«

»Jawohl, Herr Oberfeldmeister.«

»Und was war dein Unrecht?«

»Dass ich den Ernst der Lage unterschätzt habe?«

»Ja, das kann man wohl sagen«, schnaubte Schulze, »dein jugendlicher Unsinn bringt dich noch in echte Schwierigkeiten, mein lieber Johann Donandt. Ich habe dein wehrkraftzersetzendes Verhalten kürzlich mit SS-Sturmbannführer Müller besprochen.«

Johnny wurde übel. Ausgerechnet mit Onkel Gregor – das konnte ja heiter werden.

»Ja, da staunst du, was? Die Welt ist eben klein, und deinen Onkel, übrigens ein tüchtiger Mann, kenne ich noch aus der Kampfzeit, als wir zusammen die Straßen von den Kommunisten reinigten. Du hättest mir doch auch gleich sagen können, dass er dein Patenonkel ist. Aber ich bin auch allein darauf gekommen.« Schulze machte ein zufriedenes Gesicht, und Johnny rutschte im Stuhl ein wenig nach unten.

»Was meinst du, was er zu dieser Angelegenheit gesagt hat, Johann?«

»Er … wird nicht glücklich gewesen sein?«

Wieder schnaubte Schulze. »Allerdings. Aber er berichtete mir auch, dass du eigentlich ein guter Junge bist. Sicherlich war dir die Tragweite deiner Worte nicht bewusst, meinte der Sturmbannführer.«

Johnny nickte vorsichtig. Worauf lief dieses Gespräch hinaus?

»Ich hatte ja noch überlegt, ob ich den Vorfall bei der Gestapo anzeigen sollte. Das würde dir sicherlich nicht gut bekommen.« Schulze machte eine Pause, Johnny hielt die Luft an. »Aber dein Onkel hat mich überzeugt, darauf zu verzichten.«

Erleichtert atmete der Junge aus.

»Stattdessen wirst du deinen Fehler durch besonderen Ehrgeiz im Kampf ausgleichen. Und zwar an der Ostfront.« Schulze strahlte ihn an, Johnny wurde blass. »Russland ist zwar schon fast erobert, aber die Russen sind zäh, und bei Stalingrad kann unsere Wehrmacht gute Männer gebrauchen. Na, was sagst du dazu, Johann?«

Er dachte an Heinrich, der ebenfalls zur ›Frontbewährung‹ verdonnert worden war. Lulu hatte schon lange nichts mehr von ihm gehört.

»Du siehst, dein Onkel hat sich sehr für dich eingesetzt, darüber kannst du glücklich sein. Ich hoffe, du erweist dich seiner würdig.« Der Lagerleiter zog wieder die Papiere an sich heran. »Ende der Woche geht der nächste Transport nach Bremen, dort kannst du dich von deiner Mutter verabschieden, und dann geht's Richtung Osten!«

Die letzten Worte hörte Johnny schon gar nicht mehr. Als Schulze ihn entließ, raffte er sich zum Deutschen Gruß auf und taumelte dann aus dem Büro.

»Bis dahin bist du aber noch für meine Bude verantwortlich, das machst du ja sehr gut«, rief ihm Schulze hinterher.

Vier Tage. So lang war seine Gnadenfrist. In vier Tagen würde es für ihn nach Bremen gehen. Und dann? Werner brauchte er nichts davon zu erzählen, der verstand sich ja blendend mit seinen neuen Nazi-Freunden, hatte inzwischen die Schlafbaracke gewechselt und war aufgestiegen zum Arbeitstruppführer. Dort drangsalierte er die Neuankömmlinge, hatte Johnny gehört. Wer hätte das gedacht.

Er schrieb seiner Mutter und seiner Schwester, die immer noch in Sachsen war. Theo und Lulu berichtete er von seinen Reiseplänen, und dass er hoffte, sie in Bremen zu treffen. Aber er war nicht einmal sicher, ob der Brief vor ihm zu Hause ankam. Die Kriegslage wurde ständig schwieriger, und Johnny fürchtete sich vor der Front. Würde er dort gezwungen sein, Menschen zu töten? Russen? Er hatte den ›Song of India‹ in den Ohren, der auf der Melodie von Rimski-Korsakow beruhte. Das hatte Theo ihnen damals erzählt. Damals schien ein halbes Leben her zu sein.

Am vorletzten Abend ging er noch einmal die Leiterbude putzen. Lustlos rieb er die Kloschüssel sauber, wischte den Boden, wedelte den Staub im Wohnzimmer ab. Meistens kam in diesem Moment Schulze nach Hause. Man konnte die Uhr danach stellen. Stattdessen hörte Johnny heute Stimmen vor der Kaserne:

»Kommst du auch mit zum Lagerfeuer? Heute hält der Schulze eine seiner legendären Reden!« Er linste aus dem Fenster. Dort wurde der alte Wachmann von zwei anderen Soldaten abgeholt.

Als wieder Ruhe eingekehrt war, schaute sich Johnny im Wohnzimmer um. Er zögerte. Das war die beste Gelegenheit, sich dieses Grammophon-Radio, das Wunderwerk der Technik, einmal genauer anzuschauen. Aus der Ferne hörte er eine scheppernde Pauke: Der Lagerleiter würde sicher gleich mit seiner Rede anfangen.

Vorsichtig klappte er den rechten Deckel des Telefunken-Geräts auf. Darunter verbarg sich der Plattenspieler, der Teller ohne Platte. Auf der anderen Seite kam ein Radio mit bestem Klang und großer Reichweite zum Vorschein. Er schaltete es an. Tanzmusik war zu hören. Erschrocken stellte er die Lautstärke leiser. Links von dem Gerät stand eine Plattensammlung, die er noch nie genauer betrachtet hatte. Er hockte sich hin und sah die Plattenhüllen durch. Schlagerkitsch, ein paar Klassik-Schellack, und dann … eine Benny-Goodmann-Platte! Ausgerechnet ›Sing Sing Sing‹! Er blätterte weiter und fand andere Stücke, die für einen korrekten Nazi in die Hölle gehörten, für Johnny aber war es der Himmel. Dieser Schulze hatte einen merkwürdigen Musikgeschmack für ein Braunhemd, wunderte er sich.

Mit einem Mal verklang die Musik im Radio, und nach einer kurzen Pause, in der Johnny das Gerät schon vorsichtshalber wieder ausstellen wollte, hörte er leise, aber deutlich: »Bum bum bum – bumm!« Drei kurze tiefe Schläge, gefolgt von einem tieferen langen Schlag auf einer Kesselpauke, wie die Eröffnung von Beethovens 5. Symphonie – oder, wie der Swingfreund wusste, die Erkennungsmelodie von BBC. Und dann »Hier ist England! Hier ist England! Zunächst die Nachrichten in Schlagzeilen.«

Jetzt war Johnny entgeistert: *Das ist ja 'n Ding! Der Schulze hört Feindsender!* Und er kroch fast in das Gerät hinein, um die Neuigkeiten zu hören, die da aus dem fernen London zu ihm ins Lager Rüstersiel im Deutschen Reich drangen. Nachrichten, die ganz anders klangen als die Nazi-Propaganda von der angeblich erfolgreichen Sommeroffensive an der Ostfront und der bald bevorstehenden Einnahme von Stalingrad. Ein nahes Kriegsende war diesen Meldungen zufolge nicht zu erwarten.

Johnny sank neben dem Radio auf die Knie. Was war das nur für eine Welt? Die Nazis führen Krieg mit der halben Erde, sind für den Tod von Oma Kakao und Stefan verantwortlich, schicken Swingboys ins Lager oder an die Front. Und gleichzeitig hört dieser Obernazi im Arbeitsdienstlager Benny Goodman und BBC. Wie passt das zusammen?

Mittlerweile waren die Nachrichten von einer Musiksendung abgelöst. Die ersten kraftvollen Bläsertöne von Glenn Millers ›In the Mood‹ erklangen, und es kam Johnny vor, als ob sie nur für ihn spielten. Er dachte an die Freunde von Theo, die wegen dieser Musik in den Bau gewandert waren. Damals hatte er nicht verstanden, warum sie das Risiko auf sich genommen hatten. Aber etwas hatte sich verändert. In diesem Moment fühlte er: Egal was ihn erwartete, ob hier im Lager, im Krieg, im Leben – wenn er diese Musik hörte, dann war aller Schmerz der Welt verschwunden. Und er schwor sich: *Dieser Lebensfreude in Noten muss ich die Treue halten.*

Auf einmal hatte er eine Idee. Er wühlte erneut in der Plattensammlung, schnappte sich die Goodman-Scheibe, schaltete das Gerät aus und packte die Putzmittel zurück. Dann schlich er sich ins Treppenhaus. Hier war alles still, vor der Kaserne sah er niemanden. In der Ferne schepperte undeutlich die Stimme des Lagerkommandeurs.

Vorsichtig drückte er die Türklinke zur Wachstube herunter und schickte ein kleines Stoßgebet zum Swing-Gott. Als sich die Tür leise öffnete, atmete Johnny tief ein. Sein Blick fiel auf einen Besenstiel neben der Treppe: Kurzerhand verriegelte er damit die zweiflügelige Haustür. Dann trat er in den Wachraum, schloss die Tür und schob einen Stuhl unter die Klinke.

Wenige Minuten später kletterte Johnny aus dem Fenster an der Hinterseite, zog es zu und verschwand leichtfüßig in Richtung Appellplatz. Dort hatten sich die Arbeiter, Soldaten und RAD-Jungen in Reih und Glied versammelt, um die Rede von Schulze zu hören. Johnny mischte sich unbemerkt in die Aufstellung und hörte gerade noch die abschließenden theatralischen Worte des Kommandanten des Reichsarbeitsdienstlagers Rüstersiel, als plötzlich die Lautsprecher laut knackten und ein treibender Schlagzeugrhythmus über den Platz dröhnte. Alle zuckten zusammen und schauten sich verwirrt um. Gleich darauf folgten ohrenbetäubende Posaunen und Trompeten. Ein Geschrei erhob sich unter den Soldaten, einige der Jungen feixten, andere nickten mit den Köpfen im Takt und schnipsten mit den Fingern, bis die ganze Mannschaft außer Rand und Band war.

»Was soll dieser Unfug? Wer hat das zu verantworten?« Schulze auf seinem Podest wedelte irritiert mit den Armen und brüllte Befehle über den Lautsprecherkrach hinweg. »Nun mach doch einer mal diese Urwaldmusik aus!« Da fiel sein Blick auf Johnny, der seelenruhig in der letzten Reihe stand und ihm freundlich zulächelte. Mit hochrotem Kopf verließ Schulze das Rednerpult und lief zur Kaserne.

Seine Leute brauchten eine ganze Weile, um in die Wachstube zu gelangen. Jedenfalls stellte Johnny zufrieden fest, dass Benny Goodmann seinen Song fast bis zum furiosen Finale spielen konnte, bevor die Nadel mit einem schrillen Kreischen über die Platte fuhr und die Lautsprecher des Lagers wieder schwiegen. Leise summend schlenderte Johnny Donandt aus Bremen zu seiner Schlafbaracke. »Sing, sing, sing, sing, everybody got that swing …«

# EPILOG

Johnny saß in seinem Lesesessel am Fenster und schaute in den Park, in dem Herbstlaub den Rasen bunt färbte. Eine karierte Wolldecke lag über seinen Knien, aber die Stehlampe hatte er nicht angeschaltet. Seine Augen erlaubten ihm ohnehin nicht mehr zu lesen, wozu brauchte er da Licht? *Wenn Simon nachher vorbeikommt, kann der ja Licht anmachen. Hoffentlich bringt er wieder diesen leckeren Tee mit, dann können wir es uns gemütlich machen.*

Er musste eingenickt sein, denn plötzlich wachte er davon auf, dass ihn jemand sanft an der Schulter berührte. Er schlug die Augen auf und war einen Moment verwirrt. Dann fiel es ihm wieder ein: Er war in diesem Seniorenheim beim Rhododendronpark, in das er vor ein paar Wochen gezogen war, und jetzt stand sein Ururenkel Simon neben ihm.

»Opi? Bist du müde? Soll ich wieder gehen?«

»Ach, min Jung, wie schön, dass du da bist. Nein, ich bin nicht müde, hab mich ja gerade schon ausgeruht.« Er streckte seine steifen Arme aus, um Simon zu umarmen.

»Hast du den Tee mitgebracht?«

Simon zeigte ihm die Teedose. »Na klar, Opilein, hatte ich doch versprochen. Ich mach uns mal einen Tee, okay?«

Er ging auf den Flur, wo eine kleine Küche für die Bewohner eingerichtet war. Nach einigen Minuten kam er wieder mit einer dampfenden Kanne, zwei Bechern und einem Teller mit Keksen. »Hier, die hab ich von der Pflegerin bekommen.«

Er stellte alles auf das kleine Tischchen, setzte sich auf den Stuhl neben dem Sessel, und schaltete das Licht an.

»Wie geht es dir?«

»Wie soll es mir schon gehen mit fast hundert Jahren? Frisch und munter wie immer!«

»Das will ich hören, Opi!«

Sie plauderten eine Weile miteinander, dann sagte Simon: »Weißt du noch, Opi, ich hab dir doch erzählt, dass wir jetzt das Dritte Reich in Geschichte durchnehmen, und da hattest du gemeint, dass du darüber einiges erzählen kannst.«

»Klar erinnere ich mich, ich bin zwar alt und lahm, aber nicht dement. Was willst du wissen?«

»Na zum Beispiel, wie war das denn damals? Du warst ja noch jung, als du Soldat wurdest. Warst du gerne Soldat?«

»Ich war 17, so alt wie du heute. Die haben mich da gleich nach dem Reichsarbeitsdienst hingeschickt, weil ich den falschen Witz erzählt hatte.«

Simon lachte kurz auf, stutzte, stoppte und fragte nach: »Den falschen Witz?«

»Ja, die Nazis waren nicht so richtig humorvoll, und manche Witze, blöde Sprüche an der falschen Stelle oder schon längere Haare bis zum Kragen konnten einen echt in die Klemme bringen.«

»Hattest du etwa lange Haare, Opi?«

»Hatte ich, ja, mein ganzer Stolz damals, neben meinem maßgeschneiderten Anzug und meiner Plattensammlung.«

»Ich dachte, die HJ rannte immer mit so krassen ausrasierten Undercuts rum.«

»Undercut – nennt man das heute so? Damals hieß das Führerschnitt. Ja, furchtbar. Aber es gab auch ein paar Aufrechte. Wir hatten partout keine Lust auf dieses ganze Militärische und den braunen Sumpf. Ich und meine Freunde wollten einfach nur Spaß haben.«

»Aber wie konnte man denn Spaß haben, wenn die Nazis regierten?«

»Och, wir haben unsere Nischen gefunden. Solche Stenze wie wir, mit schicken englischen Klamotten und so, gab es nicht so viele in Bremen. Wir waren schon eine coole Clique, würdet ihr vielleicht heute sagen. Mal im Tanzlokal oder bei den Freunden zu Hause, im Freibad an der Weser oder auf der kleinen Wümme, Hauptsache unser Hottophon war dabei, dann ging die Post ab.«

»Hottophon, was war das denn?«

»Unser Koffergrammophon, das hatte eigentlich fast jeder von uns, außer Theo, dem haben sie seines weggenommen.«

»Das klingt ja wie eine Boombox, die wir heute an den Werdersee mitnehmen.«

»Wenn ihr damit auch Musik hört, dann ist das wohl ähnlich.«

»Und was für eine Musik habt ihr da so gehört?«

»Na, Hot Jazz und Swing natürlich, was denn sonst?«

»War Jazz nicht verboten bei den Nazis?«, wunderte sich Simon.

»Nun, gerne mochten sie es nicht, aber so richtig verbieten konnten sie es auch nicht. War ja viel zu beliebt. Und einige Nazis haben diese Musik auch heimlich gehört. Zum Beispiel der Lagerleiter beim Arbeitsdienst.« Johnny schmunzelte bei der Erinnerung. »Den hab ich mal so richtig reingelegt, hab Benny Goodman über die Lautsprecheranlage im Lager abgespielt, aber weil das seine eigene Platte war, konnte er schlecht was sagen.«

»Haben sie dich dabei nicht erwischt?«

Johnny grinste breit: »Nee, dein Opi war ja schon damals ganz schön plietsch: Mit 'nem Faden und 'ner Kerze hab ich so was wie 'ne Zeitschaltuhr gebastelt und mich dann schnell wieder unter die Leute gemischt, so dass ich ein gutes Alibi hatte.« Er spitzte die Lippen und pfiff leise eine Melodie. »Die Musik hat mich nie verlassen, egal was passiert ist.«

Simon schaute die Glatze seines Großvaters an. »Kann ich mir gar nicht so richtig vorstellen, du und lange Haare, Opi!«

»Ja, warte, ich muss da noch so'n Foto haben. Gib mir doch mal das Album, das oben im Schrank steht.«

Simon suchte das verknickte Fotoalbum mit den schwarzen Seiten und gab es Johnny.

»Hier muss es sein … hier bin ich als Soldat, also war es vorher: Ja, guck mal, hier, da war ich mit 16 am Tag der deutschen Wehrmacht mit Anzug und Borsalinohut neben dem Rathaus. Und bei mir steht Werner. Wir waren die Hot Boys of Bremen.« Johnny schwieg.

»Werner war dein Freund? Was ist aus dem geworden?«

»Weiß ich nicht«, antwortete Johnny knapp und ergänzte nach einer kleinen Weile: »Wir hatten zum Schluss einen Streit … Ich glaub, er hat mich übel verpfiffen, aber ich konnte das nie klären. Er kam kurz nach mir auch an die Front und ist in Stalingrad gefallen.«

Simon blätterte weiter in dem Album. »Wer ist das denn?« Er deutete auf eine Gruppe von Jungen und Mädchen, die in Badeanzügen und kurzen Hosen gemeinsam auf einer Decke im Grünen lagen.

»Ach, das war am Weserstrand, unser Freibad. Das hier ist noch einmal Werner, und das sind Theo und Lulu, die waren aus Hamburg, lebten aber bei ihrer Tante in Bremen und haben uns so manches über Swing beigebracht. Theo wurde später ein berühmter Konzertagent, und Lulu hat nach dem Krieg einen Ami geheiratet. Ob die noch leben, weiß ich aber nicht.«

»Und die hier, ist das Oma Liese?«

»Nee, min Jung, das ist Hetty …« Johnny betrachtete verträumt das Bild eines Mädchens zu seiner Linken, mit langen blonden Haaren und einem schüchtern-verschmitzten Lächeln.

»Ahaaaa. Hetty … soso!« Simon grinste breit. »Es gab also eine Liebe vor Oma Liese?«

»Ja, aber wir sind leider nicht lange zusammen gewesen. Der Krieg und die Nazis haben das verhindert. Und dann ist sie leider Ende '43 bei einem der heftigsten Luftangriffe hier ums Leben gekommen, als ich an der Front war … Eine von den 900.000 Bomben auf Bremen reichte aus, um …« Johnny verstummte.

Simon legte den Kopf schräg. »Mit langen Haaren statt Führerschnitt und englischer Mode statt Braunhemd – ganz schön mutig, Opi.«

»Wenn du das meinst … Mutig ist vielleicht nicht das richtige Wort. Ich hab ja keinen Widerstand gemacht, wie die von der Weißen Rose. Die waren ja nur wenig älter als ich, aber von denen hab ich erst viel später gehört, nach dem Krieg. So mutig wär ich nie gewesen. Wir haben ja nur immer unseren Spaß haben wollen, und selbst dafür haben einige von uns teuer bezahlt. Wir haben irgendwie versucht, uns dem Nazi-System zu verweigern, auf unsere Weise. Zu Flugblättern oder so was hatten wir keinen Mut. Ist nicht so einfach gewesen.« Nach einem kurzen Schweigen setzte er hinzu: »Aber immerhin haben die mich nie kleingekriegt.«

Er klappte das Fotoalbum zu und schaute auf. »Jetzt ist mein Tee kalt geworden. Simon, schenkst du mir bitte noch einmal nach?«

# NACHWORT

Wie war das damals im Krieg? Diese Frage hat mich als Heranwachsende lange beschäftigt. Aber die heutigen Jugendlichen in Deutschland haben ein großes Problem mit der Antwort: Denn die Generation, die die Nazizeit und den Zweiten Weltkrieg bewusst miterlebt hat, ist mittlerweile nahezu verstorben. Ich hatte als junges Mädchen zwar noch die Gelegenheit zu fragen, aber in all den Berichten meiner Großeltern steckte naturgemäß eine Menge Subjektivität, die ich zunächst nicht einordnen konnte. Und zu meiner Enttäuschung schienen sie nicht viel Spannendes erlebt zu haben, jedenfalls nichts, was sie mir erzählen konnten oder wollten.

Das änderte sich, als ich in meinem Geschichtsstudium in Hamburg das erste Mal von den sogenannten Swingheinis hörte und las. Also von jenen Jugendlichen, die in der Nazizeit keine Lust auf den HJ-Drill und Militärmusik hatten und lieber Jazz und Swing hörten, sich schick anzogen und das Leben genossen – so weit das eben mitten im Krieg ging. Diese Jugendlichen, die meisten rund um das Jahr 1925 geboren, waren fast vollständig im Nationalsozialismus groß geworden und hatten sich dennoch innerlich abgewendet von diesem Führer, der doch besonders die deutsche Jugend ansprechen wollte.

Im großbürgerlichen Hamburg gab es eine kleine, aber rege Szene von Swingfreunden, die von den Nazis aufmerksam beobachtet und später dann scharf verfolgt wurde. Einige landeten sogar in Konzentrationslagern, andere wurden zur ›Frontbewährung‹ in den Krieg geschickt. Zur Zeit meines Studiums in der Hansestadt, in den 1990er-Jahren, hatten einige der überlebenden Swingfreunde ihre Autobiografien geschrieben, andere erzählten in Geschichtswerkstätten ihre Lebensgeschichten (v. a. Günther Discher, Uwe Storjohann). Das fand ich aufregend, denn hier zeigte sich, dass selbst im NS-Staat eine Art von widerständigem Leben möglich gewesen war. Etwas, das mich an die Punks der 90er-Jahre erinnerte, nur eben wesentlich riskanter.

Als ich den Studienort wechselte und nach Bremen kam, versuchte ich hier ebenfalls Spuren einer Swing-Szene in den 30er- und 40er-Jahren zu entdecken. Immerhin war die hanseatische Kaufmannschaft in Bremen ähnlich selbstbewusst wie in Hamburg, und dort waren es unter anderem die Gymnasiasten aus den höheren Gesellschaftsschichten, die den englischen Stil pflegten und amerikanische Musik hörten. Aber es gab damals keine offizielle Geschichtsschreibung über dieses Phänomen in Bremen.

Einen ersten Hinweis erhielt ich durch eine Veröffentlichung einer Geschichtswerkstatt und einer daraus entwickelten Sendung bei Radio Bremen, in der einige Bremer Swingfreunde zu Wort kamen. Ich folgte den Spuren und traf diese mittlerweile alten Männer und wenige Frauen, hörte mir ihre Geschichten an, recherchierte über HJ und BDM und die damalige Situation in Bremen und verfasste am Ende, nach mehr als zwei Dutzend Interviews, meine Magisterarbeit zum Thema Swingfreunde in Bremen.

Das war 1997. Es folgten einige Aufsätze und Vorträge, ich wurde von anderen Wissenschaftlern kontaktiert, die meine Arbeit zitierten, und manchmal meldete sich eine Schülerin oder ein Lehrer, die die Informationen für ihren Unterricht nutzen wollten. Das war es aber auch. Eigentlich.

Denn das Thema selbst hat mich nie losgelassen. Wo immer ich davon berichtete, begegnete mir große Neugier, aber auch Unwissen, und ich merkte, dass ich selbst immer noch begeistert von den Bremer Swingfreunden war. Da meine Gesprächspartner mittlerweile alle verstorben sind, empfinde ich es als meine Aufgabe, ihre Geschichten weiter zu erzählen. Denn ihre Enkelkinder und Urenkelkinder können sie nicht mehr fragen, wie das damals war.

Ich nahm daher all ihre Episoden, die sie mir berichtet hatten, und schuf daraus eine fiktive Geschichte, die so oder so ähnlich in den Jahren 1941/1942 in Bremen hätte stattfinden können. Wie war es damals, als Jugendlicher in einer Stadt zu leben, die immer wieder Luftalarm und Bombenangriffe erlebte, in der Braunhemden und militärischer Drill, Blockwart-Mentalität und Verfolgung von Teilen der Bevölkerung an der Tagesordnung waren? Wie konnten sich die 16-, 17-Jährigen in dieser Situation ihre kleinen Inseln der persönlichen Freiheit bewahren? Woher nahmen sie die Kraft, zu widerstehen und aus der Reihe zu tanzen, wenn alles im Gleichschritt marschierte?

Junge Leute damals lebten anders als Jugendliche heute, und dennoch gibt es eine Gemeinsamkeit: Sie versuchen, zusammen mit ihren Freunden und Freundinnen etwas Eigenes zu entwickeln, zu dem die Erwachsenen keinen Zugang haben. Und damals wie heute ist die Liebe zur Musik ein Schlüssel hierzu.

Wie nahe bin ich nun also an der realen Geschichte? An manchen Stellen habe ich mir die literarische Freiheit genommen, aus dramaturgischen Gründen die Realität etwas zu verändern. So waren die Hochbunker am Bürgerpark, in denen Johnny das erste Mal auf Theo und Lulu trifft, vermutlich Anfang 1941 noch im Bau, da die ersten Hochbunker erst 1943 fertiggestellt worden waren. Zudem waren die Bunker B31 und B32, wie sie bezeichnet waren, nicht für die Zivilbevölkerung zugänglich, weil in dem einen später die Wehrmachtkommandatur einzog, der andere galt als ›Regierungsbunker‹, in dem NS-Kreisleitung, Bürgermeister und Polizeipräsident Räume hatten. Der Torfhafen, an dem Johnny auf dem Weg zu seiner Zieh-Oma vorbeifährt, war zu dem Zeitpunkt meiner Geschichte zugeschüttet und wurde erst nach dem Krieg auf die jetzige Größe ausgebaut. Da Bunker und Torfhafen aber immer noch markante Orte im Stadtbild sind, wollte ich sie als Wegmarken in meine Geschichte einfließen lassen. Andere Begebenheiten, die mir von meinen Interviewpartnern berichtet wurden, müssen sich zeitlich später abgespielt haben. Zum Beispiel wurden die ersten Schüler erst ab Februar 1943 als sogenannte Flakhelfer an den Bremer Flugabwehrkanonen eingesetzt.

Einige Personen, wie Direktorin Plate vom Gymnasium Kleine Helle oder Direktor Schaal vom Alten Gymnasium, hat es zwar tatsächlich gegeben. Allerdings ist nicht überliefert, dass sie sich in der hier geschilderten Weise für ihre Schüler und Schülerinnen eingesetzt hätten. Nach einigem, was Zeitzeugen berichtet haben, wäre es ihnen zuzutrauen gewesen. Auch die Geschichten um die Tanzlehrerin Emmy Schipfer basieren auf realen Begebenheiten. Dass Inge Hausa ausgewählten Schülerinnen und Schülern heimlich Swing beigebracht hätte, ist dagegen meine Erfindung.

Die jüdische Mitschülerin von Hetty, Rosemarie Anspacher, hat allerdings tatsächlich bis 1939 in der Hohenlohestraße 44 gewohnt und besuchte bis zu ihrem Schulausschluss 1938 die Kleine Helle. Sie wurde zusammen mit 570 Bremer Juden und Jüdinnen am 18. November 1941 nach Minsk deportiert und ist dort vermutlich umgebracht worden. Ihr und ihrer Mutter ist an ihrem ehemaligen Wohnort ein Stolperstein gewidmet, ebenso den Bewohnerinnen und Bewohnern des erwähnten sogenannten Judenhauses in der Rembrandtstraße 25.

Die damalige Architektur der Stadt sowie die Bezeichnungen von Straßen, Brücken und Schulen durch die Nazis habe ich möglichst wahrheitsgemäß wiedergegeben. Denn auch wenn heute am ›Stern‹ zum Glück nichts mehr davon zeugt, dass dieser für einige Zeit der ›Spanische Platz‹ war, ist es hoffentlich für den einen oder die andere interessant zu erfahren, wie sich die Stadt in den zwölf Jahren des ›Tausendjährigen Reiches‹ verändert hat.

Mein größtes Anliegen ist es denn auch, dass die Jugendlichen, die heute in Bremen leben, einen anderen Blick auf ihre Heimatstadt und auf ihre Geschichte erhalten. Und dass die Jungen von damals, die diese Geschichte vielleicht noch selbst erlebt haben, den Jungen von heute davon erzählen. Denn nur, wenn wir die Vergangenheit erinnern, wird sie nicht wiederkehren.

Besonderen Dank an meine Familie, Claudia Hinze, Karoline Tanck, Marcus Meyer, Donka Dimova, Ulrike M. Hille, Hermann Vinke und all meinen Testleserinnen und Testlesern, die mir wertvolle Hinweise gegeben haben, sowie Peter Strotmann, den Schwachhauser Stadtteil-Archivar und dem Team des KellnerVerlags. Posthum danke ich auch all meinen Gesprächspartnern und Gesprächspartnerinnen, allen voran Martin von Bloh, Rudolf Engeln, Robert Kusserow, Ernst-Heinrich Bullenkamp, Hanno Walter, Lore von Engel, Margarete Berberich, Henning Harmssen, Günther Ahrndts, Gerd Frölljes und allen anderen, die mir Einblicke in ihre Erinnerungen gewährt haben, und Inge Marßolek, die mich stets ermutigt hat. Auch für sie habe ich diesen Roman geschrieben.

*Birgit Köhler, im Sommer 2024*

Wer mehr zur Swing-Jugend im Dritten Reich oder auch zum Jazz in dieser Zeit lesen möchte, dem kann ich folgende Bücher empfehlen:

- Otto Bender, Heiko Haupt: Swing unterm Hakenkreuz, Hamburg 1933 bis 1945. 1993
- Wolfgang Beyer, Monica Ladurner: Im Swing gegen den Gleichschritt. Die Jugend, der Jazz und die Nazis. 2011
- Wilfried Breyvogel (Hrsg.): Piraten, Swings und Junge Garde. Jugendwiderstand im Nationalsozialismus. 1991
- Michael Kater, Gewagtes Spiel: Jazz im Nationalsozialismus. 1995 (2017)
- Horst H. Lange: Jazz in Deutschland – Die deutsche Jazz Chronik 1900–1960. 1966
- Sascha Lange: Meuten, Swings & Edelweißpiraten. Jugendkultur und Opposition im Nationalsozialismus. 2015
- Bernd Polster (Hrsg.): Swing Heil! Jazz im Nationalsozialismus. 1989
- Jörg Überall: Swing Kids. 2004

Und wer jetzt unbedingt die Musik hören will, die im Roman erwähnt wird, findet hier die entsprechende Playlist:
YouTube: Swinging Bremen – Musik zum Roman von Birgit Köhler
https://youtube.com/playlist?list=PLzDLi1W46ql24Kfe8jDBwLyIEetQosldX&si=fd3kBrM6J7oHi5Al